神聖法皇國
魯貝利歐斯
英格拉西亞王國
荒蕪大地
西方諸國

關於我轉生變成史萊姆這檔事
8.5
Regarding
Reincarnated to Slime

TEMP
RIMU

關於我轉生變成史萊姆這檔事 8.5

Regarding Reincarnated to Slime

官方資料設定集

Kadokawa Fantastic Novels

CONTENTS
目錄

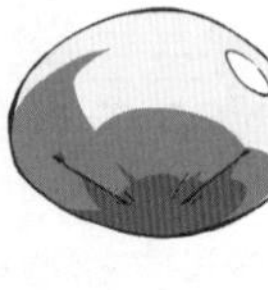

SD

物語回想

STORY DIGEST

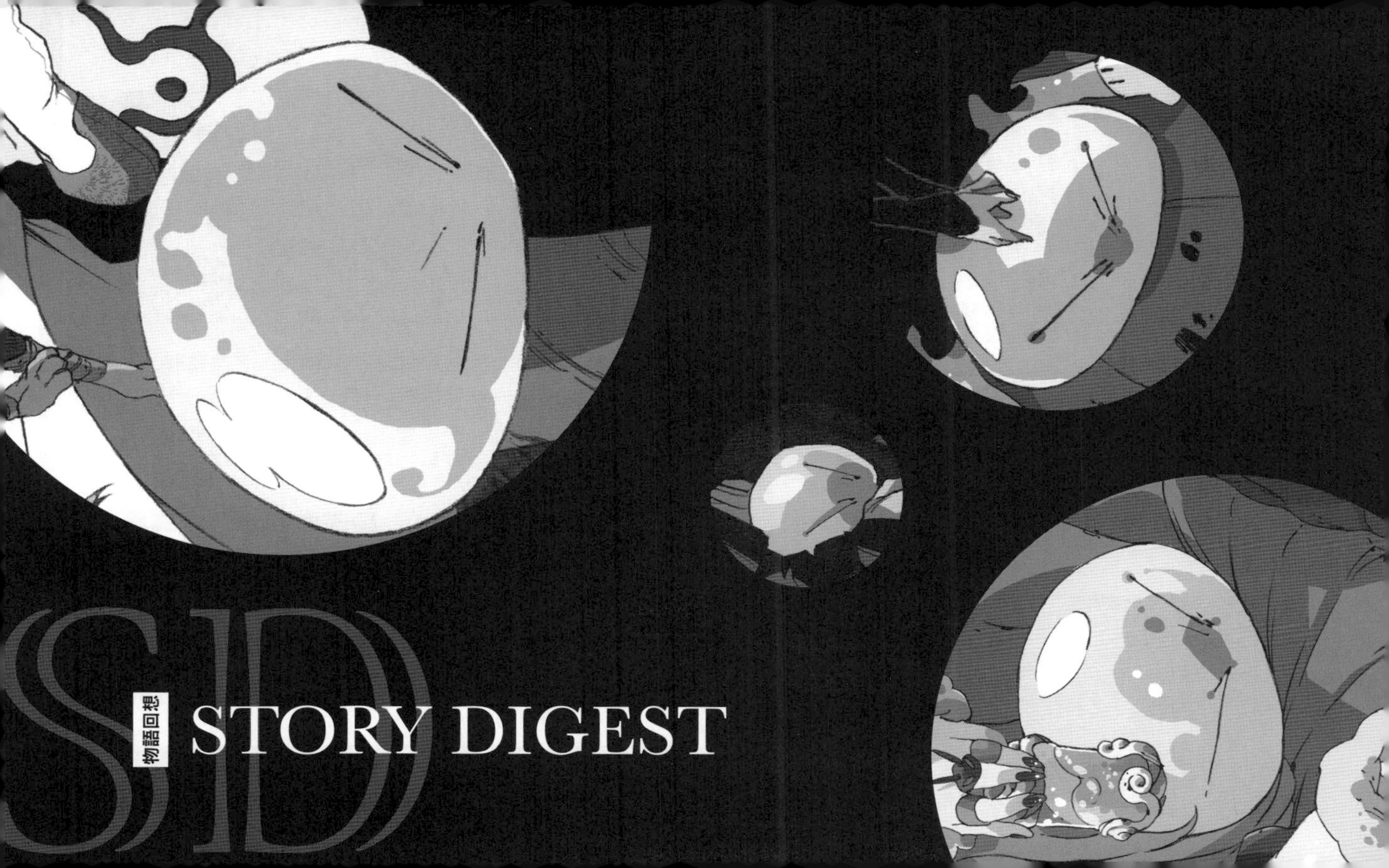

1
STO
DIG
地位提昇篇

突然轉生成史萊姆，傳說揭開序幕

●轉生以及與龍相會

上班族三上悟被隨機殺人魔殺死，回過神發現自己在異世界的洞窟轉生成史萊姆。悟在那裡遇到自稱「維爾德拉」的巨龍並成為好友，互相幫對方取名，得到「利姆路・坦派斯特」這個名字。

維爾德拉因「勇者」的技能被封印於這塊土地上，利姆路提議靠自身技能「大賢者」與「捕食者」之力來脫身。維爾德拉因此暫時住進利姆路的胃袋，等待解放的那天。利姆路一邊吃下襲擊而來的魔物，一邊獲取新的技能，朝洞窟外前進。

●當上魔物統帥！

來到外面的利姆路後來遇見小鬼(哥布林)族集團。哥布林們前來向不自

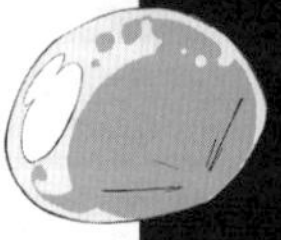

一回神發現自己已經變成史萊姆，這已經不是驚訝兩字能形容。依維爾德拉所說，「異界訪客」轉生者似乎相當罕見耶！

於封印洞窟入手的主要技能

自然而然學會的技能	大賢者 捕食者
透過練習獲得的技能	水壓推進 水流移動 水刀
從魔物身上奪取的技能	毒噴霧 熱源感應 麻痺噴霧 黏絲、鋼絲 吸血 超音波 肉體裝甲

伏瀨
關於我轉生變成史萊姆這檔事
Regarding Reincarnated to Slime

發售日：2015年11月18日
定價：NT$250/HK$75

覺散發出強大妖氣的利姆路求救。

據說哥布林的村莊被魔物「牙狼族」盯上，利姆路決定拯救他們，運用陷阱和技能順利殺害了牙狼族首領。最後，成了哥布林和牙狼族的統領。

哥布林和牙狼都沒有名字，對此感到不便的利姆路替他們命名。沒想到這一取，哥布林竟然進化成「人鬼族（滾刀哥布林）」，牙狼們則進化成「嵐牙狼族」！得知替魔物取名這種行為將促使進化，利姆路大感震驚。

舉凡建築和服飾等，魔物們在這方面似乎欠缺相關技術。想舒舒服服過生活的利姆路為了找尋技師，啟程前往矮人王國「武裝大國德瓦崗」。該處碰巧有人遇到魔物作亂，利姆路提供回復藥，而矮人王國警備隊長凱多及因藥撿回一命的葛洛姆、多爾德、米魯得三兄弟因此對他產生信賴。此外，鐵匠凱金被強人所難的交貨期催逼，利姆路利用「捕食者」複製劍解決這項困擾，讓凱金相當感激。

凱金以慶功為名帶利姆路上夜晚的店家，受到盛情款待的利姆路

牙狼族大遷徙

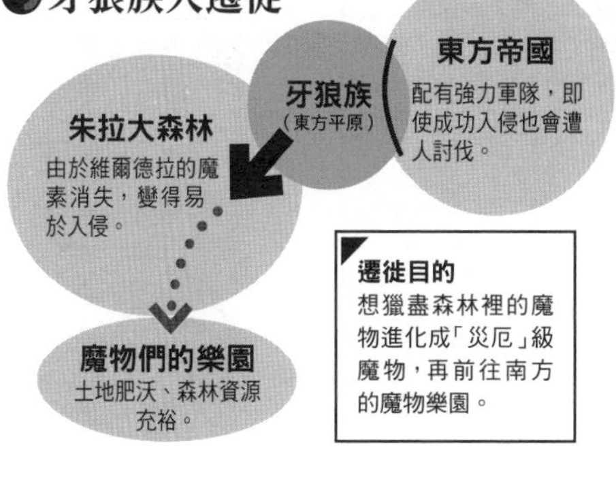

東方帝國
配有強力軍隊，即使成功入侵也會遭人討伐。
牙狼族
（東方平原）
朱拉大森林
由於維爾德拉的魔素消失，變得易於入侵。
魔物們的樂園
土地肥沃、森林資源充裕。
遷徙目的
想獵盡森林裡的魔物進化成「災厄」級魔物，再前往南方的魔物樂園。

我替利姆路取名，利姆路則想出坦派斯特這個名字。互相替對方取名表示雙方立場對等，具有特別的意涵喔。畢竟我們倆是朋友嘛！

樂不思蜀。不料這時敵視凱金的大臣培斯塔現身，出言侮辱利姆路。凱金則動怒毆打培斯塔。

後來在蓋札・德瓦崗國王跟前召開審判會，但培斯塔準備了虛假證詞。正當他們要遭人判處極刑時，蓋札出面制止，只下令將利姆路等人逐出王國。

國王早已看穿培斯塔的計謀，宣布將他逐出王宮。深知王不再信賴自己的培斯塔意志消沉，自王宮離去。

●靜與焰之精靈（Ifreet）

利姆路平安帶著凱金與矮人三兄弟回村，帶上幾名新加入的部下，更改地點開始認真建造村莊。

途中警備隊保護四名在森林中遭魔物襲擊的人類。冒險者三人組愛蓮、卡巴爾、基多奉布爾蒙王國自由公會分會長費茲之命前來調查森林。

至於另一人……戴著面具的女子靜突然身體不適，失控大鬧。是她身上寄宿的「焰之精靈（焰之巨人）」失控了。

焰之巨人極具威脅，甚至能毀掉小型城鎮。利姆路一度感到焦急，但火焰力量傷不了身懷「熱變動抗性」的他。利姆路將焰之巨人吃掉救出靜，然而年邁的她即將辭世。

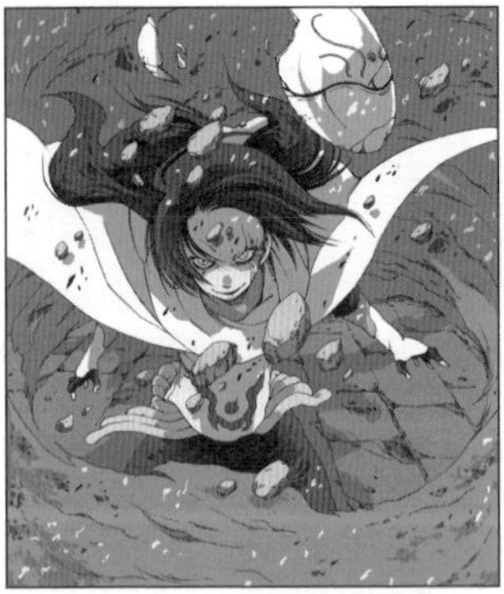

PICKUP

滾刀哥布林的首領竟是史萊姆！連很習慣旅行的冒險者三人組也不免大吃一驚。

竟然丟下我自己跑去夜晚的店家玩，真是太過分了。我也想要被漂亮小姐捧～！
都怪卡巴爾拿劍刺巨大妖蟻的巢穴，我們才遭受攻擊……「好可疑！」，什麼就是這裡！」什麼跟什麼啊！

●受人託付心願

靜是日本人，幼年時被魔王雷昂．克羅姆威爾召喚到這個世界。靜厭惡這個世界，死期將至的她說自己不願成為世界的一部分，拜託利姆路把她吃掉。

利姆路接受她的請託，還答應靜總有一天要讓雷昂為她的悔恨付出代價。靜則在利姆路體內安眠。而利姆路吃掉靜之後，獲得了變身成人的力量。

●插曲——靜的過往

受召時，靜碰巧因空襲遭火吻，徘徊於死亡邊緣，雷昂讓焰之巨人附在她身上，總算撿回一命。

儘管身體自主權遭焰之巨人奪取，靜仍慢慢學會靠自身意志活動，當時靜跟魔物少女琵莉諾、她的寵物風狐皮茲成為好友。不料某天皮茲的行為遭焰之巨人判讀為敵對行動，擅自對他們兩個發動攻擊，導致靜親手殺掉自己的好友。

不久後，一名女勇者來到雷昂的城堡裡。不知為何雷昂撤退時留下靜，獨留於該處的靜就這麼受勇者保護。

之後靜拚命學習在這個世界求生的處世之道。勇者給她的「抗魔面具」能提昇魔力抗性，幫忙控制焰之巨人。即使勇者踏上旅途前往某處，靜仍努力幫助人們。

數十年過去，靜來到英格拉西亞王國擔任教授戰鬥技巧的教官。

在那裡，她遇到疑似同鄉的異界訪客小孩——神樂坂優樹與坂口日向。曾幾何時，日向號稱自己已學有所成並與靜辭別，優樹則當上

PICKUP
靜被召喚時，魔王雷昂曾呢喃道「又失敗了」。看來他想召喚的似乎另有其人……

靜小姐的面具是連妖氣都能壓下的好東西！我吃掉破損的面具使其再生。這是靜小姐的遺物，我有好好珍惜著。

自由公會總帥……至於年老的靜，死前動念想找召喚她又拋棄她的魔王雷昂報一箭之仇。

靜因此踏上旅途，與正要前往朱拉大森林的卡巴爾小隊同行。之後與魔物對戰時，利姆路的人馬碰巧出面保護他們。

魔物城鎮一片祥和，由奇妙的史萊姆統治，靜對利姆路產生好感。同為異界訪客的他們兩人在命運安排下相會。只不過，靜的死期就在這時逼近……

外傳　哥布達大冒險

在此介紹刊登於卷末的番外篇大綱。

在哥布林族跟利姆路相遇的數年前，後來會成為「哥布達」的他獨自一人踏上旅途，前往矮人王國買賣道具。途中被壞人、孤刃虎攻擊，還愛上美麗的哥布莉娜，一路上風波不斷！

哥布達能平安完成任務嗎？

傻歸傻，實際上卻很優秀（？）的哥布達帶來小小冒險奇譚。

LEVEL UP!

利姆路

轉生了！
跟維爾德拉變成盟友！
成為魔物主宰者！
跟靜小姐來場命中注定的相會！
獲得各式各樣的技能！
開始建造城鎮！

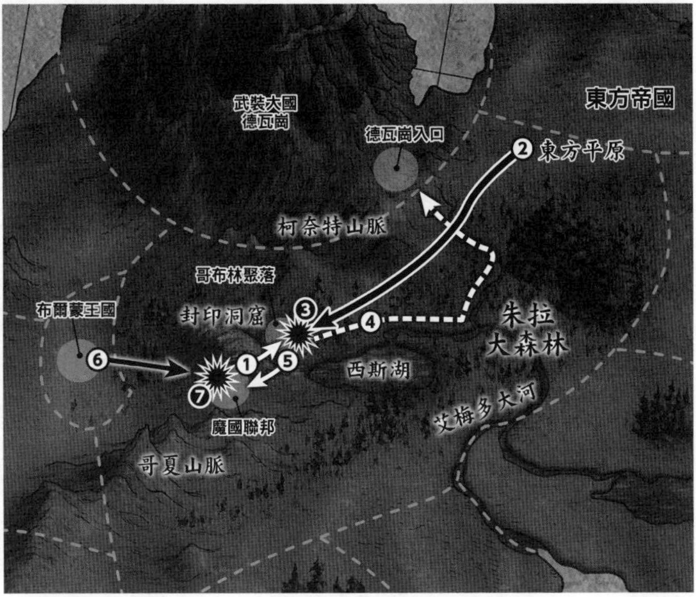

① 利姆路前往哥布林聚落
② 牙狼族入侵朱拉大森林
❸ 利姆路 VS. 牙狼族
④ 利姆路一行人前往德瓦崗
⑤ 利姆路一行人前往新天地
⑥ 卡巴爾小組與靜所經路線
❼ 利姆路 VS. 靜

利姆路
哥布達的

隨想回憶錄❶

「今天開始當魔物統帥」

維爾德拉大人一消失，牙狼族就從東方平原攻過來，當時真是嚇死人了！

反正現在大家感情很要好，結局皆大歡喜嘛。雖說去矮人王國那次還遭人審判，但過得滿開心的。尤其是夜晚的店家……咳咳。距離上用走的要花兩個月，騎狼三天就到了，好厲害呢！

後來我們搬到洞窟附近開始建造新城鎮……可是，利姆路大人！這座城鎮什麼時候才能開那種店啊？

呵呵呵……哥布達老弟！朱菜跟紫苑露出可怕的笑容看過來了，這件事就此打住吧！

2 STORY DIGEST

森林騷動篇

與進逼朱拉大森林的半獸人大軍展開激戰！「飢餓者」對「捕食者」

●六名食人魔

新城鎮建造工作持續進行，利姆路與他的夥伴突然遭六名大鬼族（食人魔）攻擊。

他們設法安撫殺氣騰騰的六人並追問事情原委，得知其村落被突然進攻的半獸人軍滅掉。食人魔們誤以為擁有強大妖氣的利姆路是敵軍同夥。

誤會解開後，利姆路賜予食人魔們名字，他們進化成「鬼人族」。成為利姆路可靠的部下。

●半獸人侵略

半獸人軍隊以高達二十萬的大軍朝向朱拉大森林中央地帶逼進

利姆路軍VS.食人魔殘黨

食人魔殘黨				哥布林警備隊
藍髮 & 黑髮	△	聯手攻擊難分勝負	△	蘭加
紫髮	○	擊負傷無法再戰	✕	利格魯
白髮	○	耐住強力攻擊仍不敵	✕	哥布達
桃髮	○	被妖術弄暈	✕	其他滾刀哥布林
紅髮				

利姆路參戰

食人魔殘黨				利姆路 & 蘭加
黑髮	✕	因「麻痺噴霧」無法再戰	○	利姆路
紫髮	✕	用「黏鋼絲」綁住	○	利姆路
藍髮	✕	靠「肉體裝甲」抵擋並追擊	○	利姆路
紅髮 & 白髮	✕	因敵人聯手出擊失去右手，仍放「黑雷」威嚇。	○	利姆路
桃髮	△	牽制對方使其無法發動法術	△	蘭加

發現是誤會，雙方停戰

發售日：2016年2月3日
定價：NT$280/HK$85

——也就是由蜥蜴人族支配的濕地。

蜥蜴人族首領有所察覺，懷疑這大規模行軍背後有吃空一切的不祥存在「豬頭帝（半獸人王）」帶領。

半獸人王具備能吞噬一切的技能「飢餓者」。此駭人力量會將被吃的對手技能納為己有，反映在己方身上。

蜥蜴人族首領把其中一名部下——兒子戈畢爾叫來，要他去造訪各哥布林聚落請求支援。

曾讓魔族喀爾謬德命名的戈畢爾自尊心很強，對自己的能力過度自信。被懼怕半獸人大軍的哥布林們當成救世主崇敬的他，野心逐漸膨脹，打算藉這次騷動趁機當上首領。

戈畢爾也造訪利姆路等人的城鎮，在那耍威風擺架子，卻被哥布達三兩下打暈，還被趕出城鎮。

●反叛與開戰

最後利姆路等人跟蜥蜴人族一樣，發現有半獸人王這號人物，並察覺其危險性，便派使者前往蜥蜴人族村落。為了與半獸人大軍對抗，利姆路希望跟對方締結同盟，這提議對蜥蜴人族首領來說簡直求之不得。然而回到蜥蜴人族村落的戈畢爾認為做此決斷太過軟弱，最終決定反叛。

戈畢爾與其部下低估半獸人王的可怕之處，以為沒有援軍也能將敵兵打得落花流水。遭人囚禁的首領認為這樣下去會連累利姆路，便乘隙助親衛隊長逃離，要她傳令。

半獸人大軍抵達濕地，戈畢爾帶上加入其麾下的哥布林出兵討伐。不過，起初看似取得優勢的戰況瞬

PICKUP
朱菜跟紫苑轉眼間迷上利姆路。
兩人爭著侍奉他，點燃戰火！

我們擅自誤解對方還拔刀相向，利姆路大人心胸寬大原諒我們。這麼寬大的器量和如此強大的力量……勢必得追隨他吧？

我泡給利姆路大人的茶被哥布達喝掉了，實在有夠火大。不過話說他怎麼口吐白沫了？

間逆轉，戈畢爾等人被逼入絕境。

於泥濘地區對戰照理說對蜥蜴人族相當有利。然而半獸人大軍吃掉蜥蜴人族屍體吸收他們的特性。轉眼間適應濕地地區。

在如此絕望的狀況下，戈畢爾差點要被「豬頭將軍（Orc General）」殺掉之時，利姆路等人出面救援。

在那不久前，利姆路完成作戰準備，正要前往濕地，途中救了遭半獸人士兵襲擊的蜥蜴人親衛隊長。從她那裡聽說目前狀況後，利姆路派蒼影跟親衛隊長前去搭救首領，帶著其他人馬趕赴戰場。

以蘭加和哥布達為首的狼鬼兵部隊自然不在話下，紅丸和紫苑等鬼人也大顯身手，將敵人一一撂倒。戰況再次出現戲劇性轉折，一名魔人喀爾謬德自遠方焦慮地監看這一切。

陷入絕境的我總算發現自己多麼愚蠢。當下真想找個洞鑽進去。

PICKUP
只踢一腳就KO戈畢爾的哥布達。他其實很強？

救了我的蒼影大人的英姿，至今仍無法忘懷。是的，我今生都要追隨他！

●與半獸人王對戰

為魔王克雷曼爪牙的喀爾謬德接獲命令，要他插手打造能隨之起舞的「魔王」，自幾年前就開始在背後動手腳。半獸人大軍進軍也是他一手策劃，只為了讓自己命名的對象半獸人王「蓋德」進化成魔王。

發現戰況不利於己的喀爾謬德慌忙趕往戰場。責備遲遲沒有進化成魔王的蓋德，打算殺掉在場所有人士。然而他的實力在利姆路看來不值一提，反倒被利姆路窮追猛打。

陷入恐慌的喀爾謬德向蓋德求助。不料這時發生令人吃驚的事。蓋德非但沒救喀爾謬德，還殺了他並吞進肚子裡。會這麼做都是為了回應命名之父的期待，企圖讓自己當上魔王。

最終，蓋德進化成可怕的「豬頭魔王（災厄半獸人）」。

魔王蓋德擁有超越紫苑的怪力和超強回復力，還具備啃食屍體並吸收其技能的力量。要說能跟異常強大的魔王蓋德抗衡，非利姆路莫屬。將與強敵對戰這件事讓利姆路興奮地顫抖，與蓋德對峙。

利姆路 & 蜥蜴人族聯軍 VS. 半獸人王大軍

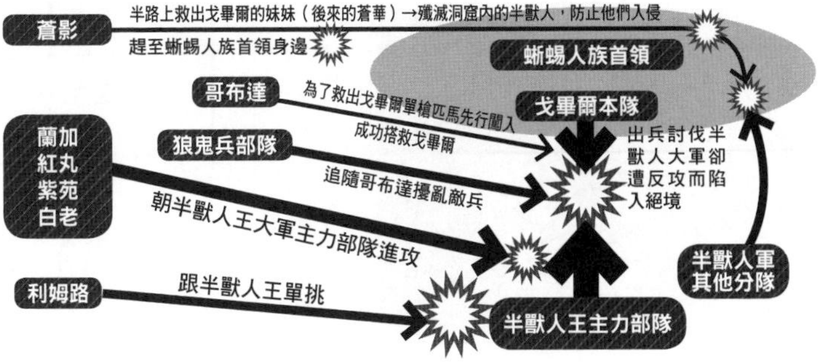

蒼影
半路上救出戈畢爾的妹妹（後來的蒼華）→殲滅洞窟內的半獸人，防止他們入侵
趕至蜥蜴人族首領身邊
蜥蜴人族首領
哥布達
為了救出戈畢爾單槍匹馬先行闖入
戈畢爾本隊
成功搭救戈畢爾
出兵討伐半獸人大軍卻遭反攻而陷入絕境
蘭加
紅丸
紫苑
白老
狼鬼兵部隊
追隨哥布達擾亂敵兵
朝半獸人王大軍主力部隊進攻
半獸人軍其他分隊
利姆路
跟半獸人王單挑
半獸人王主力部隊

兩人的對戰發展成互相啃食。

可是論啃食之力，比起只能吸收屍體的「飢餓者」，利姆路那亦能從活體獲取情報的「捕食者」更加優秀。利姆路逐步且穩健地侵蝕著蓋德。

另一方面，魔王蓋德也奮力抵抗，不想輸給利姆路。蓋德吃掉同胞才得以存活至今，他認為若自己死去，這份罪孽將由其他半獸人同胞背負。對於這樣的蓋德，利姆路說會連蓋德的罪一同吃盡。蓋德聽到這些話，總算卸下心頭重擔，平靜地消逝。

●大同盟締結

戰後，遭此次戰火波及的人一同召開會議。

利姆路得知這次半獸人會出兵都是為了避免因大饑荒滅族，迫於無奈之下的行動，便提議讓半獸人住進森林。進而道出希望組成大同盟的構想，讓居住在森林裡的眾多種族彼此協助。

與會人員當下就對這個點子表示贊同。如此一來，大夥兒理所當然地用熱切的眼神注視利姆路，要他當盟主……

就這樣，「朱拉森林大同盟」在朱拉大森林裡締結，盟主由利姆路擔任。

LEVEL UP!

利姆路

半獸人進軍！
打倒魔王蓋德！
幾名鬼人、德蕾妮、
蓋德（繼承魔王蓋德之名的豬頭將軍）
等人加入成為夥伴！
利姆路獲得「暴食者」等技能！
朱拉森林大同盟成立！

利姆路大人正是擔任這座森林盟主的不二人選。朱拉森林大同盟……這個構想真棒。

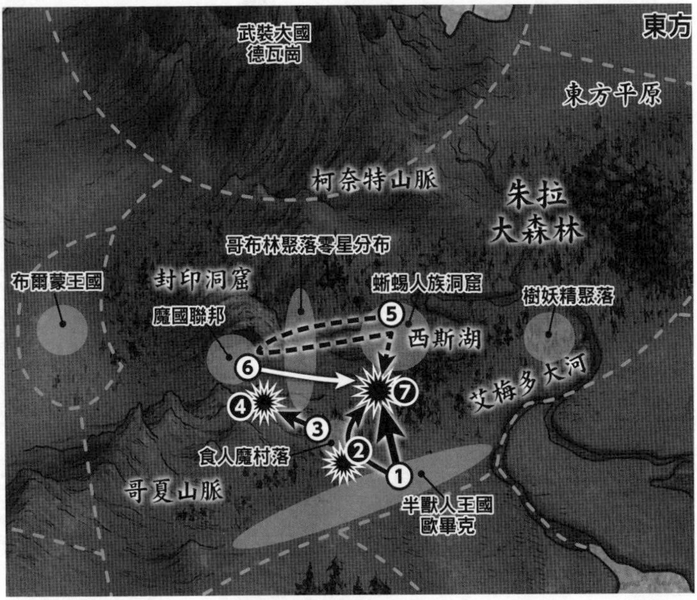
東方
武裝大國
德瓦崗
東方平原
柯奈特山脈
朱拉
大森林
哥布林聚落零星分布
布爾蒙王國
封印洞窟
蜥蜴人族洞窟
樹妖精聚落
魔國聯邦
西斯湖
艾梅多大河
食人魔村落
哥夏山脈
半獸人王國
歐畢克

① 半獸人進軍路線
❷ 食人魔村落毀滅
③ 食人魔殘黨行進路線
❹ 利姆路軍 VS. 食人魔殘黨
⑤ 戈畢爾行經路線
⑥ 利姆路軍增援
❼ 利姆路軍 VS. 半獸人大軍

利姆路哥布達的

隨想回憶錄❷

「半獸人大軍對戰森林居民」

半獸人大軍從南方入侵森林對吧。村莊被毀的食人魔們氣到抓狂！

我還因誤會遭到食人魔們攻擊。不過誤會很快就解開是很好啦。戈畢爾當時為了找援軍在森林裡四處轉吧。

不過敵人不是靠哥布林援軍就能處理的呢。魔王蓋德跟利姆路大人在濕地爆發的激戰真不是蓋的耶！換成別人肯定不是魔王的對手。

聽說一般而言都由人類出面料理喔。總而言之，半獸人成為森林的一分子，還成立大同盟，可喜可賀、可喜可賀。

3
STORY DIGEST
魔王來襲篇

魔國聯邦（Tempest）誕生和魔王來襲，災厄級魔物暴風大妖渦（Charybdis）的目標是？

●魔王們的密談

為了增強自身力量，魔王克雷曼企圖利用咯爾謬德創造傀儡魔王。因一群陌生魔人攪局導致計畫告吹，但他還是試著讓情況盡量有利於己，又動起歪腦筋。

克雷曼於前述的作戰計畫拖了兩名魔王下水。分別是擁有稱號「破壞的暴君（Destroy）」的最強龍魔人蜜莉姆．拿渥，以及獸人族之王「獅子王（Beast Master）」卡利翁。克雷曼除了告知他們倆計畫失敗，還透露兩人可能會感興趣的情報……告訴他們有

利姆路旗下城鎮發展史

開闢期

自狹小的哥布林聚落搬遷。由各部門負責人領軍，開始建設城鎮。仍在搭帳篷過活。

↓

蓬勃期

衣物、武器、軍事等方面皆進行研發。因獲得大量勞動力（半獸人）使建設工作得以加速，居民們都有家可住。水利系統完善，城鎮規模來到一萬。

↓

發展期

進一步整頓，建造新的建築物、制定結婚制度等等。糧食供給亦趨於安定，餐飲品質提昇。並於洞窟內著手量產回復藥。

發售日：2016 年 5 月 26 日
定價：NT$280/HK$85

個謎樣魔人利姆路，企圖博得對方信賴。

不出克雷曼所料，兩人對利姆路感興趣，特別是蜜莉姆還開心宣布先搶先贏，速速飛離會議現場。

被蜜莉姆強行帶來的有翼族魔王芙蕾也參與了這場會議，但她似乎對利姆路興趣缺缺。克雷曼敏銳地察覺芙蕾在為某事煩惱，他想若安排得當或許能掌握對方的弱點，決定試探芙蕾。

●魔王來襲

半獸人王事件過後，矮人王國的蓋札王帶著天翔騎士團來到魔物城鎮。

為了確認力量大到足以打倒半獸人王的魔物集團是否良善，蓋札與利姆路拔劍切磋之後，認為他的本性並不壞，便決定跟魔物城鎮——正式名稱「朱拉．坦派斯特聯邦國（魔國聯邦）」締結友好關係。

此時魔王蜜莉姆突然像陣旋風般來襲。發現對方擁有壓倒性的強大力量，利姆路心生警戒，但很快便察覺蜜莉

沒想到以前跟老夫學過劍術的小鬼頭，如今成了矮人之王。不得了，已經是個偉人了呢。

解說 偵察者繆蘭

克雷曼的部下——魔人繆蘭開始調查魔國聯邦。她的心臟遭克雷曼掌握，無法違逆他。

姆性格單純又孩子氣。利姆路讓她窺見頂級蜂蜜，不費吹灰之力收買蜜莉姆。不僅如此，兩人還成為好友。

若你知道比打架更有趣的事就讓我看看吧——聽蜜莉姆這麼說，利姆路帶她參觀城鎮。蜜莉姆徹底被利姆路和魔國聯邦吸引，就此在城鎮住下。

緊接著，魔王卡利翁底下的幹部法比歐也來到鎮上。然而他盛氣凌人地對利格魯德暴力相向，徹底被惹毛的蜜莉姆因此對他發動鐵拳制裁。這份屈辱讓法比歐燃起對蜜莉姆復仇的念頭。

此外，自由公會布爾蒙王國分會的分會長費茲也盯上魔物王國。雖然從卡巴爾三人組那兒聽過各類傳聞，費茲還是覺得非親眼確認不可，便造訪魔物王國，決定住在鎮上鑑定那些魔物。

接著，邊境調查團在因緣際會下偶然造訪魔國聯邦。利姆路設法說服領隊尤姆，竟是要他扮成打倒半獸人王的英雄。

這是由於比起「有隻謎樣魔物強到足以打倒半獸人王」，利姆路認為「有隻友善魔物幫助打倒半獸人王的英雄」給人觀感更佳。

●暴風大妖渦（Charybdis）復活

法比歐潛伏於魔國周邊，打算伺機復仇。此時自稱「中庸小丑幫」的小丑——蒂亞和福特曼出現在他面前。他們巧妙煽動法比歐的復仇之心，讓他變成災厄級魔物「暴風大妖渦（Charybdis）」的附身對象。

在成為核心的法比歐的怒火驅使下，暴風大妖渦直指蜜莉姆在的

我們這群小混混在
因果報應下組成了
邊境調查團，但要
我扮英雄什麼的未
免太扯了吧！

PICKUP
煽動法比歐的中庸小丑幫的小丑們。他們為克雷曼的協助者。

魔國聯邦。在第一時間發現敵人來襲的利姆路等人召開會議商量對策。

愈聽愈覺得暴風大妖渦是強大的敵人，利姆路本想委託幹勁十足、看起來很想出戰的蜜莉姆處理。可是紫苑說這是己方的問題，擅自拒絕，讓蜜莉姆和利姆路非常失望。

就這樣，利姆路等人決定總動員對付暴風大妖渦和其眷屬泳空巨鯊群。

耐久力極高的暴風大妖渦比想像中還要棘手。除了超速再生，還有將硬鱗射向四面八方的「暴風亂鱗雨」肆虐。矮人王國的天翔騎士團也趕來支援，但利姆路仍被迫打上一場漫長的戰役。

當他們忙著對付敵人，利姆路發現對手附在法比歐身上，目標似乎是蜜莉姆。

既然如此就沒必要堅持非由自軍打倒不可。利姆路再次拜託蜜莉姆進攻。蜜莉姆則開開心心地接下任務，放大絕招「龍星擴散爆」一擊打倒暴風大妖渦。

●新的陰謀

自暴風大妖渦分離的法比歐撿回一命，並恢復冷靜。後來利姆路得知這次事件是中庸小丑幫和魔王克雷曼從中作梗。他們決定今後多

魔國聯邦&德瓦崗聯軍 VS. 暴風大妖渦

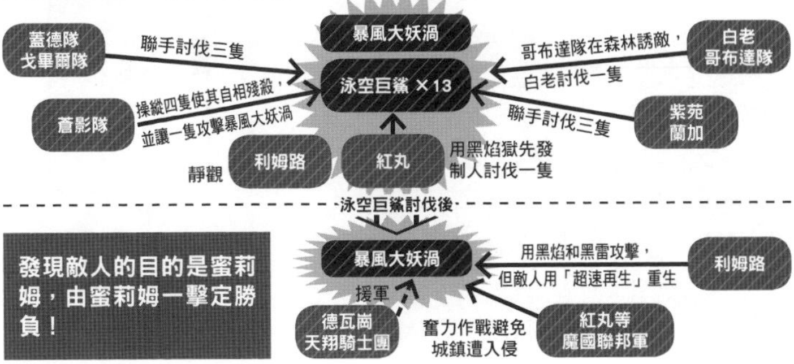

蓋德隊
戈畢爾隊
聯手討伐三隻
蒼影隊
操縱四隻使其自相殘殺，
並讓一隻攻擊暴風大妖渦
靜觀
利姆路
紅丸
用黑焰獄先發
制人討伐一隻
暴風大妖渦
泳空巨鯊 ×13
哥布達隊在森林誘敵，
白老討伐一隻
白老
哥布達隊
聯手討伐三隻
紫苑
蘭加
泳空巨鯊討伐後
發現敵人的目的是蜜莉姆，由蜜莉姆一擊定勝負！
暴風大妖渦
援軍
德瓦崗
天翔騎士團
奮力作戰避免
城鎮遭入侵
紅丸等
魔國聯邦軍
用黑焰和黑雷攻擊，
但敵人用「超速再生」重生
利姆路

接著克雷曼想到一個有機會將力量強大的蜜莉姆納為囊中物的方法，他進一步擬定計畫，暗自竊喜……

加注意這幫人的動向。

另一方面，克雷曼在自己的城堡裡跟芙蕾會談。

克雷曼得知芙蕾正為有翼族之天敵暴風大妖渦煩惱，所以策劃這次的行動以便殺死暴風大妖渦，施恩給芙蕾。

芙蕾則答應克雷曼，為了答謝這次幫忙，會替他實現一個願望。

LEVEL UP!

利姆路

大同盟進化成魔國聯邦！
與矮人王國建立邦交！
逼尤姆當英雄！
多了戈畢爾、培斯塔、阿畢特和賽奇翁等夥伴！
蜜莉姆把暴風大妖渦打爆！

利姆路送我很帥氣的龍指虎當禮物！不愧是我的死黨！

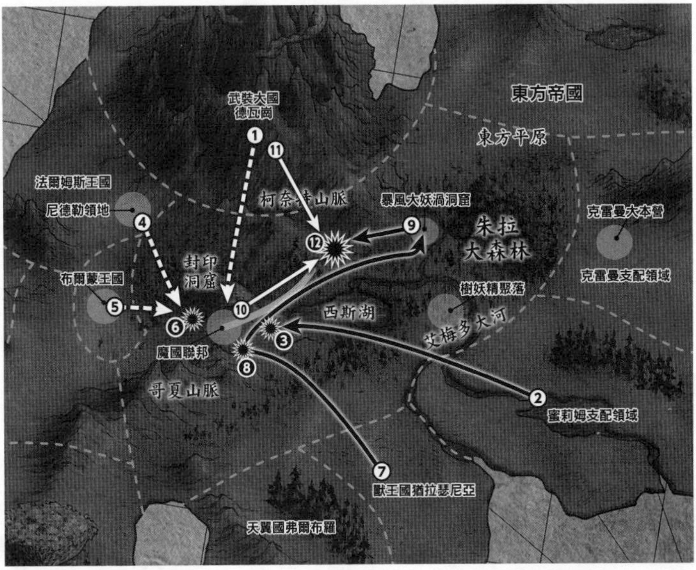

① 天翔騎士團前往魔國聯邦
② 蜜莉姆前往魔國聯邦
❸ 魔國聯邦精銳 VS. 蜜莉姆
④ 尤姆一行人前往魔國聯邦
⑤ 費茲等人前往魔國聯邦
❻ VS. 槍腳鎧蜘蛛
⑦ 法比歐行經路線
❽ 蜜莉姆 VS. 法比歐
⑨ 暴風大妖渦侵略路線
⑩ 魔國聯邦軍行動
⑪ 天翔騎士團增援
⓬ 魔國聯邦軍 VS. 暴風大妖渦

利姆路哥布達的

隨想回憶錄❸

「魔國成立與怪獸大對決」

大同盟終於變成一個國家了！還有蓋札王跟蜜莉姆大人等……呃，各路人馬陸續造訪，鬧得人仰馬翻。

大致來說都是良性交流，真是太好了呢。還有替死鬼……不對不對，也很感謝尤姆願意扮演討伐魔物的英雄喔。

哇——好卑鄙的表情喔。不過暴風大妖渦出現真是嚇死人。原來森林裡一直封印著那麼可怕的怪獸呢。

幸好在遠離城鎮的地方擊退它呢。蓋札王還派出天翔騎士團，真是幫了大忙。不過最後打倒它的人是蜜莉姆啦！

4
STORY DIGEST
人魔交流篇

利姆路前往人類國度，與最強的絕世美女日向展開死鬥

●前往人類國度

魔國聯邦躍升成一個國家，開始進行各式各樣的外交。

魔國聯邦與獸王國猶拉瑟尼亞互派使節團，獸王國幹部三獸士認同他們夠格與其建立邦交。

造訪矮人王國則達成對魔國聯邦頗有益處的交涉，例如技術提供等。利姆路也以首腦身分演講，表明希望與大家建立友誼，不分種族一視同仁。雖說遭蓋札王嚴厲指正，像是太過謙卑、過於矯情等……

在忙碌的生活中，利姆路不斷夢見靜和陌生的孩子們。是不是以前被自己吃掉的靜想說些什麼？有此預感的利姆路下定決心，要去靜以前居住的國家看看。

利姆路拜託卡巴爾等人帶路，先造訪布爾蒙王國。除了締結回復藥的販賣契約還跟高層會談，簽訂協議保障彼此安全及批准通行許可等。

同時他想取得人類身分證，便前往自由公會登記當冒險者，卻在實地測驗上過度展現實力，讓圍觀群眾為之譁然，算是可愛的失誤。

關於我轉生變成史萊姆這檔事 4
Regarding Reincarnated to Slime
伏瀨

發售日：2016 年 7 月 27 日
定價：NT$280/HK$85

PICKUP

獸王國使節團想測試魔國聯邦的實力，便挑釁他們。

是不是測試我不清楚，但我可不許他們對利姆路大人惡言相向喔！

後來，利姆路離開布爾蒙王國，終於朝旅行的目的——靜曾居住的西方先進國家英格拉西亞王國邁進。

●利姆路老師誕生

在英格拉西亞王都等待利姆路的是自由公會總帥、靜教過的學生——名喚神樂坂優樹的少年。

跟利姆路同樣來自日本，為人爽朗的優樹立刻跟利姆路意氣相投。

利姆路對他坦言夢境的事，詳細詢問了讓靜掛懷的孩子們。

據優樹所說，那些孩子似乎是「受召者」，在不完全的狀態下被人召喚到這個世界。然而孩童的軀體尚年幼，無法控制體內那股翻騰的魔素，命中注定撐不過數年便會命喪黃泉。

靜應該是希望拯救孩子們吧。

如此這般，優樹將孩子們託付給利姆路，利姆路便去孩子們上學的學校擔任教官，然而……

這些孩子初見面就處處與他針鋒相對。自從靜踏上旅途後，他們好像就變得無法無天，其他老師都應付不了。

但值得慶幸的是，利姆路並非泛泛之輩。他先讓孩子們見識自身實力，再與他們真心約定，答應要助他們

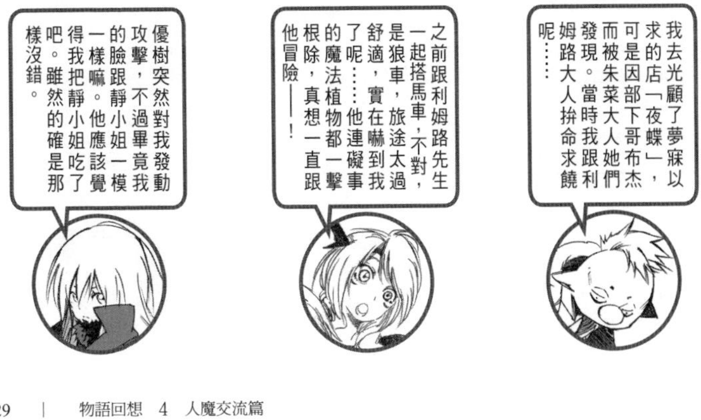

我去光顧了夢寐以求的店「夜蝶」，可是因部下哥布杰而被朱菜大人她們發現。當時我跟利姆路大人拚命求饒呢……
之前跟利姆路先生一起搭馬車，不對，是狼車，旅途太過舒適，實在嚇到我了呢……他連礙事的魔法植物都一擊根除，真想一直跟他冒險——！
優樹突然對我發動攻擊，不過畢竟我的臉跟靜小姐一模一樣嘛。他應該覺得我把靜小姐吃了吧。雖然的確是那樣沒錯。

活下去，總算贏得孩子們的信賴。

可是，靜剛來這個世界的時候應該也是小孩子。然而她為什麼能存活下來？這時利姆路突然靈光一閃，推測是魔王雷昂讓焰之巨人附在她身上的關係。「大賢者」的看法與該推論不謀而合。

雖不清楚雷昂為何這麼做，但讓高階精靈寄宿在孩童體內，應該就能控制體內魔素——利姆路得出這個結論。

除了擔任教官，利姆路一面尋找精靈的居所。就在這時發生了天空龍襲擊王都的事件，利姆路因此結識布爾蒙王國的大商人摩邁爾。兩人的相遇帶來了好運，經歷一番波折，利姆路得知通往「精靈神域」的入口在烏格雷西亞共和國內。既然如此事不宜遲，利姆路立刻帶著孩子們動身前往。

●小小魔王菈米莉絲

一行人進入通往精靈神域的迷宮。緊接著便有不明人士作弄利姆

費茲大人委託我跟魔國進行回復藥買賣，接下這份工作果然是正確選擇！我為了做市場調查前往英格拉西亞，但萬萬沒想到會遭龍攻擊。
守護巨像被弄壞讓人大吃一驚，但他替我製作貝瑞塔，就不跟他計較啦！哎呀，因為我心胸寬大嘛！
不僅遇到力量強大的召喚主，還獲得很棒的依附體。對惡魔來說最棒的莫過於找到主子締結契約呢。

路等人，還派出守護巨像。利姆路三兩下將其擊碎。感到驚訝並緊接著登場的，是小小妖精菈米莉絲。

外表與內在都很孩子氣，看起來完全沒架式，但菈米莉絲其實是魔王之一，據說原本貴為精靈女王。有了身兼神聖引導者的菈米莉絲相助，孩子們順利來到召喚精靈的地方。成功讓高階精靈寄宿在體內，控制體內魔素。

只不過，唯獨一人——克蘿耶的精靈召喚出了狀況。降臨的並非高階精靈，而是連菈米莉絲都摸不著頭緒的謎樣存在。

具備女性姿態的它不知為何對利姆路示好，試圖碰觸利姆路，但只知道它是擁有龐大能量的精神生命體，其他一無所知。菈米莉絲發出警告，但一切都太遲了，該名女子已經附到克蘿耶身上。用「大賢者」解析克蘿耶依舊沒有任何反應，讓利姆路倍感困惑。

●日向的陷阱

無論如何，利姆路順利解決孩子們的魔素問題，菈米莉絲吵著要他找東西代替守護巨像，利姆路就替她打造附有惡魔的魔偶……命名為貝瑞塔的魔將人偶，接著回到王都。

利姆路決定回魔國聯邦，已經黏上他的克蘿耶又哭又鬧，不願跟利姆路分離。看她淚眼汪汪，利姆路就送她靜小姐的遺物「抗魔面具」，藉此安撫克蘿耶。

就這樣，利姆路正想離開英格拉西亞王都之時，突然被不明結界困住。

布下結界之人是敵視魔物的西方聖教會聖騎士。接著，朝利姆路

孩子們的契約精靈

蓋爾	擬似高階精靈「地」
艾莉絲	擬似高階精靈「空」
劍也	光之精靈
良太	擬似高階精靈「水風」
克蘿耶	銀黑髮女性精神體

●擬似高階精靈：利姆路吃下低階精靈，改造成擬似高階精靈。

利姆路老師為人和善，又漂亮又強，我最喜歡他了！一想到要跟他道別，就覺得好寂寞……嗚嗚。

走近的，是跟優樹同為靜門下弟子的異界訪客——坂口日向。

照日向的話聽來，似乎有人嫌魔物王國礙眼，採取行動試圖毀滅。利姆路說他也是來自日本的轉生者，想盡辦法要跟日向好好談談，可是所有的魔物對聖騎士而言都是敵人。除此之外，不知被誰洗腦，日向以為利姆路是殺掉靜的仇敵，根本不聽他解釋。

除了強力結界，日向發動的攻擊還能對魔物造成莫大傷害，利姆路被逼至絕境。他不想跟靜的弟子為敵，可是不快點回去，不曉得魔國聯邦會有什麼下場。

最後利姆路覺悟，盡全力與日向一對一單挑……

LEVEL UP!

利姆路

利姆路造訪人類國度！
優樹、菈米莉絲、
貝瑞塔等人登場！
拯救孩子們！
啟程回魔國！
不料被日向暗算！

利姆路 VS. 日向

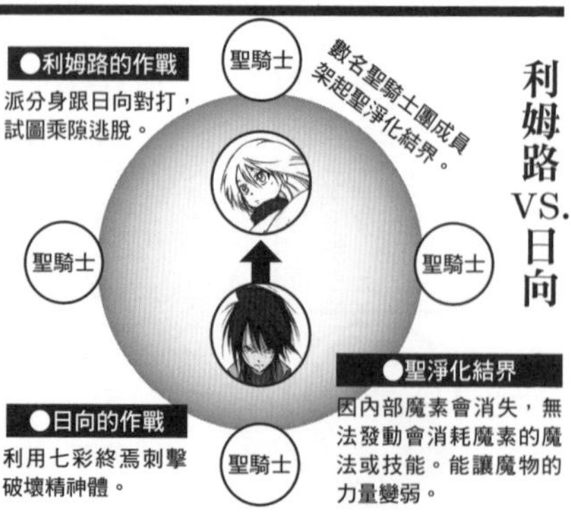
●利姆路的作戰
派分身跟日向對打，試圖乘隙逃脫。
聖騎士
數名聖騎士團成員架起聖淨化結界。
聖騎士
聖騎士
聖騎士
●聖淨化結界
因內部魔素會消失，無法發動會消耗魔素的魔法或技能。能讓魔物的力量變弱。
●日向的作戰
利用七彩終焉刺擊破壞精神體。

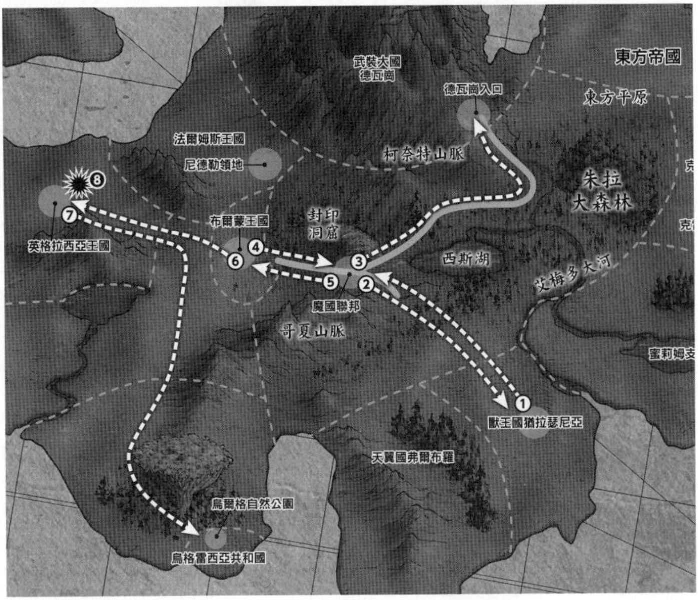

① 獸王國使節團前往魔國聯邦
② 魔國聯邦使節團前往獸王國
③ 利姆路出遊前往德瓦崗
④ 卡巴爾三人組往魔國聯邦
⑤ 利姆路等人前往布爾蒙王國
⑥ 利姆路等人前往英格拉西亞王國
⑦ 利姆路與學生們前往烏爾格自然公園
❽ 利姆路 VS. 日向

利姆路哥布達的 隨想回憶錄④

「旅程不斷，更遭襲擊」

我們與獸王國互派使節團，利姆路大人則出訪矮人王國。國與國的交流正式展開！

紅丸那傢伙，還在獸王國找卡利翁打架耶。結果被人打得落花流水，好好笑。跟三獸士一樣，會不會都太沒用腦了啊。

對我們魔物來說，誰厲害誰就是正義。話說利姆路大人去人類國度旅行，好像也發生不少事情呢。

我經過布爾蒙往英格拉西亞去，想找救孩子們的方法，還跑到南方的烏格雷西亞共和國……到這裡都很平安順遂呢。沒想到回國路上遭遇埋伏。日向好可怕。

5
STORY DIGEST
魔王覺醒篇

魔國聯邦發生慘絕人寰的悲劇，利姆路為了夥伴進化成魔王

●災厄降臨

　在大國法爾姆斯王國裡，艾德馬利斯王及貴族們對魔國聯邦抱持危機感。該國開拓新道路、拓展新產業，令他們國家的經濟開始受到威脅。狡猾的艾德馬利斯王等人假裝該國人民為魔物所傷，企圖以此為正當理由侵略魔國。

　克雷曼的部下繆蘭偽裝成人類與尤姆一行人同行，持續從內部偵察魔國聯邦。不知不覺間，繆蘭愛上了尤姆，克雷曼對這樣的繆蘭下令要她用「魔法無效領域」結界覆蓋整座城鎮。

　這麼做將會讓鎮上的人立刻發現繆蘭真實身分為何。然而，遭人暗示「所愛之人將有生命危險」，令繆蘭不敢違抗命令。

　法爾姆斯王國要宮廷魔法師長拉贊召喚的三名異界訪客——省吾、恭彌、希星喬裝成旅行商人，送進魔國聯邦。

　自私自利的三人見魔國如此繁榮，認為「區區魔物竟敢這麼囂張」，毫無道理地心生恨意。希星在鎮上引發騷動，不僅發動技能，

關於我轉生變成史萊姆這檔事
5
Regarding Reincarnated to Slime
伏瀨

發售日：2016年9月12日
定價：NT$280/HK$85

愛上尤姆的我只能聽令，沒有第二條路可走。我知道自己被當成棄子，但為了保護尤姆……

PICKUP

尤姆與獸人克魯西斯因繆蘭展開戀愛爭奪戰。此時城鎮仍一片祥和。

還想假裝自己遭受魔物襲擊，卻被朱菜的「解析者」看破。

省吾心想既然如此就靠實力痛宰對手，企圖將美麗的朱菜變成自己的奴隸。恭彌則開開心心地襲擊哥布達……異界訪客與紫苑等魔國成員正準備展開一場武力激戰之時，突然出現兩個結界將城鎮包住。

繆蘭所設的魔法無效領域讓所有魔法效果消失殆盡，西方聖教會

大主教雷西姆則展開「四方印封魔結界」，令鎮上的魔物弱化。魔國聯邦面臨前所未有的危機。

●魔王誕生

另一方面，利姆路在英格拉西亞與日向展開激戰，他拿分身當誘餌，總算自危機中脫身。利姆路趕緊返回魔國聯邦，得知法爾姆斯王國與西方聖教會發動突襲導致許多人喪命，其中甚至包含紫苑，讓他大受打擊。

利姆路終日沉浸在哀傷之中，愛蓮則告訴他一個古老傳說。相傳某名少女痛失寵愛的龍，震怒的她殺了不少人進化成魔王。與之靈魂相繫的龍也在死後進化，重新復活……故事是這麼說的。利姆路聽

解說　拉贊殘酷的企圖

拉贊發現自我意識強的人會孕育出較強技能，刻意召喚自我中心的人們。打一開始就企圖將來有一天要奪取他們的技能。

聽說當上魔王可能會性格大變。可是，我相信利姆路先生一定沒問題喔。

完便猜想自己一旦進化成魔王，死者們或許就能死而復生。

「大賢者」表示要進化成魔王須為數超過一萬的靈魂當「活祭品（養分）」。因此利姆路下定決心殺掉相應人數的士兵。

此外利姆路並未譴責繆蘭，改送她新的心臟助她逃離克雷曼掌控。繆蘭很感激利姆路，成了新的幫手。

利姆路為了讓紫苑等人復活，召開會議，於此表明自己是異界訪客轉世。為了避免這次事件再度重演，敢與他們敵對定要發動武力抗爭。除此之外，他也希望花時間增加更多能理解的人。聽利姆路這麼說，敬愛他的夥伴們皆表示贊同。

後來戰爭開打。紅丸等部下破壞圍繞城鎮的弱化結界。在一片混戰中，法爾姆斯王國的異界訪客三人組分別迎來悲慘的命運。

恭彌小看白老，死亡時伴隨漫長的苦痛。省吾則殺害希星，犧牲她來替自己延命。而他本身亦遭拉贊殺死，軀體遭到篡奪。

利姆路單槍匹馬前去殲滅法爾姆斯軍，藉殺戮魔法「神怒（Megiddo）」接連殺害士兵。拉贊打算偷偷逃走，卻

對法爾姆斯王國戰架構

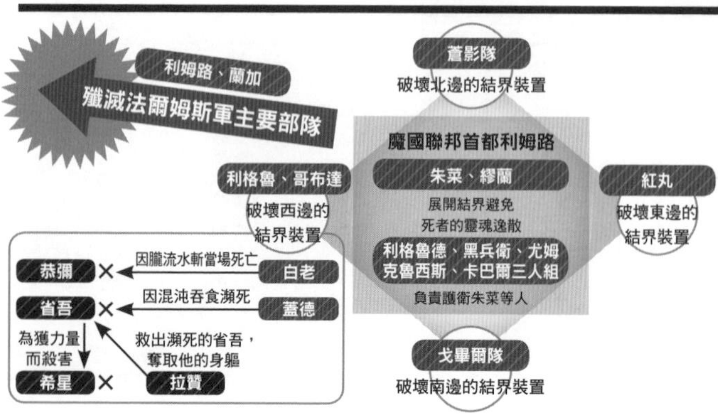

利姆路、蘭加
殲滅法爾姆斯軍主要部隊
蒼影隊
破壞北邊的結界裝置
魔國聯邦首都利姆路
朱菜、繆蘭
展開結界避免
死者的靈魂逸散
利格魯德、黑兵衛、尤姆
克魯西斯、卡巴爾三人組
負責護衛朱菜等人
利格魯、哥布達
破壞西邊的
結界裝置
紅丸
破壞東邊的
結界裝置
戈畢爾隊
破壞南邊的結界裝置
恭彌
因朧流水斬當場死亡
白老
省吾
因混沌吞食瀕死
蓋德
為獲力量
而殺害
希星
救出瀕死的省吾，
奪取他的身軀
拉贊

被利姆路召喚的惡魔──之後的「迪亞布羅」──捕獲。最後除了艾德馬利斯王、雷西姆大主教、宮廷魔法師長拉贊以外，法爾姆斯軍全數陣亡，戰事宣告終結。

●復活，接著召開會議

利姆路獲取大量的魂魄，在一場「豐收祭（Harvest festival）」後如願以償蛻變成真魔王。「大賢者」整合進化成究極技能「智慧之王拉斐爾」，「暴食者」則變成「暴食之王別西卜」。

死者們也徹底復活，且受到利姆路的影響，全員進化。獲得嶄新的強大力量，最重要的是沒失去夥伴，利姆路等人歡欣鼓舞。

就在這個時候，來自獸王國的難民抵達魔國聯邦。這時利姆路得知獸王國竟然被蜜莉姆毀滅。

只不過，打倒卡利翁的蜜莉姆，以及在那當下也在場的芙蕾似乎行跡可疑。利姆路認為卡利翁還活著，決定拯救他。

不久後「智慧之王

解說 自我覺醒

當大家因進化沉眠，「智慧之王拉斐爾」操控利姆路的身體，試著發動返魂祕術。技能展開不該有的自主行動。就在利姆路的魂魄一角，「智慧之王」確實萌生小小的自我意識。

為了讓我們復活，利姆路大人和大家都很拚命呢。真讓人感動！我要心懷感激地做很多美味料理♥

拉斐爾」報告，禁錮維爾德拉的無限牢獄終於解析完成。利姆路馬上讓維爾德拉復活，從各方面來說都令部下大吃一驚。

　他們必須著手進行戰後處理、與西方諸國應對，得知一連串事件背後都是魔王克雷曼在搞鬼，得想辦法處理他。問題堆積如山。

　利姆路找來幹部們召開大型會議。定要讓傷害夥伴的人都付出代價。他在心裡如此發誓……

LEVEL UP!

利姆路

獸王國消滅！
與法爾姆斯王國對戰勝利！
利姆路進化成真魔王！
獲得「智慧之王拉斐爾」、「暴食之王別西卜」、「魂噬」等各式各樣技能！
迪亞布羅成為夥伴！
解放維爾德拉！

本大爺復活！真是感動的重逢啊，嘎哈哈哈哈！絕對不是在胃袋裡忙著看聖典（漫畫）才拖慢解析速度喔！

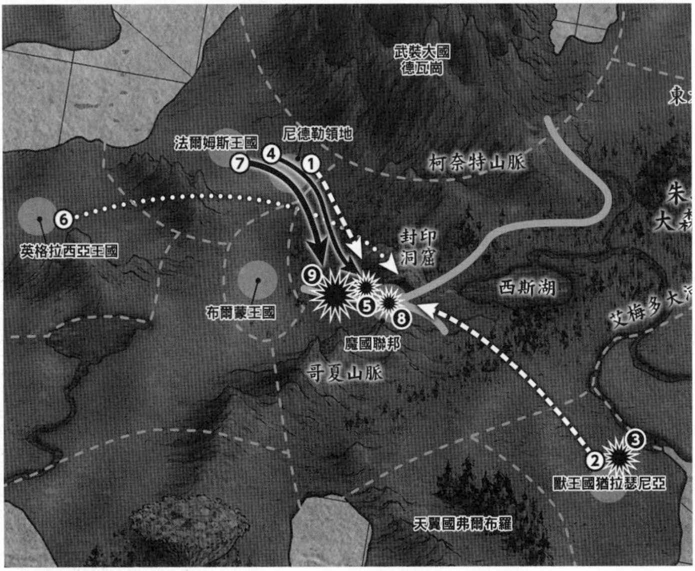

① 繆蘭潛入魔國聯邦
② 獸王國居民前往魔國聯邦避難
❸ 卡利翁 VS. 蜜莉姆
④ 省吾等法爾姆斯先遣隊進軍
❺ 法爾姆斯先遣隊突襲魔國聯邦
⑥ 利姆路移往封印洞窟
⑦ 法爾姆斯主力部隊進軍
❽ 破壞四方結界裝置
❾ 利姆路 VS. 法爾姆斯主力部隊

利姆路 哥布達的 隨想回憶錄❺

「魔國聯邦對法爾姆斯王國」

聽說繆蘭大姊喬裝成人類，假裝成尤姆先生的同夥呢。真精明！

都怪她太精明才讓我國陷入危機就是了。跟法爾姆斯王國對戰真教人捏一把冷汗。我可不想再遇到第二次了。

大家都死而復生真是太好了。多虧利姆路大人趕忙從英格拉西亞王國傳送回來呢。

幸好有洞窟裡的魔法陣可用……戰後一批難民從獸王國猶拉瑟尼亞跑來呢。當時聽說他們的國家整個灰飛煙滅，我整個覺得「啥鬼？」呢。

6 STORY DIGEST

八星輝翔篇

與克雷曼一戰以及參加「魔王盛宴」，利姆路名列「八星魔王（Octagram）」

關於我轉生變成史萊姆這檔事
6
Regarding Reincarnated to Slime
伏瀨

發售日：2016 年 11 月 28 日
定價：NT$300/HK$90

●魔人們的陰謀

位於西方聖教會的聖地——魯貝利歐斯的「內殿」，那裡有名疑似魔王瓦倫泰的男子。拉普拉斯對一名「少年」如此稟報。

克雷曼引發的諸多事件背後，正是這名少年暗中操盤。

賜克雷曼能操控蜜莉姆的魔法道具「支配的寶珠」、誘使法爾姆斯王國出兵侵略，這些全都出自少年和他的部下……克雷曼的主子以及復活的「咒術王」卡札利姆。

收拾利姆路順道讓克雷曼進化成真魔王。儘管他們刻意安排，讓事態不管如何發展都能得償所願，作戰計畫卻接連失敗。如今情況千迴百轉，他們的首要之務乃是調查底細成謎的西方聖教會。

可是，眼下有一個問題，就出在拉普拉斯報告的內容上。該如何料理阻礙調查工作的瓦倫泰？少年一行人要克雷曼召開「魔王盛宴」……也就是讓所有魔王齊聚一堂開會，藉此將瓦倫泰誘到外頭。

克雷曼按指示召開魔王盛宴。然而，克雷曼心生貪念。他想趁此

少年與中庸小丑幫的關係

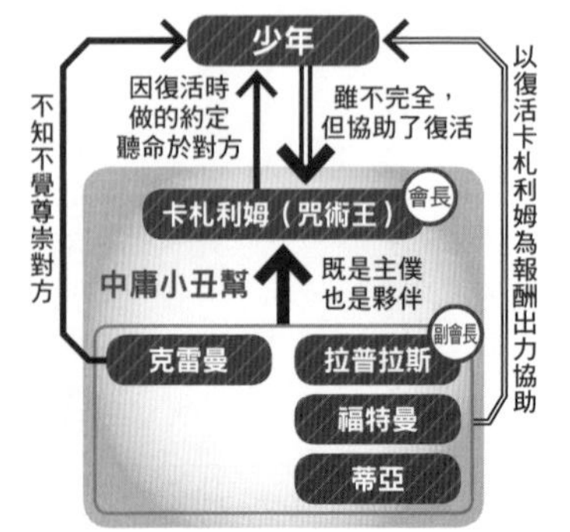

少年
以復活卡札利姆為報酬出力協助
雖不完全，但協助了復活
因復活時做的約定聽命於對方
不知不覺尊崇對方
會長
卡札利姆（咒術王）
既是主僕也是夥伴
中庸小丑幫
副會長
克雷曼
拉普拉斯
福特曼
蒂亞

機會奪走卡利翁的領土，利用殘黨的魂魄覺醒成真魔王。即使同夥的拉普拉斯規勸他，要克雷曼別輕舉妄動，仍然……

●人魔會談

這時，利姆路等人跟各外國代表一起召開大型會議，後人稱之為「人魔會談」。除了老班底魔國幹部，還有矮人王國的蓋札王、從魔導王朝薩里昂前來查探情況的艾拉多公爵等，與會的都是重量級人士。

舉凡該如何應付聖騎士日向、針對前些日子的戰爭要做哪些假情報流往外界、擁立尤姆樹立新王國等等，會議內容相當多元。魔導王朝薩里昂也藉此機會與魔國樹立邦交。

事情進展至此，突然有人闖進會場。妖精菈米莉絲惟恐天下不亂大叫「這個國家會滅亡！」，跟著飛進來。

據她所言，克雷曼要召開魔王盛宴。還出面告發，說魔王卡利翁是反叛者，並聲稱利姆路「殺掉他的部下自立為魔王」，打算藉此收拾利姆路。

「智慧之王拉斐爾」推測克雷曼的目的，乃是想殺掉獸王國那邊的倖存者覺醒成真魔王。當然不能容許這種事情發生。利姆路等人為了擊潰敵人，開始進行

我以為利姆路先生劫走愛蓮，一不小心就想放攻擊魔法突擊他。哎呀，真是太丟臉了。

沒想到能夠跟精靈女王時代的隨從德蕾妮重逢呢。這座城鎮各方面都很舒適，超棒對吧！只是住一下下又沒關係～！

PICKUP

在魔王盛宴前夜，遠古魔王金與魔王雷昂進行面談。金身邊還有維爾德拉的姊姊「白冰龍」維爾薩澤。

作戰準備。此外利姆路也決定參加魔王盛宴，與克雷曼正面對決。

●開戰

就這樣，戰火引燃，魔國與獸王國聯軍一面倒，殲滅敵兵。利姆路陣營暗中傳送大軍，將敵軍誘進事先備妥的陷阱裡。

另一方面，部分魔人展開激烈戰鬥。法比歐、蓋德與中庸小丑幫的福特曼和蒂亞交戰。雖戰敗卻成功記錄敵方資料。至於蘇菲亞和戈畢爾則與「祭祀龍之子民」的神官米德雷，半是切磋地對戰。率領克雷曼軍的魔人「中指」亞姆札試圖逃亡，卻被哥布達和阿爾比思阻擾未能如願。最後亞姆札被克雷曼強行變成暴風大妖渦，遭紅丸的「黑焰獄」燃燒殆盡。

朱菜、蒼影、白老潛入克雷曼的大本營。那裡由「死靈之王」阿德曼保衛，但朱菜讓阿德曼施放的「靈子壞滅(Disintegration)」失控，將這塊土地淨化。非出於己願聽命於克雷曼的阿德曼不再受魔咒束縛，跟眾多部下一起歸順利姆路。

●魔王盛宴

如此這般，與克雷曼軍

魔國、獸王國聯軍 VS. 克雷曼軍

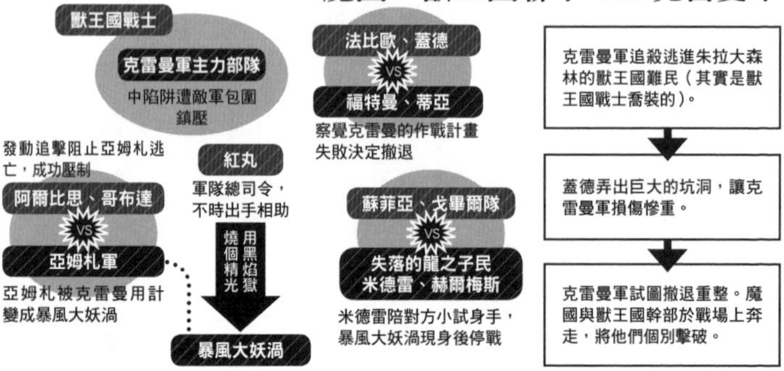
獸王國戰士
克雷曼軍主力部隊
中陷阱遭敵軍包圍鎮壓
發動追擊阻止亞姆札逃亡，成功壓制
阿爾比思、哥布達
VS
亞姆札軍
亞姆札被克雷曼用計變成暴風大妖渦
紅丸
軍隊總司令，不時出手相助
用黑焰獄燒個精光
暴風大妖渦
法比歐、蓋德
VS
福特曼、蒂亞
察覺克雷曼的作戰計畫失敗決定撤退
蘇菲亞、戈畢爾隊
VS
失落的龍之子民
米德雷、赫爾梅斯
米德雷陪對方小試身手，暴風大妖渦現身後停戰
克雷曼軍追殺逃進朱拉大森林的獸王國難民（其實是獸王國戰士喬裝的）。
蓋德弄出巨大的坑洞，讓克雷曼軍損傷慘重。
克雷曼軍試圖撤退重整。魔國與獸王國幹部於戰場上奔走，將他們個別擊破。

一戰最終由利姆路陣營取得勝利。另一方面，魔王盛宴總算開始了，利姆路被迫在那看克雷曼演出陳腐戲碼。

金、雷昂、瓦倫泰……當著聚集在此的魔王眾之面，克雷曼高聲數落利姆路的不是。然而他的主張缺乏證據，被利姆路輕易戳破。到頭來因「遠古魔王」金的一句話，兩人靠對戰的方式定奪。

只要手裡握著被支配的寶珠操控的蜜莉姆，自己就穩居上風——克雷曼如此深信，立刻派蜜莉姆對付利姆路。

不料貝瑞塔和維爾德拉加入戰局。維爾德拉制住蜜莉姆，其他棋子也難挽頹勢，大出克雷曼所料。

還不只這樣，其實蜜莉姆沒有被操控，為了查出克雷曼在玩什麼把戲，才跟芙蕾聯手欺騙他。加上卡利翁並未喪命，一連串令人震驚的事實陸續揭曉。為之一愣的克雷曼被紫苑的大太刀砍出致命傷。

知道自己戰敗的克雷曼垂死掙扎，想著至少要向身為主子的少年稟報。他朝「世界」吶喊，說自己渴望力量，雖有一定條件，但他仍成功覺醒成真魔王。然而這也在「智慧之王拉斐爾」和利姆路的預料之中。利姆路輕易「捕食」克雷曼施放的終極絕招「龍脈破壞砲」。在利姆路看來，即使覺醒，克雷曼的力量依然不過如此。

白老和蒼影替我壓制了死靈騎士與死靈龍，真是幫了大忙……我們能戰勝全因對手原本就無意戰鬥。還得更加精進才行呢。

克雷曼撒些不成氣候的謊，想陷害利姆路，反而遭到報應。

照菈米莉絲的隨從所說，「黑暗始祖」已追隨了那隻史萊姆，竟請得動那個異類啊。叫利姆路是吧。這傢伙滿有趣的。

遭人痛宰仍堅持不肯透露夥伴相關情報的克雷曼，利姆路用「暴食之王別西卜」進行「捕食」。克雷曼在痛苦之中徹底滅絕。

魔王盛宴到此結束。事後芙蕾和卡利翁宣布他們不再當魔王，要成為蜜莉姆的部下。而維爾德拉輕率地發言，暴露了其實瓦倫泰是「魔王魯米納斯．瓦倫泰」的替身，當下掀起一陣風波……利姆路則莫名其妙得替眾魔王想新稱號，最終他正式獲得認可當上「魔王利姆路」，成為新稱號「八星魔王」的一分子。

LEVEL UP!

利姆路

展開人魔會談！
鎮壓克雷曼軍！
參加魔王盛宴！
阿德曼、九頭獸等成為夥伴！
打倒克雷曼！
成為八星魔王的一員！

我知道克雷曼另有其他企圖，才想試探他。很高興利姆路替我擔心！

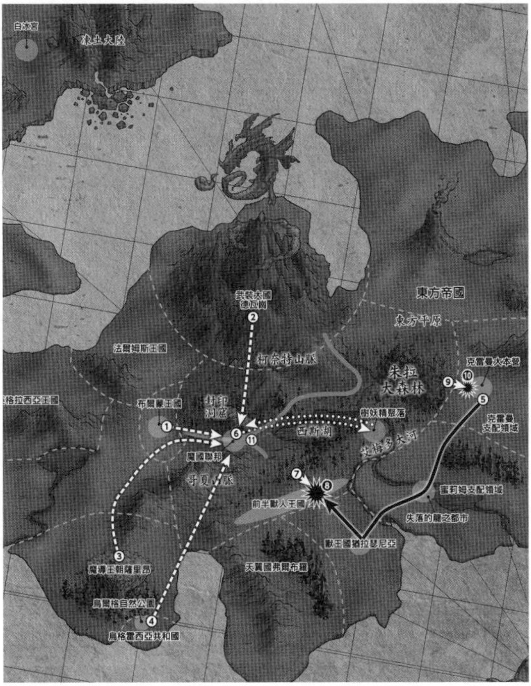

① 費茲來訪
② 蓋札王來訪
③ 艾拉多來訪
④ 菈米莉絲來訪
⑤ 克雷曼軍
主要部隊進軍
⑥ 利姆路前往
樹妖精聚落
⑦ 魔國聯邦
暨獸王國聯軍
伏擊克雷曼軍
❽ 魔國聯邦
暨獸王國聯軍
VS. 克雷曼軍
⑨ 朱菜三人組
進攻克雷曼領地
❿ 朱菜三人組
VS. 阿德曼
⑪ 利姆路參加
魔王盛宴

利姆路哥布達的 隨想回憶錄❻
「與克雷曼一決勝負與就任魔王」

剛打完一場戰爭又接另一場耶。我們在半獸人王國遺址布下圈套，弄誘餌引誘敵軍。

據說那幫雜碎落入陷阱的模樣很有趣？勝負老早就見分曉，我們一併攻擊敵人的根據地。這方面多虧朱菜等人努力呢。

利姆路大人利用這段時間參加魔王盛宴對吧。話說會場在哪裡啊？

我們是傳送過去的，不大清楚耶～是說我完全被蜜莉姆的演技騙倒。雷昂也有來參加會議，但沒機會賞他一拳。

7 STORY DIGEST 聖魔對立篇

日向再次與利姆路對決，七曜大師設下卑鄙的陷阱

●惡魔、麗人、計謀

利姆路要迪亞布羅全權主導法爾姆斯王國的攻略大計，而迪亞布羅立下完善的計畫。

不僅要艾德馬利斯王退位，還獅子大開口要求高額的戰爭賠償金。想必新王會將責任都推給前任國王，企圖用這種方式帶過。因此他們讓尤姆替前任國王撐腰，利姆路也撥派援軍。等內亂終結，便基於守護皇室的名義逼對方將王權讓渡給尤姆……以上就是計畫內容。為了實現該計畫，迪亞布羅派出已聽命於他的艾德馬利斯王等三名俘虜，誘導貴族會議，讓情況有利於己。

日向去找魯米納斯教的神魯米納斯──真實身分為魔王魯米納斯．瓦倫泰──商量今後方針。數年前日

關於我轉生變成史萊姆這檔事 7
Regarding Reincarnated to Slime
伏瀨

發售日：2017 年 3 月 27 日
定價：NT$300/HK$90

只要魯米納斯大人仍願意保護人類，那位大人就是我該守護的對象。

解說

追悼克雷曼

第七集開頭描寫得知克雷曼死訊的「少年」等人為之哀嘆，並得知他們的野心乃征服世界。這幫人為不少人帶來無以計數的麻煩，但夥伴之間的情誼似乎意外地深厚。

向得知神的真面目並挑戰魯米納斯，卻吃下敗仗。後來變成魯米納斯的部下。

魯米納斯下令別與魔國作對，日向本人亦無加害利姆路之意。因為她事後才發現自己被可疑的「東方商人」誘導，因此和利姆路針鋒相對。之後召開聖騎士團暨法皇直屬近衛師團聯合會議，雷西姆將利姆路給的口信交到日向手中。然而口信內容被不明人士竄改，聽起來就像利姆路想找日向單挑。由於有曾出手襲擊利姆路的責任，日向表

示她要單槍匹馬赴約，找對方談談，西方聖教會的最高顧問「七曜大師」則授予她一把大劍「破龍聖劍(Dragon Buster)」。

日向如同宣言獨自啟程，仰慕她的數名騎士夫利茲等人緊追在後。此外不知為何，在他們後方又有百名聖騎士跟著。這是七曜大師安排的，其意圖容後揭曉。

在這一連串行動背後，隱含某些人的計謀。他們就是「五大老」，核心人物為主導西方諸國的重量級人物——格蘭貝爾・羅素。日向的部下、「三武仙」成員古蓮妲，「東方商人」暨黑暗組織「三巨頭」的領頭羊達姆拉德都與他們暗中私通。

日向看在格蘭貝爾等人眼裡過於強大，試圖介入各國權力均衡的魔國則顯得礙事。他們放出謠言指稱「惡魔殺害雷西姆大主教」，要妨礙魔國的法爾姆斯攻略計畫，同

單槍匹馬去跟魔王見面簡直是自殺行為！當時我是這麼想的……

PICKUP
魔國周邊出現餃子等令人懷念的異世界美食！日向狠瞪企圖搶食的夫利茲。

魔國周邊的繁榮樣嚇我一跳。街道整得漂漂亮亮，而且食物超好吃！

時採取行動企圖滅掉日向。

●第二次對決

新謠言和日向的動向也傳入魔國。迪亞布羅卯起來尋找殺害雷西姆的犯人，說要洗刷冤屈，利姆路等人則盡力做好準備，靜待時機到來。

後來戰火終究於兩處點燃。日向和利姆路都想跟對方交涉，但他們還未接觸，較晚出動的百名聖騎士就與幾名幹部開戰。

這正是七曜大師的計謀。他們憎恨受魯米納斯寵幸的日向，用計確保日向與利姆路交戰。利姆路毫不知情，要部下對付聖騎士，局勢推動下，發展為與日向一對一單挑。

日向祭出了傳說級的武器「月光細劍（Moonlight）」應戰。利姆路遭飽經磨練的劍技追逼，然而「智慧之王拉斐爾」在戰鬥中學會「未來攻擊預測」，出招對應。日向看出久戰不利於己，便使出絕技「崩魔靈子斬（Melt Slash）」一決勝負。但這也被利姆路用「暴食之王別西卜」抵銷。最終由利姆路贏得勝利。

跟敵人玩得太過火被阻止了。可是那個人還想跟我多玩一下吧？對吧？

教會派來的騎士根本不夠看。最好請白老重新鍛鍊，哼。

竟敢讓我蒙冤，真是不要命了。但我已經徹底報復真正的犯人了呢。咯呵呵呵。

心中彷彿再無芥蒂，日向笑著認輸，這時大師們交給她的破龍聖劍炸裂。日向為了保護利姆路身受重傷，瀕臨死亡。

●七曜大師與魯米納斯

另一方面，在法爾姆斯王國，新王最終還是發兵了。出兵名義是處罰前任國王。

迪亞布羅直接降臨在新王愛德華面前，勸他退兵。可是，愛德華拒絕該提議，因此惹火迪亞布羅。

達姆拉德事先安排「惡魔討伐者」，加上古蓮妲等「三武仙」及愛德華。多數人都低估情勢。然而迪亞布羅活過漫長歲月，是強大的惡魔大公（惡魔貴族）。他展現壓倒性的強勢力量，總算看出其真實身分的惡魔討伐者難堪地求饒，古蓮妲則逃之夭夭。在場眾人頓時領悟——該名惡魔擁有如此強大的力量，沒必要大費周章殺害雷西姆。

真正的犯人，恐怕是七曜大師……正當三武仙的薩雷察覺此事，好巧不巧其中三名七曜大師無預警現身。他們要來殺想必已悟出真相的人們。

在此同時，兩名七曜大師也於利姆路等人所在處現身，搬弄是非試圖殺害日向。不過，在迪亞布羅透過「思念網」稟報後，利姆路拒絕配合。得知邪惡勾當穿幫的大師們打算連同聖騎士在內，殺掉在場所有人，他們發動的「三重靈子崩壞（Trinity Disintegration）」卻被利姆路的「暴食之王別西卜」和「絕對防禦」化解。

原本有百分之百把握的攻擊起不了作用，一幫七曜成員正感到慌亂之時，魯米納斯現身了。她救回

魔國聯邦、法爾姆斯王國各自的狀況

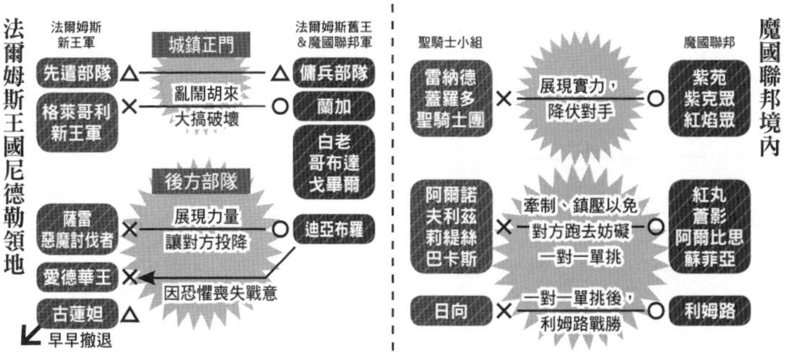

瀕死的日向，親手了結基於私慾做出壞事的七曜大師。

此時此刻，出現在法爾姆斯的七曜成員也被迪亞布羅處理掉。嚇得半死的新王答應讓位給尤姆，戰爭劃下休止符。

留在魯貝利歐斯的七曜最後一人「日曜師」格蘭也無法倖免，遭察覺他犯下邪惡勾當的尼可拉斯樞機劊除……應該是這樣沒錯，但格蘭其實是格蘭貝爾・羅素的「精神體」附身對象，格蘭貝爾本身依舊平安地活著。

身為「轉生者」的孫女瑪莉安貝爾對回歸本體的格蘭貝爾宣告，說魔物城鎮對羅素一族來說是危險的存在。一定要毀滅掉……

LEVEL UP!

利姆路

攻略法爾姆斯王國！
打倒七曜大師！
跟日向和解！
新敵人——羅素一族登場！
少年跟他的同夥靜觀其變！

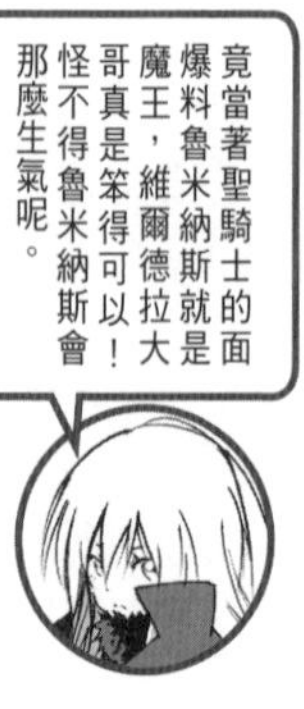
竟當著聖騎士的面爆料魯米納斯就是魔王，維爾德拉大哥真是笨得可以！怪不得魯米納斯會那麼生氣呢。

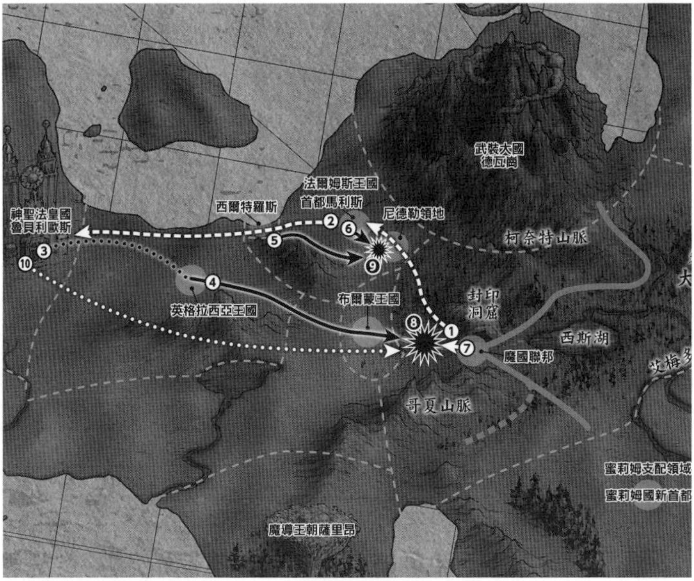

① 艾德馬利斯等人回到法爾姆斯
② 雷西姆前往魯貝利歐斯
③ 日向前往魔國聯邦
④ 阿爾諾等四人與日向會合
⑤ 達姆拉德朝尼德勒領土進軍
⑥ 愛德華朝尼德勒領土進軍
⑦ 魔國聯邦出兵
❽ 魔國聯邦 VS. 聖騎士團
❾ 魔國聯邦 VS. 愛德華軍
⑩ 魯米納斯移駕

利姆路哥布達的 隨想回憶錄 ❼

「賀！與日向交好！」

為了對付西方聖教會跟法爾姆斯王國的新王軍，這次也採雙線作戰。

唉～好累啊！

不，你根本什麼事都沒做吧？對照日向出動跟迪亞布羅的負面傳言，時間點這麼湊巧，可見背後有人暗中操刀。

一開始還不清楚殿後的聖騎士部隊是來幹嘛的呢。七曜大師那幫人真可怕。

我的口信似乎也遭七曜動手腳。「我不想跟妳打喔」變成「來單挑吧！」，自然免不了引發一場決鬥。不過最後能和解真教人慶幸啊。

STORY DIGEST

領土治理篇

著手準備「開國祭」，進化型地下迷宮誕生！

認魔國聯邦是一個國家，兩國締結百年邦交。魯米納斯教的教義「魔物一律殺無赦」似乎只是為圖方便，於是趁此機會廢除。

●百年友誼

利姆路跟魯米納斯和日向等人討論今後方針。

日向一行為先前的種種向利姆路等人道歉，雙方和解。大夥兒一致認為一連串事件都有「東方商人」暗中搞鬼。而背後更有讓克雷曼尊稱「那位大人」的謎樣人物存在。七曜的嫌疑很大，但立刻斷言有其風險，所以這件事暫且持保留態度。

之後，魯貝利歐斯正式承

妾身出手教訓了嘴巴不牢靠的蜥蜴，但仍不足以抹滅長年累積的恨意。
跟人類一起參加宴會一開始讓人不知所措。但我現在會學著和利姆路大人一樣看清靈魂本質，所以沒問題！

關於我轉生變成史萊姆這檔事
8
Regarding Reincarnated to Slime
伏瀨

發售日：2017年11月23日
定價：NT$280/HK$85

閒聊之際，利姆路對日向提及今後的構想。他懷抱夢想，希望人類社會能認可他們，還要開發新型態資訊傳達技術，培育娛樂文化。日向提出忠告，說文明發展過度會遭到天使攻擊，但利姆路並沒有收手的意思。

●為了準備慶典忙翻

　魔國聯邦要舉辦「開國祭」慶祝利姆路當上魔王，向各國首腦發出邀請函，請他們參加兼發表會的慶典。此時日向敗給利姆路的消息正令諸國震驚，首腦們都在煩惱該如何應對。

　蓋札王深信利姆路不會與人類為敵，宣布要繼續維持友好關係。並正式與魯貝利歐斯展開邦交，薩里昂的皇帝則決定親訪魔國。

　地點來到布爾蒙王國，一名叫卡札克子爵的貴族造訪摩邁爾旗下店鋪。卡札克帶來一筆會用上長耳族奴隸的生意，但摩邁爾不想跟這種犯法買賣沾上邊，苦於應對。利姆路正好這時出現，對於卡札克藐視利姆路的態度，終於讓摩邁爾發飆，將卡札克逐出店門。

　利姆路此行前來是為了拜託摩邁爾幫忙準備開國祭。魔國人民都卯起來打點祭典。利姆路這邊也得摩邁爾相助，得以開設速食店、建設歌劇院，更決定舉辦武鬥大會作

因為想吃就開發多道異世界料理，真讓人傻眼。雖然我吃得很開心！

竟然開魔王就任發表會，我家師弟真夠誇張。但這也是他有趣的地方呢。

為主打企畫。摩邁爾則搬進魔國聯邦，正式負責慶典的營運。

順帶一提，利姆路擔心卡札克對摩邁爾懷恨在心，便要前狼鬼兵部隊成員、身手一流的哥布衛門擔任護衛。之後利姆路聽說「出外賺錢的長耳族行蹤不明」，便想起卡札克的事，命蒼影前去調查。

●快樂的迷宮創造

利姆路回國後，想住在魔國聯邦的菈米莉絲正試圖強行搬遷。利姆路原本很傻眼，但他突然想起能利用菈米莉絲的能力「迷宮創造」來經營冒險娛樂設施。聽到除了能住進魔國聯邦，還能當迷宮管理者獲取報酬，菈米莉絲喜出望外地應允。

菈米莉絲的「迷宮創造」，不僅能輕易進行大規模改裝，在迷宮內喪命的人還能死而復生等，是很可怕的技能。這下似乎能造出不得了的東西——就連利姆路自己也在迷宮設計上投注極大熱情。

他從黑兵衛那兒弄來武器或防具的試作品，設置在迷宮裡。再誘騙維爾德拉，讓他答應當第一百層的守護者。一聽到能解放妖氣，還能玩真實模擬遊戲，維爾德拉也非

少爺交付了重大任務，還迎我入國，光是這點就讓本人摩邁爾感激不盡！

迷宮之王就是我！除了我，沒人能擔此重任。嘎——哈哈哈！

常高興。下方樓層的魔王則配置了阿德曼和精靈守護巨像、阿畢特與賽奇翁、九魔羅坐鎮，就連蜜莉姆也捕捉了用來製作陷阱的龍。

陷阱、魔物、設置安全地帶……經過數次調整，位於競技場地底的冒險迷宮變得相當有看頭。

●謁見與白老的女兒

後來，摩邁爾終於搬進魔國聯邦。在他看來魔國環境棒得沒話說，迷宮也是一絕。還發下豪語說他一定會把祭典辦得很成功，正如他所說，他用那高明的手腕處理各類工作。

而利姆路的擔憂成真，摩邁爾似乎曾遭卡札克襲擊好幾次。右手受了傷的護衛哥布衛門，被利姆路指出「你過於單打獨鬥」，要哥布衛門反省。

一陣忙亂中，為了慶祝利姆路當上魔王——或者打算看看他有多少斤兩，森林各族的代表開始前來謁見。

如牛頭族與馬頭族的紛爭、達格里爾的兒子們來襲等，還發生各種麻煩事，其中與長鼻族（天狗）的會談更是充滿緊張感。

前陣子利姆路派紅丸去長鼻族村落，要他針對街道建設跟對方進行交涉，當時長鼻族族長楓曾提出要紅丸當她女兒紅葉的伴侶。

楓甚至還是與白老一同學習劍術的師妹，得知紅葉是白老與楓生下的孩子，白老變成寵溺孩子的父親，利姆路等人則顯得有些困惑。

至於前來謁見的紅葉，看起來似乎對利姆路心生警惕。事實上長鼻族因領土問題與芙蕾為敵，紅葉認為與芙蕾有交情的利姆路也對領

魔國聯邦地下迷宮地圖

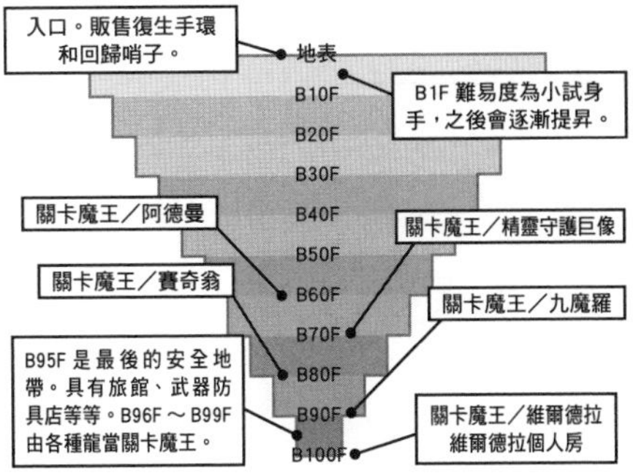

入口。販售復生手環和回歸哨子。
地表
B1F 難易度為小試身手，之後會逐漸提昇。
B10F
B20F
B30F
B40F
B50F
B60F
B70F
B80F
B90F
B100F
關卡魔王／阿德曼
關卡魔王／精靈守護巨像
關卡魔王／賽奇翁
關卡魔王／九魔羅
B95F 是最後的安全地帶。具有旅館、武器防具店等等。B96F～B99F 由各種龍當關卡魔王。
關卡魔王／維爾德拉
維爾德拉個人房

概要

・第一層是四邊寬兩百五十公尺的正方形。內部構造每隔幾天就會變更一次。

・各樓層除了有會掉寶的魔物徘徊，並設有寶箱。

・每隔五層就有一個安全地帶，隔十層設記錄點和關卡魔王。

・第六層之後將有會移動的地面和魔物小屋等各式各樣陷阱！

土虎視眈眈。幸好誤會解開，後來紅葉便跟阿爾比思展開紅丸爭奪戰（朱菜和紫苑也順勢爭奪利姆路）。相輔相成造就自由戰鬥戀愛主義。

結束謁見後，蒼影對利姆路稟報令他掛心的事。關於要蒼影調查的奴隸買賣事件，據說名為「奴隸商會」的犯罪組織已被「勇者正幸」搗毀。

正幸似乎要帶救出的長耳族奴隸前來魔國聯邦。還有傳聞指出正幸打算討伐魔王，但利姆路希望先跟他談談，嚴禁大家出手。

之後魔國聯邦迎接融雪之時，熱鬧的祭典即將展開……

LEVEL UP!

利姆路

著手準備開國際！
發送邀請函給各國！
開始打造迷宮！
菈米莉絲、摩邁爾等人成為夥伴！
白老的女兒現身！
紅丸不知該如何是好！

突然要我討老婆，是要我怎麼辦……我根本什麼都辦不到啊。

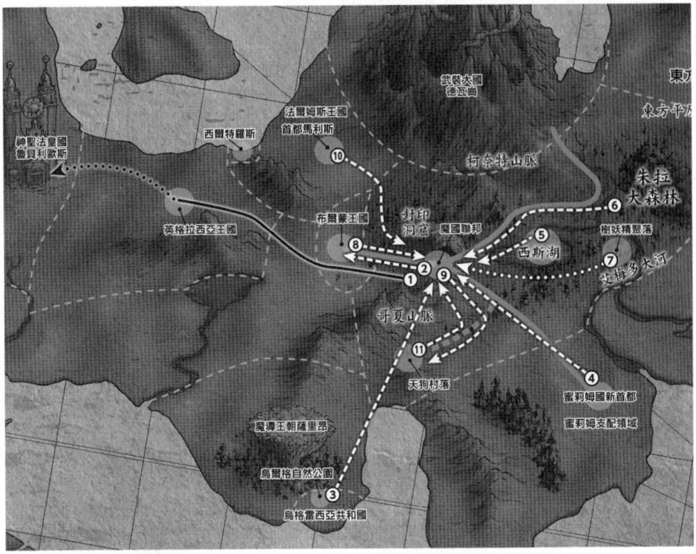

① 聖騎士團回魯貝利歐斯
② 利姆路訪問布爾蒙
③ 菈米莉絲搬進魔國聯邦
④ 蜜莉姆從芙蕾的課上逃走
⑤ 各族長親訪魔國聯邦朝拜
⑥ 牛頭族、馬頭族前往魔國聯邦
⑦ 樹妖精等種族搬進菈米莉絲的迷宮
⑧ 摩邁爾前往魔國聯邦
⑨ 紅丸等人拜訪天狗村落
⑩ 迪亞布羅等人返回魔國聯邦
⑪ 紅葉前往魔國聯邦

利姆路哥布達的

隨想回憶錄 ❽

「開國祭將至！」

要辦祭典、要辦祭典啦！我國居民們都忙著企劃呢。

朱菜要製作新品蛋糕，大家都樂在其中真是太好了。我也很高興啦。

利姆路大人你們在打造迷宮對吧。聽說造得很厲害，真想快點見識一下。

那要留著當公開後的樂趣喔，哥布達老弟。謁見真的好累人。加上還有紅葉引發的騷動。

戈畢爾先生納悶自己為何不受歡迎，變得很沮喪，真是太悲慘了……

COMICALIZE

月刊少年シリウス
關於我轉生變成史萊姆這檔事

透過細密地刻劃徹底漫畫化！
「轉生史萊姆」世界就此展開！

漫畫版於講談社月刊「少年シリウス」大好評連載中。透過漫畫家川上泰樹的巧手，將號稱不可能漫畫化（!?）的「轉生史萊姆」世界觀仔細重現。完成度之高連原作書迷都認可♪小說中沒有插圖的角色也能透過漫畫先睹為快，書迷必看！

（※ 台灣由東立出版社出版）

單行本還追加伏瀨老師寫的短篇番外故事嗎!?
這樣就能進一步了解利姆路大人了呢！

角色紀實

CHARACTERS

愛好和平的魔王史萊姆
利姆路·坦派斯特
Rimuru Tempest
魔國聯邦
妖魔族
「我只是想創造能讓自己愉快過生活的國家。」

個人資料
Status

Name
名稱——利姆路・坦派斯特
Race
種族——史萊姆→史萊姆魔性精神體
Belong
隸屬——朱拉・坦派斯特聯邦國
Title
稱號——魔物統治者
真魔王

Magic
魔法

元素魔法 物理魔法 精靈魔法 高階精靈召喚 高階惡魔召喚

Peculiar Skill
固有技

無限再生 萬能感知 萬能變化 魔王霸氣 強化分身 萬能絲

Ultimate Skill
究極技能

智慧之王拉斐爾……思考加速、解析鑑定、並列演算、詠唱排除、森羅萬象、整合分離、能力改變、未來攻擊預測

暴食之王別西卜……捕食、胃袋、擬態、隔離、腐蝕、魂噬、食物鏈

誓約之王烏列爾……無限牢獄、法則操作、萬能結界、空間支配

暴風之王維爾德拉……暴風龍召喚、暴風龍復原、暴風系魔法

Tolerance
抗性

痛覺無效 物理攻擊無效 自然影響無效 狀態異常無效
精神攻擊抗性 聖魔攻擊抗性

Mimicry
擬態

惡魔 精靈 黑狼 黑蛇 蜈蚣 蜘蛛 蜥蜴 蝙蝠 其他

●來自異世界的變種魔王

自朱拉森林洞窟內的魔素凝聚而誕生的史萊姆。前世是異世界人，為三十多歲的上班族「三上悟」，某天被隨機殺人魔刺中背部三兩下結束性命。臨死之際，他想了些無聊事，結果竟轉生成史萊姆。

剛轉生的日子閒閒沒事做，就吃草打發時間。這時還是比較普通（？）的史萊姆。

具備多項技能，尤其是獲得了多達四種堪稱世界上最頂級的「究極技能（Ultimate Skill）」。分別是演算能力優越、傳授不少知識的「智慧之王拉斐爾」、能吸收一切並將之保存的「暴食之王別西卜」、集先前獲得技能之大成的「誓約之王烏列爾」、能召喚龍型維爾德拉的「暴風之王維爾德拉」，這些全都是相當犯規的能力。

不僅保有前世記憶，轉生還獲得「大賢者」、「捕食者」等便利技能，並且跟世上最強的「龍種」維爾德拉成為朋友，利姆路的史萊姆生涯有了個相當美好的開端。反

人化的變身尺寸按本體史萊姆體積而定，但透過「黑霧」補強就能變成大人。

過來說，也因為這些好處，他才會走上波瀾萬丈之路。先是跟小鬼（哥布林）族相遇，接著統率住在森林裡的許多魔物，後來甚至當上魔物王國「朱拉・坦派斯特聯邦國（魔國聯邦（Tempest））」的盟主，並且躍升為「魔王」的一員。

說到這樣的利姆路的性格，一方面由於保有身為日本人的記憶，基本上性情溫和愛好和平。可是，他經歷了一些事後，如今身上也多了一份殘酷，絕不放過傷害同伴的人。

此外，他的基本行動理念，就是「希望打造不分種族，大家都能快快樂樂舒適過生活的國度」。他就這麼順從渴望胡衝亂撞，如今魔國聯邦的食衣住行不管跟哪個國家相比都毫不遜色。

順帶提到外表，就像Q軟的月白色饅頭。女生都覺得他「好可愛」，非常受歡迎。可以藉「暴食之王」的其中一項效果「擬態」變身成人型，變身姿態有如同鄉的異界訪客靜的孩童模樣。成了有對水靈大眼、銀髮散發淡淡藍彩的美少女姿態，但史萊姆沒有性別之分，變身後仍是中性體。

Rough Sketch

因為是史萊姆所以能變幻自如。此外彈性很好。其實沒有眼睛，但刻意加畫讓他具有可愛的印象。

戰鬥服是朱菜和葛洛姆的力作。為一種魔法裝備，可配合利姆路的型態改變形狀。身體變大就跟著變大，要長翅膀還會在背上自動開洞，為一流逸品。

以忠心之牙守護主人的野獸

蘭加 Ranga

魔國聯邦
黑嵐星狼

個人資料
Status

Name
名稱——蘭加
Race
種族——牙狼族→嵐牙狼族
→黑嵐星狼
Belong
隸屬——東方平原
→朱拉・坦派斯特聯邦國
Title
稱號——利姆路的寵物

Magic
魔法 死亡風刃 黑色閃電 破滅風暴
Peculiar Skill
固有技 超嗅覺
Unique Skill
獨有技
魔狼王……超直覺、附體同化、同族召喚、同族再生、意志統一操作
Extra Skill
追加技
魔力感知 多重結界 空間移動 思念網
Tolerance
抗性
物理攻擊抗性 狀態異常抗性 精神攻擊抗性
聖魔攻擊抗性 自然影響抗性

●利姆路的護衛兼寵物

他是棲息在東方平原的牙狼族首領之子。身軀巨大超過五公尺的狼型妖獸，額頭長出的兩根長短不同的角為其特徵。能自由調整身體大小，平常生活會縮到三公尺左右。

總是潛伏在利姆路的影子裡擔任護衛，也與利姆路共享魔力。光靠蘭加單獨一隻就很強了，但他能召喚名為星狼將的指揮官級眷屬讓力量增幅。此外，具備與他人互助合作，彼此的力量都會跟著提昇的特性。

蘭加的必殺技「黑雷風暴」，是發動能讓周遭產生氣壓變化並操縱風的「馭風術」配上「黑色閃電」，造出會放電的龍捲風吞噬敵人，為廣域強化型攻擊技能。攻擊力高得嚇人，只消一擊就能將敵軍勢力削掉一大部分。然而，這招必須消耗大量魔素，故無法頻繁擊發。除此之外，若要活捉敵人，他還編出一套讓身體包著一層雷電衝撞來打倒對方的作戰方法。

喜歡被人撫摸漆黑的毛皮。特別是被利姆路摸，他會開心得舒服瞇起眼睛外加搖尾巴。利姆路有時也把他當寵物看待，但他本身似乎不介意。

RIMURU's REPORT BOOK
魔王利姆路聯絡簿

他是時常陪伴在我身邊的可靠夥伴。不過非戰鬥時幾乎都待在我的影子裡，我擔心他會運動量不夠呢。最近好像跟紫苑感情很好，但拜託你們別失控亂來啊——！

蘭加與紫苑靠著超群默契打倒敵人。兩人都很好戰所以似乎很合得來。

Rough Sketch

以前還是嵐牙狼族的時候只有一支角，如今進化成黑嵐星狼變成兩支角。頗有狼王架式。

牙狼族首領

東方平原　牙狼族

他是棲息於東方平原的牙狼族首領，蘭加的父親。性格狡猾桀敖不馴。雖居首領之位，卻不篤信牙狼族一心同體的「團結個體」精神。

因暴風龍維爾德拉消失便想趁機當上森林霸主，朝哥布林的村莊進軍，卻小看擋住去路的利姆路導致情勢逆轉，最後遭「水刀」斷頭取命。

粗心大意但無法討厭的冒失鬼

哥布達
Gobuta

魔國聯邦
人鬼族

個人資料
Status

Name
名稱——哥布達
Race
種族——小鬼族（哥布林）→人鬼族（滾刀哥布林）
Belong
隸屬——哥布林村
→朱拉・坦派斯特聯邦國
Title
稱號——狼鬼兵部隊隊長

Magic
魔法
水冰大魔槍
Extra Skill
追加技
影瞬　同化
Tolerance
抗性
毒抗性

●狼鬼兵部隊的可愛隊長

曾住在哥布林村的哥布林之一。因利姆路賜名進化成滾刀哥布林，外觀上卻沒太大改變。

是個粗心大意的笨蛋，被誇很容易得意忘形，但該認真的時候還是會好好做的苦幹實幹型。周遭眾人都當他是製造笑料的冒失鬼，對他關愛有加。偶爾會讓人窺見他的才華，像是最先完成大家都辦不到的嵐牙狼召喚等。

自從當上狼鬼兵部隊的隊長就負責鎮上警備工作，或者在作戰時擔任開路先鋒。不堅持事事都靠自己獨力解決，會跟部下一起同心協力克服的態度，讓利姆路認為他具備領袖特質，但其實哥布達背後藏的真實心聲是想把簡單工作推給部下好蹺班摸魚。

哥布達的專用武器，是黑兵衛

跟利姆路共同開發的魔法裝備小太刀。只要哥布達在心裡默念就能讓刀身變成冰槍，還能讓整把刀身變成水冰大魔槍丟向敵人，是很棒的武器，然而發動魔法靠的是魔力，因此無法頻繁使用為其弱點。此外，小太刀刀鞘還改造成「鞘型電磁砲」，可當電磁砲使用，也是他愛用的武器。

三不五時就跟利姆路結伴偷跑去夜晚的店家，或者大聊些白痴話題，構築了既是部下又像損友的良好關係。

乍看之下是少根筋的愚蠢傢伙，但靠技能「同化」與星狼族合體成為相當於A－等級的強者。

Rough Sketch

露出可愛的表情，感情全寫在臉上的哥布達。被利姆路罵就連頭髮都跟著垂下。

←由操刀漫畫版的川上泰樹老師勾勒的草圖。

RIMURU's REPORT BOOK
魔王利姆路聯絡簿

雖然很笨又容易得意忘形，但這男人該認真時還是會有所表現啦～當隊長似乎也很努力呢。平常老在教訓他，有時也該帶他去夜晚的店家。我個人是沒興趣啦，都是為了哥布達喔。嗯。

擅長統理與交涉的哥布林王

利格魯德
Rigurd

魔國聯邦
人鬼族

個人資料
Status

Name
名稱——利格魯德
Race
種族——小鬼族（哥布林）→人鬼族（滾刀哥布林）
Belong
隸屬——哥布林村
→朱拉・坦派斯特聯邦國
Title
稱號——哥布林王

●位居宰相為國家營運奮鬥

原本是在哥布林村擔任村長的年老哥布林。底下曾有個被人命名為「利格魯」的兒子，但與牙狼族對決而喪命。聽說這件事的利姆路便由「利格魯」發想，賜他「利格魯德」這個名字。自己也被命名的利格魯德進化成滾刀哥布林，變成有一身結實肌肉的偉岸壯年男子。另外，他還有一個擔任警備隊長、繼承死去「利格魯」之名的兒子。

在魔國聯邦被授予哥布林王一職，成為該國的實質統治者，精力旺盛地辛勤工作。隨著國力漸長，居民也隨之增加，他掌握每個居民的長處與短處，眼光精準、指派合適的工作給大家，成了面對艱難統治工作也能面不改色安排妥當的能幹男人。再加上對外交很有一套，是跟周邊諸國交涉不可或缺的人物。

一開始只露得出可怕的笑容，但累積豐富的外交經驗後，如今已能用不輸專業服務人員的笑容應對。

意外有好戰、愛訴諸武力的一面，平常就在鍛鍊身體。

利格魯德身材高大，其肩膀對矮小的利姆路而言是理想運輸手段，移動過程中能保有威嚴。

RIMURU's REPORT BOOK
魔王利姆路聯絡簿

一肩扛起國家的行政工作，努力將重要工作處理得幾近完美，派他赴任的我也與有榮焉啊。多謝！哎呀～多虧利格魯德，今後我似乎也能帶著座右銘「掛名君主統而不治」繼續走下去。

Rough Sketch ↑由操刀漫畫版的川上泰樹老師勾勒的草圖。

利格魯

魔國聯邦 人鬼族

以前在哥布林村是擔任哥布林領導者總管村莊的哥布林，是利格魯德的兒子。上頭有個哥哥被魔人喀爾謬德命名為「利格魯」，可是這名兄長與牙狼族對戰失去性命，事後利姆路允許他繼承哥哥的名字。

自從接獲指派擔任警備部隊的隊長後，每天都忙著處理國家警備工作、調派糧食。是認真又聰明的模範生，熱心工作的他也深受利姆路信賴。

行事強硬，眉清目秀的利姆路左右手

紅丸
Benimaru

魔國聯邦
妖鬼

個人資料
Status

Name
名稱——紅丸
Race
種族——大鬼族（食人魔）→鬼人族→妖鬼
Belong
隸屬——食人魔村落
→朱拉．坦派斯特聯邦國
Title
稱號——鬼王

Magic
魔法
氣鬥法 | 妖術

Unique Skill
獨有技
大元帥……思考加速、念力支配、預測演算、士氣鼓舞

Extra Skill
追加技
魔力感知 | 熱源感應 | 多重結界 | 空間移動
焰熱支配 | 黑焰 | 魔焰化 | 霸氣 | 怪力

Tolerance
抗性
狀態異常無效 | 痛覺無效 | 物理攻擊無效
自然影響抗性 | 精神攻擊抗性 | 聖魔攻擊抗性 | 毒抗性

●隨心所欲操控黑焰的大將軍

從小受到栽培，預計將來要繼任食人魔村落首領的族長之子。宛如熊熊烈火的赤紅髮絲與雙眼為其特徵，兩根美麗的漆黑細角自髮間向外延伸。

自從被任命為大將軍，就跟白老一起負責魔國聯邦的軍事部門。致力於兵力強化與戰術開發，讓國家軍事力量大幅提昇。充滿自信，血氣方剛，但與諸多強敵對戰累積經驗進而有所成長，變成懂得自律、能冷靜做出判斷的優秀指揮官。利姆路極度信賴他，甚至稱之「左右手」。喜歡吃天婦羅和甜點，若有泡芙之類的點心會很高興地享用。

紅丸的必殺技「黑焰獄」，是由獨有技「大元帥」整合「範圍結界」、「焰熱支配」與「黑焰」，將標的物關進放出的黑色半球再燒

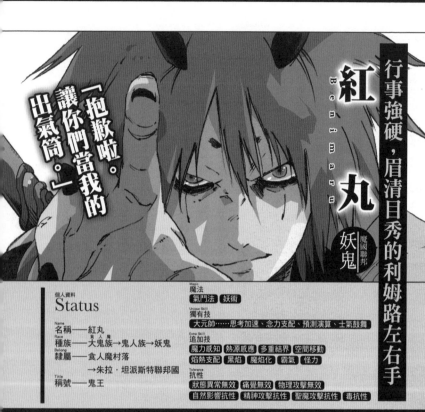

個精光的獨創技能。為足以匹敵高階禁術的強力對軍攻擊，靠C至D等級的抵抗手段無法抵擋。但它無法用來對付超大型魔物，發動上又需要一些時間以至於容易閃避，多少還是有些缺點存在。

對於面容俊秀的戰士紅丸，許多女性都抱持好感。不過，他本人在戀愛方面很鈍，碰到女人對他熱情示好甚至會僵在那兒。蒼影曾說：「別看紅丸那樣，他可是草食男。」

原本是食人魔，因利姆路賜名進化成一臉英氣、身材精瘦的美男子。

Rough Sketch

身上穿的防具是專為紅丸設計的特製品。造型華麗醒目，跟紅色和服相當般配。

RIMURU's REPORT BOOK
魔王利姆路聯絡簿

紅丸在性情上雖有點急躁，但我推給他……不對，是拜託他的工作幾乎都做得盡善盡美，這名妖鬼擔任我的左右手當之無愧呢。啊，不過，不擅長應付女性這點令人有些意外吧。

解析宇宙萬物的楚楚可憐公主

朱菜
Shuna

魔國聯邦 妖鬼

個人資料
Status

Name 名稱——朱菜
Race 種族——大鬼族（食人魔）→鬼人族→妖鬼
Belong 隸屬——食人魔村落→朱拉・坦派斯特聯邦國
Title 稱號——鬼姬

Magic 魔法
元素魔法／幻覺魔法／妖術

Unique Skill 獨有技
解析者……思考加速、解析鑑定、詠唱排除、法則操作
創作者……物質變換、融合、分離

Extra Skill 追加技
魔力感知／多重結界／空間移動／威嚴

Tolerance 抗性
狀態異常無效／精神攻擊抗性／聖魔攻擊抗性

●擅長烹飪和裁縫的輔佐官

在食人魔村落長大的姬巫女，紅丸的妹妹。從淡桃色的微捲長髮之間生出兩支白瓷般的角。是連利姆路都為之感嘆的美少女，與白皙肌膚相映成趣的鮮紅眼眸與櫻色唇瓣皆令觀者陶醉。

半強迫利姆路讓她當巫女姬後，便活用烹飪和裁縫方面的才華，對魔國聯邦產業振興貢獻一己之力，還有用知書達禮的特質在外交上大顯身手等，於各方面發揮優秀的本領。對利姆路來說是實質上的祕書。個性體貼又優雅，但是想說的話會明確說出來的類型。

朱菜的獨有技「解析者」，能觀察對象物徹底解析其物質構造。儘管持有的魔素量不多，卻擁有高度作戰能力，全因她善用這種優秀技能。在日常生活中，還會用來讓烹飪與

RIMURU's REPORT BOOK
魔王利姆路聯絡簿

不論是烹飪或裁縫朱菜都是專家等級，又是能幹的祕書，又不知不覺間學會神聖魔法變超強……要是少了朱菜，我大概什麼事都做不成吧，嗯。下次來給點獎勵吧。

Rough Sketch

平常是笑口常開的嫻淑女性。但對於對利姆路抱持敵意之人，會毫不留情揮下憤怒的鐵鎚。

裁縫等層面變得更有效率。此外，因她心志堅定、篤信並祈求奇蹟，雖是魔物卻學會「神聖魔法」。

將利姆路當成主君崇敬，並對他這隻魔物抱持好感。看到利姆路的目光被其他女性吸引，不時會端出冷笑牽制。另一方面，也有為了想吃日式料理的利姆路，努力按他的記憶完美重現日式料理的奮不顧身一面。

朱菜是烹飪好手。舉凡日式、西式菜餚到甜點都能一手包辦，種類多元。味道連魔王都掛保證。

「你們是什麼東西，
明知這裡是
魔王利姆路大人的領地
還跑來搗亂？」

不死身的傻大姊暴衝戰車

紫苑

Shion

魔國聯邦

惡鬼

個人資料

Status

Name
名稱——紫苑

Race
種族——大鬼族（食人魔）→鬼人族→惡鬼

Belong
隸屬——食人魔村落
→朱拉・坦派斯特聯邦國

Title
稱號——暴君、不死者

Magic
魔法
氣鬥法

Unique Skill
獨有技
廚師……確定結果、最適行動

Extra Skill
追加技
天眼　魔力感知　多重結界　空間移動　霸氣　完全記憶

Tolerance
抗性
狀態異常無效　痛覺無效　自然影響抗性
聖魔攻擊抗性　物理精神攻擊抗性

●看起來像祕書卻是戰鬥狂

跟紅丸等人一起逃離食人魔村落的食人魔之一。生了一頭亮麗紫髮，額頭上長出一根媲美黑曜石的角。胸部比其他食人魔女性更豐滿、身材高大為其特徵。

利姆路很中意她的冷豔外表，賜她祕書兼護衛的武士一職，還送了一套西裝，但與外表背道而馳，她性格上很容易失控，壞習慣是什麼事都想靠武力解決。時常火氣一來就想衝進敵營，這些直腸子的行動往往令利姆路一個頭兩個大。

曾被入侵魔國聯邦的襲擊者殺死，然而利姆路當上魔王獲得大量魔素，便藉由祕術得以重新復活。當時她一心希望「做菜技巧提昇」，而利姆路進化成魔王給予祝福，使她獲得獨有技「廚師」。該技能可怕之處在於夾帶能力「確定結果」，可以將自己想望的確定結果刻寫到對象物身上。有了它，不管透過什麼樣的調理方式，完成的料理勢必都會變好吃，還能改寫魔法現象或法則。同時她更獲得特殊能力「完全記憶」，只要保有靈魂與記憶，就算肉體遭徹底破壞依舊能再生，進化成半精神生命體。成了強到犯規的惡鬼。

紫苑在戰場上展現凌駕魔王的強勁，但來到利姆路面前也變成有可愛笑容的傻大姊祕書。

Rough Sketch

愛刀為黑兵衛打造的一流大太刀。命名為「剛力丸」貼身攜帶，寸步不離。

RIMURU's REPORT BOOK
魔王利姆路聯絡簿

戰鬥力之高自然沒話說，可是該說她神經太大條，還是過於信任我呢……總之，有無論如何都信任我的紫苑在，讓我多了奮發圖強的動力就是了。啊，她聽到會得意忘形，要保密喔！

冷酷無情，為利姆路效命的密探
蒼影
Souei
魔國聯邦
妖鬼
「魔王再怎麼厲害也沒用，被這些絲綁住就別想逃。」

個人資料
Status

Name
名稱——蒼影
Race
種族——大鬼族（食人魔）→鬼人族→妖鬼
Belong
隸屬——食人魔村落→朱拉·坦派斯特聯邦國
Title
稱號——闇忍

Magic
魔法　氣鬥法
Unique Skill
獨有技　密探……思考加速、超加速、一擊必殺、隱匿
Extra Skill
追加技　魔力感知　多重結界　空間移動　分身　黏鋼絲　怪力
Common Skill
通用技　威壓　毒麻痺腐蝕賦予
Tolerance
抗性　狀態異常無效　痛覺無效　精神攻擊抗性　自然影響抗性　物理精神攻擊抗性

●藉影子暗中行動的天才諜報員

跟紅丸等人一同逃離食人魔村落的食人魔之一。有著藍黑髮絲與淺褐肌膚的青年，額頭上長出一支純白的角。有別於身懷烈火般豪氣之美的紅丸，散發靜如流水的凜然之美。

透過「影瞬」在影子間來來去去，確實蒐集情報是他的拿手絕活。利姆路賜他密探一職。總是保持冷靜、面無表情，然而有著怒意到達頂點會自然浮現笑意的危險性格。

蒼影的必殺技「操絲妖斬陣」，該技能是在目標身上鋪設「黏鋼絲」，透過魔力操作，再將對方切斷。乍看之下是殘酷無情的技能，但就排除敵人而言相當合邏輯又實用，正因蒼影的行動理念為「不管敵人是誰皆殺無赦」，才能創出這樣的技能。其他還有能讓絲線接觸

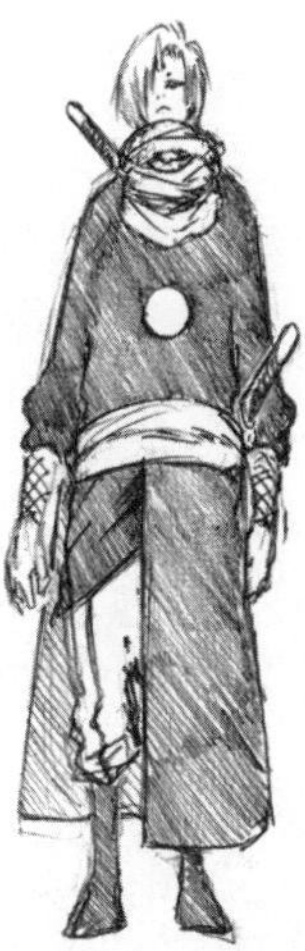

Rough
Sketch

身穿厚實的深藍色連身罩袍配上長褲，最適合用來藏各式各樣的暗器，很像忍者的服裝。

RIMURU's
REPORT BOOK
魔王利姆路聯絡簿

工作能力強又是帥哥有點不公平吧？不會太犯規了嗎？啊——嗯，這些玩笑話先擺一邊，蒼影總是飛快蒐集我需要的情報，感覺非常可靠。今後也請多多指教啦！

蒼影是忠於利姆路的影，接獲命令總是淡漠地執行。

目標的神經網絡，隨意操控他人腦袋的「操妖傀儡絲」，以及用附有「一擊必殺」效果的「黏鋼絲」將對象物身體碎屍萬段的「操絲萬妖斬」等，能使用各式各樣的技巧，不僅諜報工作，連作戰方面都戰績輝煌。

對利姆路忠心不二，被利姆路命令為他帶來至高無上的喜悅。基本上除了利姆路和自己所屬國的夥伴，對其他一概不感興趣。

身懷最強劍技的神祕武士

白老
Hakurou

魔國聯邦
妖鬼

個人資料
Status

Name
名稱——白老

Race
種族——大鬼族（食人魔）→鬼人族→妖鬼

Belong
隸屬——食人魔村落
→朱拉・坦派斯特聯邦國

Title
稱號——劍鬼

Magic 魔法	氣鬥法
Unique Skill 獨有技	武師……天空眼、思考加速、超加速、未來預測、祕傳
Extra Skill 追加技	魔力感知／多重結界／怪力
Common Skill 通用技	威壓
Tolerance 抗性	狀態異常無效／精神攻擊抗性

●魔王的師範兼魔鬼教官

跟紅丸等人一同逃離食人魔村落的食人魔之一。原本是只能等死的老者，因利姆路賜名恢復青春，回歸初老之姿。特徵是紮成一束的白髮，還有自額頭左右兩側長出的小角。

為優秀的使劍能手，單看劍技強到能與魔王匹敵。對其武藝給予高度評價的利姆路命他擔任師範。利姆路和魔國聯邦的士兵隨他日復一日修行，但指導內容太過嚴苛，一旦遭白老判定為可造之材，將面臨慘痛對待。話雖如此，由於挺過修練之人確實會變得更強，在弱肉強食為根本原則的魔物王國魔國聯邦裡，沒幾個人敢因他的指導哀哀叫。此外他不只精通劍術，還會跳劍舞。

白老開通額頭上的「第三隻眼」，因此能發動追加技「天空眼」。

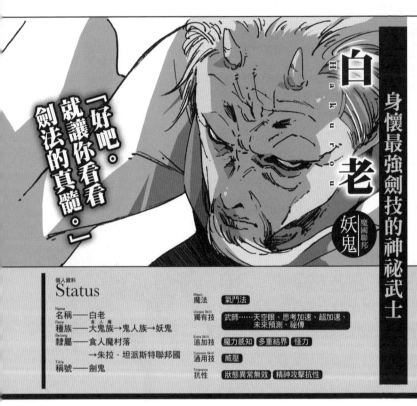

此技超越「魔力感知」，能讀取更詳盡的魔素流動或力量多寡等資訊。白老過去運用這項技能，成功斬除以隱形之劍突襲的恭彌。

過去曾指導人稱「劍聖」的矮人王蓋札劍術，還與長鼻族長老楓相戀並誕下一子，不過這號神祕人物仍有許多成謎之處。

刀路行雲流水，那背影帶出達明鏡止水境界的高手風範。

Rough Sketch

白老原本是個無名的食人魔，一直以來悄悄磨練自己的劍技，日益精進成了最強劍豪。

→由操刀漫畫版的川上泰樹老師勾勒的草圖。

RIMURU's REPORT BOOK
魔王利姆路聯絡簿

白老訓練人真的好嚴苛！不過，他也是克服了如此嚴厲的修行才能變這麼強吧，我覺得他好厲害喔。話說要獲得技藝不容易。要是當初有多多鑽研劍道就好了。

性格的正派工匠

黑兵衛
Kurobe

魔國聯邦 妖鬼

個人資料
Status

Name
名稱——黑兵衛
Race
種族——大鬼族（食人魔）→鬼人族→妖鬼
Belong
隸屬——食人魔村落
→朱拉・坦派斯特聯邦國
Title
稱號——鍛造師

Magic
魔法
氣鬥法
Extra Skill
追加技
操焰術
Tolerance
抗性
熱變動抗性
Unique Skill
獨有技
神匠……萬物解析、空間收納、物質變換

●打造特質級裝備的鍛造師

跟紅丸等人一同逃離食人魔村落的食人魔之一。帶點鬍子的性格臉龐為其特徵，額頭兩側長著小型白角。

為了家業繼承鍛造技術，利姆路看中他的手藝，賜他「刀匠」一職，活用天生的技術與獨有技「研究者」能力陸續製作出如「屠龍剛刀」或「暴風短刀」等頂級裝備。此外，利姆路進化成魔王之時，他獲得獨有技「神匠」。因此黑兵衛經手的作品最低也具稀有級，最高甚至來到特質級。當前目標是製作出據說偶爾會在古代遺跡挖到，當今技術無法重現的超性能裝備。

Rough Sketch

與紅丸等人相比，長相是符合壯年男子的平庸感，利姆路覺得很有親近感令人放心，頗受他好評。

RIMURU's REPORT BOOK
魔王利姆路聯絡簿

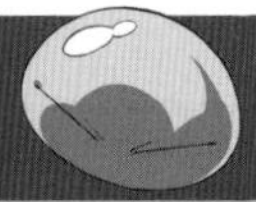

黑兵衛製造的武器都是一流貨色，真的很感謝他。但偶爾會出現太誇張的性能讓人嚇一跳啦。例如會吸取使用者的魔力直至致命來發動魔法障壁的鎧甲，這是怎麼做出來的……？

凱金

魔國聯邦 矮人

個性不錯的矮人。在矮人王國經營武器店的能手鐵匠。跟葛洛姆、多爾德、米魯得三兄弟從小認識，就像他們的大哥，不忍對前來投靠他的三兄弟棄之不顧，就請他們來自己店裡工作。被培斯塔暗算接下交貨期過短的強人所難委託，正困擾時利姆路適時出手相救。

其實曾擔任七大宮廷騎士團之一的工作部隊團長。被副官培斯塔背叛，因「魔裝兵事件」須為失敗負責，便辭去軍職。

深受矮人王信任，但仍選擇跟矮人三兄弟一起投靠渴求技術人員的利姆路。主要擔任生產部門主管。

葛洛姆

魔國聯邦 矮人

矮人三兄弟長男。是連人類都聽過其大名的優秀防具工匠，店舖卻被自己信賴的人篡奪。跟兄弟一起採礦時遭遇魔物襲擊，被利姆路給的回復藥救回一命。在魔國聯邦負責衣物方面的製作。

多爾德

魔國聯邦 矮人

矮人三兄弟次男。工藝技術在矮人界數一數二。同門師兄弟嫉妒他的才華陷害他，跟兄弟們一起投靠凱金。活用其巧手在魔國聯邦製作道具。

米魯得

魔國聯邦 矮人

矮人三兄弟三男。手很巧，還精通建築和藝術，可以說是種天才。拒絕培斯塔的委託差點遭人流放國外。沉默寡言，但似乎能跟其他人溝通。

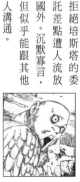

易得意忘形的能幹龍戰士

戈畢爾
Gabiru

魔國聯邦
龍人族

個人資料
Status

Name
名稱——戈畢爾
Race
種族——蜥蜴人族→龍人族
Belong
隸屬——蜥蜴人族聚落
→朱拉・坦派斯特聯邦國
Title
稱號——龍戰士

Peculiar Skill
固有技
龍騎士化　黑焰吐息　黑雷吐息
Unique Skill
獨有技
自滿者……意外效果、命運變更
Extra Skill
追加技
天眼　魔力感知　多重結界　熱源感應　超嗅覺
Tolerance
抗性
自然影響抗性　狀態異常抗性　物理精神攻擊抗性

●負責藥品開發部門的幹部

以西斯湖周邊的大型地底洞窟為根據地的蜥蜴人族戰士長。由於他過於希望蜥蜴人族首領、偉大父親的艾畢爾認同自己，於是挑起武力政變，做出搶奪首領之位的暴行。戈畢爾不懂半獸人王有多可怕，對進攻的半獸人大軍束手無策，在鬼門關前為利姆路所救。之後被首領逐出家門又流放出國的戈畢爾來到魔國聯邦，在曾經封印維爾德拉的地底湖區栽培希波庫特藥草，並被指派為「完全回復藥」的研發助理。

魔人喀爾謬德替他取的名字「戈畢爾」由利姆路改寫，讓他進化成龍人族。因此他成了強大的龍戰士，除了能在空中飛，還具備如鋼鐵般堅固的鱗片。

性情上易驕矜自滿，被誇馬上就會得意忘形，然而他頗具率領部屬當指揮官的資質。突襲部隊「飛龍眾」由他率領，隊上部屬都很仰慕他，認為他雖有點脫線，但是個好上司。至於遭逐出家門就一直與他斷絕親子關係的父親艾畢爾，已與戈畢爾在謁見典禮上重逢，得以進行親子之間的親密對談。

經鱗片強化的肉體防禦力驚人，半吊子的物理攻擊或魔法攻擊都對他無效。

RIMURU's REPORT BOOK
魔王利姆路聯絡簿

第一印象差到不行，但不管遇到什麼狀況都不會捨棄部下令人感佩啦。來到我國後，不管是藥品研究或作戰方面都功績顯著，非常值得信賴。不過，誇他又會得意忘形樂極生悲，所以我沒說出口。

艾畢爾

魔國聯邦 龍人族

蜥蜴人族首領，戈畢爾的父親。是能放眼大局的優秀領導者，卻沒看出戈畢爾會反叛、沒能阻止他的失控行為，對此感到懊惱。

利姆路替他取名「艾畢爾」，因此進化成龍人族。有別於進化後依然維持龍型的戈畢爾，他經歷進化變成面容精悍的壯年人類姿態。膝下除了戈畢爾，還有曾擔任親衛隊長的女兒蒼華。

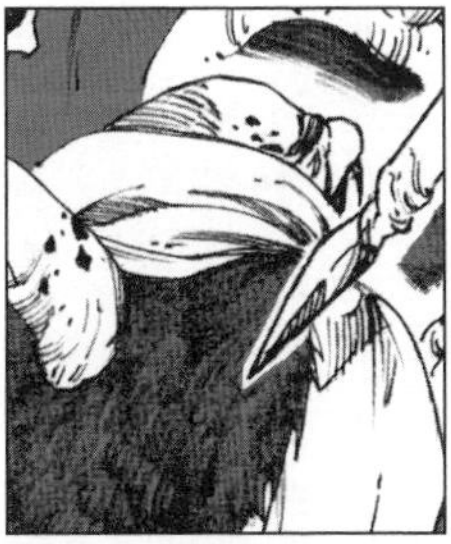

深愛自己的兒子，針對理當是重罪的叛變罪施以流放處分，給兒子傳家寶的魔槍做餞別，展現為人父的愛子之心。

對建造抱持驕傲與責任感的工匠

蓋德
Geld

魔國聯邦
豬人王

個人資料
Status

Name
名稱——蓋德

Race
種族——豬頭將軍（Orc General）→豬人族（高等半獸人）→豬人王（Orc King）

Belong
隸屬——奧比克
→朱拉·坦派斯特聯邦國

Title
稱號——豬人王

Magic 魔法	回復魔法
Unique Skill 獨有技	守護者……守護賦予、代打、鐵壁 美食者……捕食、腐蝕、胃袋、吸收、供給
Extra Skill 追加技	賢者、魔力感知、多重結界、空間移動、念力操作、超嗅覺、外裝統化、怪力
Common Skill 通用技	自動再生、毒麻痺腐蝕賦予、威壓
Tolerance 抗性	狀態異常無效、痛覺無效、自然影響抗性、物理精神攻擊抗性

●事事認真以對的工頭

生在受大饑荒侵襲的魔大陸上，豬頭將軍（Orc General）之一。身為承襲進化成豬頭魔王（災厄半獸人）卻敗給利姆路的魔王蓋德遺志之存在，被利姆路命名為「蓋德」。得以進化成相當於豬頭帝（半獸人王）的豬人王（Orc King），蛻變成頗具力量的魔人。

來到魔國聯邦當上負責建築部門的幹部，總管通往周邊各國的街道整頓工程，熱心工作。沉默寡言、責任感強又認真，也很受女生歡迎。只不過，有條不紊解說事物是他的弱項，天生就適合當工匠，要指導無法靠「思念網」溝通的魔人讓他煞費苦心。

戰鬥上會發動「混沌吞食」，讓妖氣實體化附著在對象物身上，腐蝕其物質體和精神體，藉此壓制對方。不只技能，亦擁有強勁的力量，因建造工程鍛出的肉體，使一般魔

物無法抵擋他的攻擊。

由於他責任感太強，指導部下一旦碰到瓶頸，往往會一個人埋頭煩惱，變得愈來愈疲憊。因此利姆路會邀蓋德去喝酒，讓他吐吐苦水，適度轉換心情。

蓋德統率被稱為黃色軍團的豬人族軍團。其真實身分是全軍著重防禦的超犯規防衛部隊。

RIMURU's REPORT BOOK
魔王利姆路聯絡簿

以前與他為敵是可怕的對手，如今加入我方變成值得仰賴的夥伴之一。認真具責任感是不錯，但煩惱太過往肚裡吞，我偶爾也要出面安撫一下。喂——蓋德！我們去喝酒吧——！

魔王蓋德

豬頭魔王（奧比克）

豬頭帝（半獸人王）蓋德進化成豬頭魔王（災厄半獸人）的姿態。原本是半獸人王國的王族，很普通的半獸人。可是碰到大饑荒時，父王將自身血肉分予他食用，因而進化成半獸人王。又被魔人喀爾謬德盯上，用於實現計謀。為了找尋食物朝朱拉大森林進軍，卻為無法消除的飢餓感、吞噬同族的罪惡感所苦，最後讓利姆路背負他的罪，安心地消逝。

將人玩弄於手掌心的始祖惡魔

迪亞布羅
Diablo

魔國聯邦
惡魔族

個人資料
Status

Name
名稱——迪亞布羅
Race
種族——惡魔族／高階魔將
→惡魔大公
Belong
隸屬——朱拉・坦派斯特聯邦國
Title
稱號——惡魔大公、黑暗始祖

Unique Skill
獨有技
大賢士……思考加速、詠唱排除、森羅萬象、法則操作
誘惑者……念力支配、魅惑、勸解

Extra Skill
追加技
萬能感知｜多重結界｜空間移動｜魔王霸氣

Tolerance
抗性
痛覺無效｜物理攻擊無效｜狀態異常無效
精神攻擊抗性｜聖魔攻擊抗性｜自然影響抗性

●惡魔管家的影子操盤手

利姆路用高達兩萬的屍體當供品召喚出的惡魔。容貌俊美，黑髮間參雜紅與金的挑染為其特徵。

真面目是始祖惡魔的其中之一，稱號「黑暗始祖」的高階魔將。因利姆路賜名獲得肉體，進化成惡魔大公，成為力量僅次於利姆路的超強惡魔。通常找到肉體降臨、被召喚到物質世界的惡魔一旦肉體遭毀，將強制回歸精神世界，但不只物理攻擊對迪亞布羅無效，連核擊魔法、不須魔素的大自然雷電都傷不了他，事實上是幾乎等同無敵的惡魔。

不辱惡魔之名，性格狡猾工於心計。除此之外，迪亞布羅沒有尊重他人的概念，常會不自覺煽動對手、挑釁對方。看起來很冷靜，背地裡卻是個戰鬥狂，怕自己過強導致跟人對戰索然無味，才遲遲沒有進化成惡魔大公。

崇敬身為召喚主的利姆路，自從利姆路當上魔王就成了忠心的管家，努力處理檯面下的事情。

具備獨有技「誘惑者」，對屈服自己的人握有生殺大權，能徹底支配對方。該技能無法強行操縱對方的意志，然而對方一旦心生叛意就會立刻被迪亞布羅察覺，因此害怕一反抗就會遭到殺害，而會對迪亞布羅言聽計從，機制上相當駭人。

膽敢侮辱他所敬愛的利姆路，不管是哪號人物都不放過。他那充滿怒意的眼眸燃起紅光。

Rough Sketch

戰鬥中也時時將最頂級的高級紳士服穿在身上，其來自惡魔的固有能力「物質創造」。

RIMURU's REPORT BOOK
魔王利姆路聯絡簿

頭腦好得嚇人力量又強大，說真的令人納悶他怎麼會來當我的部下……沒啦，幫了我不少忙挺讓人感激就是了。話說迪亞布羅不只熱愛戰鬥，好像還對魔法有興趣。真想快點跟他討論魔法呢～

不放過任何機會的精明商人

摩邁爾

魔國聯邦 人類

個人資料 Status

Name 名稱——葛倫多・摩邁爾

Race 種族——人類

Belong 隸屬——布爾蒙王國 →朱拉・坦派斯特聯邦國

Title 稱號——大商人

●靠回復藥交易賺進大把財富

他是布爾蒙王國的大商人。在布爾蒙商店街人稱「會長」，以前在那當總幹事，還放高利貸，被稱為「黑街帝王」。

因費茲委託，便負責經手產自魔國聯邦的回復藥買賣。去英格拉西亞王國兜售商品時，差點被天空龍殺掉，當時是利姆路救了他。像是曾豁出性命突然試著保護婦孺等，受到知道他本性善良的利姆路信任。

之後在魔國聯邦慶典上大顯身手幫忙。因利姆路邀他當財務總理部門和廣告宣傳事業的負責人，搬遷到魔國聯邦。

Rough Sketch

身材有點發福的四十四歲大叔。看起來就是壞人臉，但在某些情況下又會展現善良的一面。是本性善良的傢伙。

RIMURU's REPORT BOOK
魔王利姆路聯絡簿

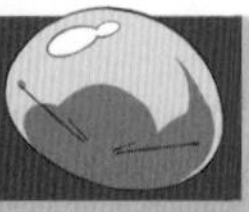

話說商人這種生物，當雙方皆有利可圖就不會背叛。而且人不錯又對女人很紳士就更值得信賴。多虧費茲讓我結識了有趣又能幹的男人呢。今後也要在魔國聯邦大展長才多多賺錢！

因憎恨凱金失勢，
改過自新超有才！

培斯塔

Bester

矮人 魔國聯邦

個人資料
Status

Name
名稱——培斯塔
Race
種族——矮人
Belong
隸屬——矮人王國→朱拉．坦派斯特聯邦

Rough Sketch

培斯塔有著茶髮藍眼及褐色肌膚。以前就如插圖所示，眼神晦暗充滿妒意，但已改過自新。

●從壞心眼大臣變忠臣

矮人王國的大臣。為凱金仍是工作部隊團長時期的副官。出身貴族，以前很嫉妒出生於平民人家的凱金。將失敗的「魔裝兵計畫」責任全推給凱金。

屢次找凱金等人麻煩，企圖陷害他們，然而看穿培斯塔謊言的蓋札王下令「禁止踏入王宮半步」，就此失勢。

事後蓋札王覺得浪費那身才智太可惜，就將他帶往魔國聯邦。培斯塔洗心革面反省，和戈畢爾攜手合作，以精靈工學專家身分進行回復藥精製，並與凱金和解。

RIMURU's REPORT BOOK
魔王利姆路聯絡簿

一開始讓我好驚訝，心想：「怎麼會有這麼壞心眼的大臣！」當時凱金的審判會真教人捏把冷汗……不過，如今他也支撐著魔國聯邦。這個人原本就很優秀，只是被嫉妒蒙蔽雙眼了呢。

魯格魯德 雷格魯德 羅格魯德 莉莉娜

魔國聯邦 人鬼族

住在朱拉大森林裡的四大哥布林部族族長。維爾德拉消失後，他們捨棄成了危險地帶的森林，選擇受利姆路庇護。四人有三名是男性，將利格魯德名字第一個字變換成其他日文Ra行的文字，變成「魯格魯德」、「雷格魯德」、「羅格魯德」，剩下的女性就取了可愛的名字「莉莉娜」。

魯格魯德、雷格魯德、羅格魯德這三人分別擔任司法、立法、行政首長，莉莉娜則負責糧食管理部門。

Rough Sketch

雷格魯德
擔任立法機關首長的哥布林君主。特徵是頭髮全往後梳。

魯格魯德
擔任司法機關首長的哥布林君主。戴著眼鏡散發知性氣質。

莉莉娜
負責管理部門的哥布林君主。是機靈、工作勤奮的美女。

羅格魯德
擔任行政機關首長的哥布林君主。狂野的外貌特別醒目。

哥布奇
哥布得
哥布茲
哥布泰

魔國聯邦 人鬼族

在哥布達部下中成績較為亮眼的幾名滾刀哥布林。

哥布奇是單眼戴眼罩的副官，戰鬥時率領狼鬼兵部隊，負責指揮。哥布得則是負責傳令的小弟，叫哥布達「哥布達大哥」，很仰慕他。哥布茲與哥布泰是雙胞胎滾刀哥布林，常跟哥布達他們一起行動。兩人擅長的作戰方式是兄長哥布茲用支援魔法替妹妹哥布泰進行強化，能力上升的哥布泰則使雙劍除掉敵人。

哥布杰

魔國聯邦 人鬼族

哥布達的部下，一臉蠢樣的滾刀哥布林。腦筋遲鈍，老是在發呆。舉凡將利姆路等人上夜晚的店家的事爆料給朱菜知道、遭人冤枉成色狼、被突襲者二話不說宰殺等，老跟悲情遭遇為伍。因利姆路魔王化得以復活，如今是紫克眾一員。

很黏哥布達。此外，對紫苑抱持男女之情。

哥布亞

魔國聯邦 大鬼族

擔任紅焰眾隊長的大鬼族（食人魔）成員之一。是跟緋色軍服很合的纖瘦型美女，同時擁有超越A級的戰鬥力。原本是小鬼族（哥布林），如今沒留下半點哥布林色彩。是跟上司紅丸不相上下的戰鬥狂，比起執行命令，往往將獲勝看得更重。

哥布耶

魔國聯邦 人鬼族

隸屬於紫克眾的戰鬥員之一。外觀長得像小孩子，說話方式也有點孩子氣，但實際年齡比哥布達還大。與聖騎士團交手時，在短刀上抹了大量的強效安眠藥來攻擊敵人癱瘓對手，靠這種戰術扭轉不利的戰局。

哈露娜

魔國聯邦 人鬼族

在魔國聯邦負責裁縫與烹飪的哥布莉娜之一。當大鬼族（食人魔）來到鎮上，她就拜朱菜為師，正式學習織布技巧，原本就很精湛的烹飪技術也更上一層樓。而哈露娜使出渾身解數開發的新作甜點抹茶布丁，是維爾德拉很中意的點心。此外，還從頭學習奉茶等禮儀，如今已來到接待國王也毫不遜色的境界。

哥布衛門

魔國聯邦 人鬼族

人鬼族（滾刀哥布林）成員之一。與哥布達爭奪狼鬼兵部隊的隊長寶座慘敗，目前是獨行俠，志在召集直屬部下打造專屬於他的強力部隊。野心勃勃行動力強，什麼事都想靠一己之力解決，自從利姆路勸戒他依賴部下也是上位者不可或缺的特質，他就待在管理部下很有一套的摩邁爾身邊，日日勤奮修練。

收到利姆路愛用的打刀當獎品，發誓要為利姆路更盡心賣命。

哥布一

魔國聯邦 人鬼族

隨朱菜學習的優秀廚師。利姆路拜託他研究靠「胃袋」重現的拉麵和漢堡，改到人人都能製作的程度，耗費一番苦心終於將這些食譜完成。哥布一製作出的菜單，供魔國聯邦通往布爾蒙街道上的旅館使用，結果頗受好評，甚至有人專為這些菜造訪。

哥布袞

魔國聯邦 人鬼族

米魯得的徒弟，經手城鎮建造工作的技師工頭。目前利姆路將圓形競技場的建設工作交給他。是具備優秀技術的高手建築師，也很擅長帶領部下。總是能給出正確指令，讓工作現場的效率更加提昇。為了回應利姆路想在開國祭前讓競技場成形的期望，便運用各種方法，以通常情況下不可能有的速度打好基礎和結構，讓利姆路大吃一驚。

連原本在建設公司上班的利姆路都信賴他，具備熟練的建築技術。

柯比

魔國聯邦 狗頭族

靠四處兜售商品維生的狗頭族商人代表。狗頭族先前都靠前往缺乏安定的物流機構的某些城鎮或村莊配送生活必需品來維持生計，因利姆路牽線成了獸王國猶拉瑟尼亞的御用商人。跟利姆路是交情很好的戰友，會彼此分享不錯的買賣。

吉田薰

英格拉西亞 人類

在英格拉西亞王國的王都經營咖啡廳，來自異世界。乍看之下長得很嚴肅，但骨子裡和善可親、為人大方。他製作點心的手藝堪稱一流，利姆路、紅丸、愛蓮、艾爾梅西亞，甚至自由公會總帥都熱愛他的點心。首推菜色是泡芙。

蒼華

魔國聯邦 龍人族

有著美麗臉龐的人型龍人，戈畢爾的妹妹。以前曾是蜥蜴人族親衛隊隊長，在戈畢爾反叛遭到流放後，便以監視他的名義移居魔國聯邦。加入當時答應救出蜥蜴人族首領的蒼影麾下。後來被嚴厲的惡鬼教官蒼影訓練因而有所成長，變成冷酷且能忠實執行命令的諜報員。除了尊敬上司蒼影還對他抱有戀慕之情，身邊的人都知道這件事。

跟兄長戈畢爾一見面就吵架，其實他們兄妹倆感情要好，正是「愈吵感情愈好」的體現。

在利姆路替她取名為「蒼華」之前，跟戈畢爾同為龍型姿態。

RIMURU's REPORT BOOK
魔王利姆路聯絡簿

回過神發現這孩子的表情變得跟蒼影一樣冷酷，嚇我一跳。想知道她的工作情形？哦，這方面也像蒼影，辦得很完美。戈畢爾肯定與有榮焉吧。

東華、西華、南槍、北槍

魔國聯邦 龍人族

四人身為蒼華的侍從一同移居，都是蜥蜴人族。兩名女性分別取名為「東華」、「西華」，另外兩名男性賜名「南槍」、「北槍」，進化成龍人族。目前以間諜身分活躍。

蓋札特

魔國聯邦 龍人族

「飛龍眾」成員，戈畢爾的部下。沉默寡言的使槍好手，很笨拙，因此並未從事藥類研究工作，而是擔任研究員或藥劑師的護衛。外型酷似蜥蜴，但很受女生歡迎。

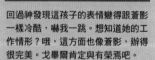

阿畢特賽奇翁

魔國聯邦 魔蟲

利姆路在森林裡將之納入保護傘的蟲型魔獸。阿畢特是立於軍團蜂頂點的女王麗蜂，負責採集在樹人族聚落綻放的稀有花花蜜，外貌有如獨角仙和鍬形蟲混合體的賽奇翁則擔任護衛，守護樹人族聚落。阿畢特採集的花蜜是貴重物品，作為藥用等同特級萬能藥。

九魔羅

魔國聯邦 妖獸

曾是魔王克雷曼的部下，名喚「拇指九頭獸」的妖獸。長了三條尾巴的超稀有妖狐，尾巴能變成魔獸。因利姆路替他命名，進化成九條尾巴的妖獸。說話語氣獨特，很像日本的花魁。

阿德曼

魔國聯邦 死靈

原為魔王克雷曼的部下，人稱「食指阿德曼」的死靈之王。以前曾任神聖法皇國魯貝利歐斯的樞機，卻遭「七曜大師」誆騙殞命，轉生成不死系魔物。自從被朱菜打倒，就將利姆路當神拜。

艾伯特

魔國聯邦 死靈

阿德曼的部下兼友人，是名死靈騎士。劍技好到能接下白老的攻擊。

朱拉大森林各種族族長

兔人族、牛頭族、馬頭族、長耳族

列席支配朱拉大森林的魔王利姆路謁見典禮的各種族族長。外觀像人唯獨耳朵是兔耳的兔人族嚇到縮成一團；長牛頭的牛頭族、長馬頭的馬頭族被紫苑的狂暴行徑嚇到；相當長壽的長耳族謁見利姆路時態度恭順。皆獲准加入利姆路麾下。

既是龍種也是利姆路的第一個朋友

維爾德拉
Veldora

魔國聯邦
龍種

個人資料
Status

Name
名稱——維爾德拉．坦派斯特
Race
種族——龍種（高階聖魔靈）
Belong
隸屬——無
→朱拉．坦派斯特聯邦國
Title
稱號——暴風龍

Magic
魔法
暴風系魔法……死亡風刃、黑色閃電、破滅風暴

Ultimate Skill
究極技能
探究之王浮士德……思考加速、解析鑑定、森羅萬象、機率操作、真理究明

Tolerance
抗性
自然影響無效｜狀態異常無效｜痛覺無效
物理攻擊無效｜精神攻擊抗性｜聖魔攻擊抗性

●堪稱最強，本性不壞的龍種

全世界只有四隻，世上最強的生物「龍種」之一。魔王蜜莉姆的叔叔，「白冰龍」維爾薩澤的弟弟。

性別分類上似乎算「雄性」，但根據本人所說，他們是「完全個體」，似乎不需要生殖能力。在漫長的人生歲月裡反覆消滅復活，每次都會擁有全新的自我。

個性單純容易得意忘形，為人大方不拘小節。腦子並不差，但心直口快，常引發不必要的麻煩。被人一誇就沒轍，非常好騙，所以某些人叫他「呆頭龍」。

好奇心旺盛的維爾德拉具備獨有技「探究者」，專門用於解析，隨著利姆路進化，它也進化成究極技能「探究之王浮士德」。額外獲得像是「機率操作」等多項功能。

化為人型時的外貌，是有著金

髮搭褐色肌膚、體格結實的青年。原本的肉體是隻巨龍，自從靠利姆路的分身復活後，幾乎都以人類型態過活。基本上龍種的本質是精神生命體，所以龍或人都只是暫用姿態。

以前的維爾德拉只剩作亂這個樂趣，世人都怕他、將他看成難以處理的威脅。然而三百年前遭「勇者」的「無限牢獄」封印，之後碰到利姆路跟他成為朋友，待在利姆路的「胃袋」裡看他如何處世，似乎讓維爾德拉做了不少省思。從「無限牢獄」解放後，不再大鬧亂來，會在利姆路私宅整天埋頭看漫畫等，過著隨性的自甘墮落生活。

在狹窄洞窟內遭幽禁數百年後，維爾德拉交到一隻史萊姆朋友。這場邂逅讓曾是脫韁野馬的他大幅轉變。

RIMURU's REPORT BOOK
魔王利姆路聯絡簿

雖然我行我素又任性，又會不按理出牌，但其實是一隻善良的龍呢。一開始跟維爾德拉交朋友才造就今日的我吧。雖然看到他無所事事看漫畫的樣子，一點也不像厲害的龍種就是了！

很有威嚴的龍型姿態。怪
不得利姆路不小心嚇到。
跟右上角稍添幾筆的利姆
路對照，就知道他有多大。

Rough Sketch

在隨意披掛的披風下，露出一具細瘦精
實的身體。銳利的目光配上紋面與刺青
等，整體造型散發狂野氣息。

統治矮人王國的鐵漢英雄王

蓋札・德瓦崗

Gazeru Dwargo

矮人 德瓦崗

統治武裝大國德瓦崗的第三代矮人王。擁有鐵甲般的壯碩體格。人們都稱讚他是治理國家公正不私的賢王。

年輕時曾跟白老學習劍術，劍術技巧卓越，連利姆路都不是他的對手。民間以「劍聖」之名敬畏著他。

蓋札以劍會利姆路，認為他值得信賴，與魔國聯邦簽下盟約，答應要與對方互助合作。之後都稱利姆路師弟，替他打些通關。

→由操刀漫畫版的川上泰樹老師勾勒的草圖。

RIMURU's REPORT BOOK
魔王利姆路聯絡簿

他是以強大軍力為傲的德瓦崗之王。看起來很有威嚴頭腦又好，很想向他學習呢。雖說以一名君主而言太會亂跑，有時讓我嚇一跳，但輪不到我來說嘴。因為我自己也到處晃。

凱多

矮人 德瓦崗

凱金的弟弟，住在武裝大國德瓦崗的警備兵隊長。利姆路給他回復藥，他則傳授金錢價值和物價等知識。

德魯夫 潘 安莉耶達 珍

矮人 德瓦崗

武裝大國德瓦崗最強騎士團——天翔騎士團的幹部們。團長是德魯夫，潘為軍機單位最高司令官，安莉耶達則率領密探，珍擔任宮廷魔導師。他們的戰鬥力都相當於A級。

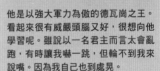

墮落成魔王的精靈女王

菈米莉絲
Ramrys

魔國聯邦
妖精族

個人資料
Status

- Name 名稱——菈米莉絲
- Race 種族——妖精族（Pixie）
- Belong 隸屬——精靈神域
  →朱拉・坦派斯特聯邦國
- Title 稱號——迷宮妖精（Labyrinth）
  妖精女王

- Magic 魔法：精靈魔法……全部
- Peculiar Skill 固有技：迷宮創造
- Special 必殺技：48種……本人自稱，未證實
- Tolerance 抗性：Unknown

●吵吵鬧鬧又善良的小小魔王

外觀迷你看起來很可愛的妖精，但她在精靈或妖精族棲息的「精靈神域」裡可是堂堂女王，擁有「迷宮創造」這種能造出廣闊亞空間的力量。平日言行舉止活像喜歡惡作劇的冒失孩童，然而真實身分為媲美魔王金和蜜莉姆的遠古魔王，還是授予勇者聖靈祝福的神聖引導者。原本是精靈女王的她之所以變成魔王，都是為了中和在太古時期失控的蜜莉姆之怒，那時受邪惡的妖氣侵蝕，當下變成繼承記憶不斷進行輪迴轉世的妖精。從此被金認可，還跟蜜莉姆變成打打鬧鬧的好友。

為了幫助怕魔素失控的孩子們與利姆路同心協力，兩人就此結識，再加上利姆路替菈米莉絲製作貝瑞塔，因此開始留意他。

當利姆路差點在魔王盛宴上受

克雷曼指責，她也出手幫利姆路，招待他赴宴。設舞台讓利姆路證明自己的清白和實力。途中遇到曾經侍奉她的德蕾妮，經利姆路許可，德蕾妮再次成為菈米莉絲的部下。此外，還跟維爾德拉變成愛看漫畫的同好，強行搬進魔國聯邦，結果利姆路放行，就在競技場地底創造身兼維爾德拉住所的迷宮。如今那裡不僅是獸人族和樹人族的住所，還當專為冒險者而設的迷宮，菈米莉絲樂於擔起管理職責，對魔國聯邦的發展貢獻心力。

Rough Sketch

有著長長的睫毛，跟洋娃娃一樣可愛，但那張臉隱約透著一絲威嚴……或許有吧。

RIMURU's REPORT BOOK
魔王利姆路聯絡簿

這是祕密——菈米莉絲蠢歸蠢，但有她在能讓氣氛變得歡樂，真的是個不錯的傢伙。還很方便好用。但她聽了又會得意忘形，所以不會跟她本人說就是了。話說幫助劍也他們時一閃而逝的那股威嚴，平常都跑哪裡去了……？

克雷曼為了舉辦魔王盛宴發布召集令，為此擔憂的菈米莉絲飛到利姆路那兒，不過……

守護菈米莉絲的聖魔人偶
貝瑞塔
Beretta

魔國聯邦
魔偶

個人資料
Status

Name
名稱——貝瑞塔
Race
種族——惡魔族／魔將人偶→聖魔人偶
Belong
隸屬——精靈神域
→朱拉．坦派斯特聯邦國
Title
稱號——菈米莉絲守護者

●忠心的惡魔族隨從

有高階惡魔寄宿的魔偶。利姆路製作此「魔將人偶」給菈米莉絲當護衛，隨著利姆路魔王化，進化成具備聖魔雙屬性的「聖魔人偶」。個性冷靜喜歡做研究。敬愛召喚主兼製作者的利姆路，也喜歡護衛對象菈米莉絲，魔王金要他選一個主子，他選擇了菈米莉絲。最近正式認她當唯一的主子。

一頭銀髮並戴著覆蓋整張臉的面具。外衣破舊，證明已是活很長一段時間的惡魔。

Rough Sketch

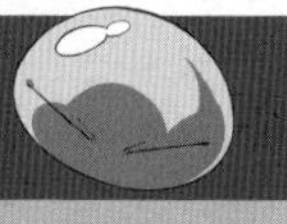

RIMURU's REPORT BOOK
魔王利姆路聯絡簿

原本是魔鋼製成的球體關節人偶，命名之後由黑髮變成銀髮，身體也覆蓋一層皮膜，變成接近人類的樣貌呢。藉著保護菈米莉絲，今後也打算繼續效忠我的這點有夠精明。到底像誰啊？

仰慕菈米莉絲的美麗樹妖精

德蕾妮
Tryney

魔國聯邦 樹妖精

個人資料
Status

- Name 名稱——德蕾妮
- Race 種族——樹妖精
- Belong 隸屬——朱拉・坦派斯特聯邦國
- Title 稱號——朱拉森林管理人

●守望朱拉大森林的管理員

森林裡的高階種族、守護樹人族的樹妖精。有著微透明的白皙肌膚配淡藍色嘴唇、藍色眼眸，是散發神祕氣息的美女。亦被稱作「大森林管理員」，不法之徒或想傷害森林者將遭她制裁。本來似乎極少露面，因半獸人王之亂才現身向利姆路求助，之後認可他當森林盟主，加入利姆路麾下。其實，據說她原本是在菈米莉絲當精靈女王時侍奉女王的小精靈，菈米莉絲墮落之際受到波及，才墮落成妖精族。

德萊雅 德莉絲

魔國聯邦 樹妖精

德蕾妮的妹妹們。德萊雅排行老二，德莉絲排行老三。當初暴風大妖渦復活引發騷動，她們相當活躍，負責監視敵人或傳遞情報，替天翔騎士團領路等。第八集看到菈米莉絲後兩人嚎啕大哭，並向利姆路懇求說也想跟姊姊一樣侍奉菈米莉絲。

RIMURU's REPORT BOOK
魔王利姆路聯絡簿

平常明明很冷靜，一跟菈米莉絲扯上關係就因溺愛變沒用，讓人頭疼。樹妖精無法離本體的樹太遠，為了讓她能跟菈米莉絲一同遠行，送了新身體，結果她好開心。哎呀，我做了件好事呢！

寵溺愛蓮的傻爸公爵

艾拉多
Erald

薩里昂 長耳族

●魔導王朝的重量級貴族

魔導王朝薩里昂的重要人物，薩里昂皇帝艾爾梅西亞的叔叔，是名大公爵。全名為艾拉多・格利姆瓦多。利姆路進化成真魔王後造訪魔國。他看清大局，選擇建立邦交。是名頗具知性的人物，卻很溺愛出走國門當冒險者的女兒愛倫（愛蓮），一扯上她就會輕易失控，還想拿軍用高等魔法轟人，是個無可救藥的傻爸。跟矮人王蓋札是拌嘴孽友，以互罵代替問候。

這名紳士一身看似昂貴的行頭，瞇瞇眼頗具特色。激動起來會睜大雙眼。

Rough Sketch

RIMURU's REPORT BOOK
魔王利姆路聯絡簿

長相不賴又是貴族，年輕時想必很受歡迎吧——這名男子讓人這麼覺得。可是因誤解而失控，還想在鎮上發射大火力爆焰魔法，未免太可怕了吧！不過他就是這麼看重愛蓮，才有那種舉動吧。

艾爾梅西亞

薩里昂 長耳族

●統率十三王家的美麗皇帝

魔導王朝薩里昂的皇帝。又稱「天帝」、「魔導帝」。全名為艾爾梅西亞・阿爾・隆・薩里昂。坐擁諸多權益，同時也是相當富有的資產家。即使在長耳族中也算血統特別純正的她不會老，容貌宛如少女一般。肌膚白皙水嫩，生了一對翠綠色眼眸。頂著一頭長長的銀髮，怎麼看都是絕世美少女，其實年紀比叔叔艾拉多還要大上許多，是精明的智者。此外，面對臣子總是冷著臉面無表情，但面對艾拉多等少部分親近人士，就會像尋常人般展現喜怒哀樂。

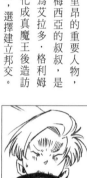

自尊心強的長鼻族千金

紅葉

Momiji

天狗避世村 長鼻族

●年紀輕輕卻是堂堂村長

擔任長鼻族實質首領的少女。不同於有著白色翅膀與犬類耳朵的尋常天狗，外貌跟一般人沒兩樣，由白到紅漸層渲染的美麗髮絲及肩。

自尊心很強，充滿自信。對於代表利姆路來到天狗避世村的紅丸，紅葉的母親楓要紅丸跟紅葉結婚，但紅葉不想靠母親的權力逼婚，放話要靠自己的力量讓紅丸愛上她。此外，還在跟利姆路開會的議場上與生父白老感動重逢。

追加技「天狼覺」這項能力隨時常駐，能輕易發動魔力感知，或者讓幻術無效化。

RIMURU's REPORT BOOK
魔王利姆路聯絡簿

面對我仍態度大方地問候，令人佩服。話說回來，又是發現她是白老的女兒，又是她說要奪走紅丸的心，這名小姐真是話題不斷。哎呀，真是青春呢。

楓

天狗避世村 長鼻族

●難忘舊愛的長鼻族長老

長鼻族的長老，紅葉的母親。令人眼睛為之一亮的美人，具備天狗的特徵之一——大大的犬耳。個性上有點頑皮，將周遭搞到雞犬不寧是她的拿手好戲。

約莫三百年前來到食人魔村落，跟一同修習劍術的白老墜入愛河，與他一夜纏綿結果生下紅葉。生下繼承人讓她的體力急遽衰退，平常都臥病在床。

得知紅丸是白老一手栽培的食人魔，便計劃讓他當紅葉的夫婿。至今仍愛著白老，給白老的信還寫著「親愛的老公」。

命運乖舛的異界訪客

井澤靜江
Shizue Izawa

自由公會
魔人

個人資料
Status

Name
名稱——井澤靜江
Race
種族——人類→焰之魔人
Belong
隸屬——雷昂麾下
→自由公會
Title
稱號——爆焰支配者

Magic
魔法
元素魔法　召喚魔法焰之巨人
Unique Skill
獨有技
異變者
Extra Skill
追加技
操焰術
Tolerance
抗性
對熱抗性

●利姆路人型化的關鍵

這名少女在戰時的日本遭遇空襲，即將死於嚴重燒傷之際，被魔王雷昂召喚。為了活下去接受靠雷昂之力附在她身上的焰之巨人，身體主導權遭奪。她獲得「靜」這個名字，成為魔王身邊的高階魔人，發揮她的力量。

靜在成長過程中學會壓抑焰之巨人，並與少女琵莉諾、風狐皮茲打成一片。然而焰之巨人的力量失控，將他們倆殺害，令靜深陷絕望。

後來某天靜遇見來到魔王城的勇者，受勇者保護。勇者送她能壓抑焰之巨人的抗魔面具，讓靜得以將魔人之力發揮得淋漓盡致。

即使勇者離去，她仍以「幫助弱小」的冒險者之姿活躍。引退後來到英格拉西亞王國，當上教授戰鬥技巧的教官。在那與異界訪客優樹和日向相遇，選擇在優樹背後支持他。

年邁的靜變得難以壓抑焰之巨人，踏上最後的旅途只為找雷昂報一箭之仇。半路上遇到利姆路，她很喜歡利姆路與魔國聯邦，在那之後卻用盡力氣，導致焰之巨人失控。最後被利姆路打倒。

死前靜希望在利姆路體內長眠。利姆路則順應她的心願進行「捕食」。靜的獨有技和姿態就此由利姆路承接。

與勇者相遇，靜展露了人類應有的情感。勇者則抱著她到停止哭泣為止。

Rough Sketch

頭髮與眼睛都是黑色，膚色白裡透黃。因抗魔面具與燒傷痕跡令人無法辨別，但可窺見她其實是頗具姿色的美少女。

↑由操刀漫畫版的川上泰樹老師勾勒的草圖。

RIMURU's REPORT BOOK
魔王利姆路聯絡簿

靜小姐全盛時期能役使焰之精靈，劍技發揮到淋漓盡致，當時似乎真的很強。雖然靜小姐已離世，但意志和靈魂彷彿還活在我心中。之前靜小姐擔心她的學生而出現在夢裡害我嚇到，現在應該能放心了吧？

Rough Sketch

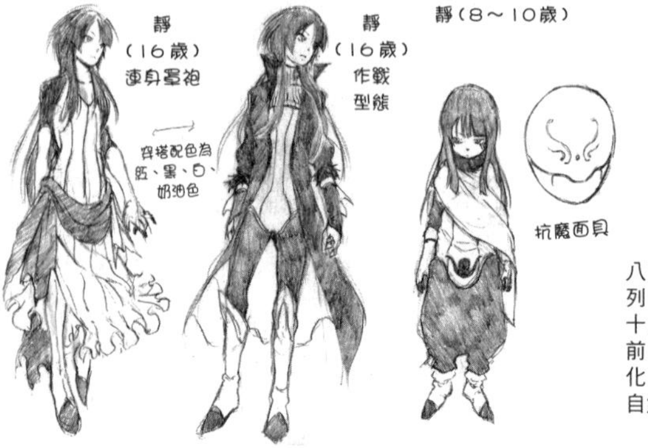

靜
(16歲)
連身罩袍
靜
(16歲)
作戰
型態
靜(8～10歲)
穿搭配色為
灰、黑、白、
奶油色
抗魔面具

八歲受到召喚的靜。下列圖片是她外貌來到十六、十七歲停止成長前的變化。利姆路人型化以靜的模樣當基礎，自然與她相當神似。

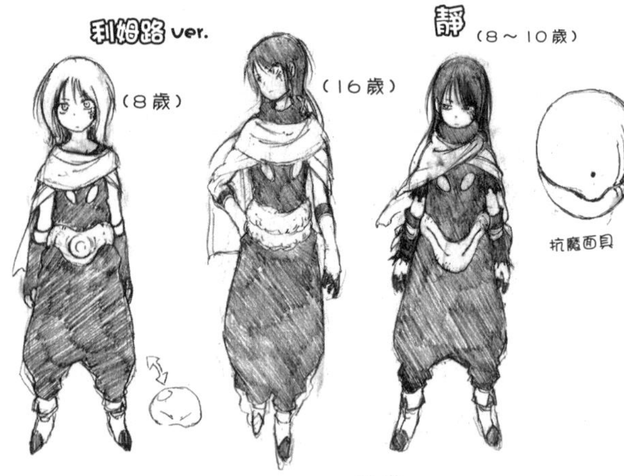

利姆路 ver.
(8歲)
(16歲)
靜
(8～10歲)
抗魔面具

琵莉諾

在雷昂的訓練設施與靜成為好友，是年紀比她稍長的溫穩女孩。將風狐藏起照顧，「琵莉諾」與「靜（Shizu）」各取一字，命名為「皮茲」。一心希望讓皮茲謁見雷昂，卻被恐慌的皮茲連累，遭失控的焰之巨人殺害。

歷盡滄桑的自由公會分會長

費茲 Fuse

自由公會 人類

個人資料 Status

Name 名稱——費茲
Race 種族——人類
Belong 隸屬——布爾蒙王國
Title 稱號——布爾蒙自由公會分會長

●來自布爾蒙的好幫手

自由公會布爾蒙王國分會的分會長。原本是冒險者，等級來到A⁻的實力派戰將。海因茲是他的父親，與貝葉特是兒時玩伴兼至交。知道靜的事情。

得知維爾德拉的氣息突然消失，就派卡巴爾三人組當偵察小隊。發現利姆路並非尋常魔物，調查進行間，因為想親眼確認，就造訪魔國聯邦與利姆路相遇。

剛開始還對利姆路心存疑念，在魔國聯邦滯留的時間裡逐漸對他產生信賴。真心與利姆路締結互助合作關係，替他張羅不少事情。

身高不高，目光精明幹練。從外表可以看出曾有過激烈的冒險經驗。

Rough Sketch

RIMURU's REPORT BOOK
魔王利姆路聯絡簿

明明很有實力，卻覺得他老是在扮演吃力不討好的角色。咦？是我害他吃盡苦頭？好像是那樣沒錯……下次碰面會多加留意，盡量別強人所難！我盡量！

基多
Gido
人類
自由公會
愛蓮
Ellen
長耳族
自由公會
卡巴爾
Kabaru
人類
自由公會

一天到晚耍笨的冒險者三人組

個人資料

Status

Name 名稱——卡巴爾	Name 名稱——基多	Name 名稱——愛蓮
Race 種族——人類	Race 種族——人類	Race 種族——長耳族
Belong 隸屬——自由公會	Belong 隸屬——自由公會	Belong 隸屬——自由公會
Title 稱號——冒險者	Title 稱號——冒險者	Title 稱號——冒險者

好相處的冒險者三人組

他們是隸屬自由公會的冒險者三人組。明明是經驗豐富的老練冒險者，但現在仍會做出拿劍無預警刺進魔物巢穴這類誇張行徑，所以被布爾蒙分會長費茲暱稱「三傻」。

三人都來自魔導王朝薩里昂，最近得知愛蓮其實是貴族千金，卡巴爾和基多是她的隨從。維爾德拉消滅時曾因費茲的委託調查封印洞窟，也是利姆路來到這世上撞見的首批人類。

在森林裡和靜同行遭遇魔物襲擊，並獲魔物城鎮的警備隊搭救，這份機緣讓他們與利姆路等人展開交流。後來成了連繫人類與魔國的橋梁，很能體諒魔物。

雖時常會有輕率的舉動，但基本上都很開朗樂觀。有時會豁出性命對小鎮伸出援手，都是些心地善良的人。

使劍的重戰士。戰鬥時身居前衛，負責當坦並發動攻擊。真實身分是愛蓮的護衛。

擅於蒐集情報，身輕如燕的盜賊。說話方式很特別，自稱「俺」。跟卡巴爾一樣是愛蓮的護衛。

專攻特殊魔法的法術師。本名是愛倫。艾拉多公爵的女兒，憧憬冒險者生活溜出國門。

RIMURU's REPORT BOOK
魔王利姆路聯絡簿

他們是最先不會心懷偏見、接納我們這群魔物的人類。似乎會有些奇妙舉動，害他們老被魔物襲擊，虧他們能活到現在耶！也有利用在魔國拿到的素材牟利這種奸詐的地方，但基本上算善良。話說愛蓮是千金小姐，真教人吃驚。

因蜜莉姆獵捕魔物淪為行李小弟的卡巴爾和基多。雖說愛蓮兩手空空，但他們本人無所謂就好？

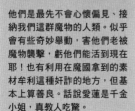

是想取得冒險者資格的利姆路碰到的考官。以前當冒險者受傷導致一隻腳變義肢，因魔國聯邦生產的完全回復藥找回健全四肢。

布爾蒙國王

布爾蒙 人類

圓臉微胖的王，是看起來很和善的大叔。像是締結條約時主動跟利姆路握手等，為人不拘小節，讓利姆路萌生親切感，同時具備一國之君應有的剛毅。王妃美到跟他看起來不相配。

貝葉特

布爾蒙 人類

布爾蒙王國的大臣。心機很重但講道義。委託兒時玩伴兼好友的費茲調查維爾德拉消滅一事，成為利姆路和布爾蒙居民結識的契機。之後認可魔國聯邦是一個魔物「王國」，向他們求助。

海因茲

布爾蒙 人類

布爾蒙王國冒險者互助會的總管事。知道靜的苦衷，見到開始無法控制魔人力量，決心引退不再當冒險者的靜，便勸她前往英格拉西亞王國。是費茲的父親。

比特

布爾蒙 人類

等級C的冒險者。原本是會偷竊又搞詐欺的小混混，利姆路對他說教「有什麼狀況就該多少出點力幫幫大家」，因此洗心革面。跑去當摩邁爾的護衛，並與利姆路重逢。

希奇斯

布爾蒙 人類

召喚師，自由公會的成員之一。

卡札克

布爾蒙 人類

為了做會用到長耳族奴隸的買賣找摩邁爾談融資，家道中落的子爵。把利姆路誤認為情婦惹火摩邁爾，被人從店裡掃地出門。後來遭到逮捕。

瓦哈

布爾蒙 人類

摩邁爾店裡的頭頭，是摩邁爾熟人的兒子。辦事能力沒話說，摩邁爾對他特別照顧。摩邁爾決心離開布爾蒙時，將店和房子託付給他。

尤姆

Y o u m u

前無賴的邊境調查團首領

法爾姆斯

人類

個人資料

Status

Name
名稱——尤姆

Race
種族——人類

Belong
隸屬——法爾姆斯王國

Title
稱號——英雄

●從鎮上的小混混變成英雄

負責帶領尼德勒・麥格姆伯爵創設的臨時調查團。原本是被收容在矯正設施內的小混混，但具備吸引人心的領袖特質。想找機會逃往安全的城鎮，這時在森林裡碰到卡巴爾一行人，算是好運到頭。被捲入跟槍腳鎧蜘蛛的打鬥中，哥布達等人適時出手救援，半推半就造訪魔國聯邦。被利姆路要求扮演英雄，最後甚至當上國王，人生波瀾萬丈的男人。愛著繆蘭。

對魔物發動猛攻。頗具實力。

RIMURU's REPORT BOOK
魔王利姆路聯絡簿

尤姆感覺像是不巧誤入魔國聯邦一樣，但這都是命運的安排啦。嘴上抱怨卻將英雄扮得有模有樣，實力也有顯著提昇，如今已是可靠的夥伴。對待繆蘭的態度也很有男子氣概，是連男人都會欣賞的男人喔！

Rough Sketch

拿著大型雙手劍的尤姆。容貌精悍，散發有點難以親近之氛圍的年輕人。

遭克雷曼控制的女性魔人

繆蘭 Myuuran

法爾姆斯 魔人

個人資料
Status

Name
名稱——繆蘭
Race
種族——人類→魔人
Belong
隸屬——傀儡國吉斯塔夫
→法爾姆斯王國

Rough Sketch

繆蘭將背後的長髮綁成一束。她是冷靜又聰明的魔導師，有著與之相符的冷豔美貌。

●悲慘的苦命魔女

原是聽命於克雷曼的幹部「五指」之一的女性魔人。通稱「無名指繆蘭」。以前是在森林中隱居，默默地研究魔法的魔女，大限將至的她與克雷曼做了交易。雖然返回青春變成魔人，卻因祕術「支配的心臟（Marionette Heart）」導致心臟被刻上咒印，生殺大權掌握在他人手中。想方設法從克雷曼手中逃脫之際，因奉命調查魔國而與尤姆邂逅，並墜入愛河。自從利姆路助她脫離克雷曼掌控，繆蘭就開始幫助利姆路。

RIMURU's REPORT BOOK
魔王利姆路聯絡簿

這個女人就是讓悲劇找上魔國聯邦的始作俑者，但一想到背後原因就不忍心責備。到頭來她也是被克雷曼暗算的人。不過是因為同伴們死而復生，我才能這麼想啦。

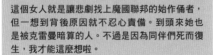

支持尤姆和繆蘭的狼型獸人

克魯西斯

Gloosys

法爾姆斯 獸人

個人資料
Status

Name
名稱——克魯西斯
Race
種族——獸人
Belong
隸屬——獸王國猶拉瑟尼亞
→法爾姆斯王國

●講義氣的獸王國戰士

有著褐色肌膚與灰髮灰眼的狼獸人。獸王國使節團的成員之一，跟尤姆對決後變成好友。留在魔國增廣見聞，卻愛上來到此地的尤姆的夥伴繆蘭。與法爾姆斯王國作戰時，直到最後都跟尤姆一起袒護她。談到要立尤姆為王之際，蓋札王對尤姆的人格抱持疑慮，克魯西斯則斷言尤姆是有責任感的男人，發誓會監看他今後的一舉一動。很珍惜與人建立的情誼，是講義氣、富俠義之心的獸人。

Rough Sketch

目光銳利的克魯西斯。愛用的短刀還能丟出去當迴旋鏢使用。

隆麥爾
卡基爾
傑奇

法爾姆斯 人類

邊境調查團成員。卡基爾是尤姆的副手，傑奇為妖術師。參謀隆麥爾原本是尼德勒伯爵旗下的法術師，但被尤姆的邪惡魅力吸引，打心底願意成為他的夥伴。當初繆蘭入團時，似乎全都被她修理過。

艾德馬利斯國王

法爾姆斯 人類

治理法爾姆斯王國的貪婪之王。入侵朱拉大森林，結果惹毛失去紫苑等人的利姆路，不僅失去兩萬大軍，還被復活的紫苑改造成肉塊，送還母國。事後迪亞布羅讓他從肉塊狀態起死回生，他則成了迪亞布羅的傀儡放棄王位，為尤姆的登基工作盡一分力。

愛德華

法爾姆斯 人類

艾德馬利斯的弟弟，野心勃勃。被迪亞布羅、七曜大師格蘭、三巨頭達姆拉德等人的各種企圖擺弄，艾德馬利斯暫時讓位於他。然而最後他親眼見識迪亞布羅的可怕之處，便依他所言，答應讓位給尤姆。

拉贊

法爾姆斯 人類

效忠法爾姆斯王國幾百年的宮廷魔法師長，實行異界召喚數次，企圖壯大法爾姆斯軍。亦參與魔國侵略行動，當時篡奪心靈死亡的省吾之肉體化為魔人。不過，他看到部下被殺而氣到發狂的利姆路有多危險，最終表示願臣服於魔國聯邦。

雷西姆

西方聖教會 人類

尼可拉斯的直屬部下，在目前的法爾姆斯王國境內是西方聖教會派來的最高主教。侵略魔國時，跟艾德馬利斯、拉贊一同落網淪為俘虜，回國後，七曜大師為妨礙迪亞布羅而暗殺他並利用他喪命一事。

弗肯

法爾姆斯 人類

過去被拉贊召喚的異界訪客，現於法爾姆斯軍擔任騎士團長。侵略魔國時，連同兩萬大軍一起被氣到發狂的利姆路殺死。

尼德勒

法爾姆斯 人類

統治面向大森林的邊境區域的伯爵，半獸人王出現時命尤姆等人前去調查。此外，對於金錢很吝嗇，法爾姆斯內亂之際收受賄賂，向達姆拉德走漏消息。

弗朗茲

法爾姆斯 人類

尼德勒領地內的自由公會分會長。曾任考官，受繆蘭請託將她引薦給尤姆。

田口省吾 Taguchi Syogo

法爾姆斯 人類

三年前被拉贊召喚的二十歲日本人，凶惡的前不良少年。宛如性格寫照，他擁有自我強化技能「狂暴者」，參加魔國侵略戰。在弱化的魔國聯邦境內大鬧，跟恭彌攜手殺害袒護孩童與朱菜的紫苑及哥布杰。

橘恭彌 Tachibana Kyoya

法爾姆斯 人類

兩年前受到召喚的日本人，戴著模範生假面具，本性以殺人為樂。劍術方面的資質優越，獲得與他合拍的技能「斬除者」，在西方諸國中稱霸一方。強到能擊退弱化的白老，但之後被回復強度的白老送入黃泉。

水谷希星 Mizutani Kirara

法爾姆斯 人類

三年前被拉贊召喚的十八歲辣妹風格少女。在魔國侵略行動中，試圖利用能操控人的技能「狂言師」引發混亂，卻遭朱菜無效化。之後，遭蓋德凌虐的省吾為了獲得嶄新力量拿她血祭，被輕易殺害。

自由公會的年輕總帥
神樂坂優樹
Yuki Kagurazaka
自由公會
人類
個人資料
Status
Name
名稱——神樂坂優樹
Race
種族——人類
Belong
隸屬——自由公會
Title
稱號——自由公會總帥

●為冒險者著想的優質青年

被召喚到這個世界的日本人，跟日向一樣，以前都是靜的學生。將本部位於英格拉西亞的冒險者互助組織重新編制成自由公會，並將冒險者和魔物主要用A～F六階段評比，創造出便於釐清強度的指標。此外，他還擔任培訓自由公會成員的育成機關「自由學園」理事長，致力於提昇冒險者的安全保障。

同時研究著這個世界，試圖解析並釐清魔法構造和不完全召喚現象等。他將受到不完全召喚的孩子們託付給繼承了靜的遺志的利姆路，拜託利姆路當孩子們的老師。

讓人想像不到與利姆路有關，
長相與外貌都給人樸實印象。
Rough Sketch

RIMURU's REPORT BOOK
魔王利姆路聯絡簿

跟優樹在漫畫這方面志趣相投，馬上就混熟了。雖然他無法使用魔法很可憐，但他創造自由公會、研究這個世界，異世界生活似乎過得多采多姿，這樣也不錯啊。

三崎劍也

人類 英格拉西亞

●調皮搗蛋的勇者原石

經歷不完全召喚來到這個世界的少年，靜所掛心的最後帶的幾名學生之一。很像孩子王的十歲男孩。大量魔素在體內失控，隨時都有可能喪命，光之精靈發現他有勇者資質，兩者成功結合，這才免於喪命。

Rough Sketch

RIMURU's REPORT BOOK
魔王利姆路聯絡簿

劍也一直以來似乎都會跟人作對，連老師都對他束手無策，徹底發揮頑童特質，但他其實是開朗的好孩子，只是因為活不久令他不安才會這樣吧。

關口良太

人類 英格拉西亞

●劍也的內向好友

跟劍也一樣經歷不完全召喚的十歲膽怯少年。很為同伴著想，跟劍也的感情特別好。與利姆路製作的擬似高階精靈「水風」結合，以防不完全召喚產生的魔素毀掉他。

RIMURU's REPORT BOOK
魔王利姆路聯絡簿

良太有時滿膽小的，但是個為朋友著想的好孩子。為了替輸掉的劍也報仇來勢洶洶地對上我，頗有膽識呢。雖然想法還太天真。

Rough Sketch

蓋爾・吉普森

人類 英格拉西亞

●在班上就像個大哥哥

受到不完全召喚的十一歲高大美少年。是班上最年長的，常要出面管另外四人。這孩子走知性路線，對老師說話多少會維持禮貌。與利姆路整合製成的擬似高階精靈「地」合體，免於被體內的魔素害死。

RIMURU's REPORT BOOK
魔王利姆路聯絡簿

蓋爾個性上較文靜，但他能好好帶領大家，很有大哥哥風範。在菈米莉絲的迷宮裡試圖守護大家，責任感應該也滿強的呢。

艾莉絲・倫多

人類 英格拉西亞

●頑皮又早熟的金髮女孩

跟其他孩子一樣受到不完全召喚，正受體內魔素失控威脅的九歲女孩。是媲美洋娃娃的美少女，卻很好強又好動。與擬似高階精靈「空」結合，體內魔素趨於安定，順利防止崩壞。

RIMURU's REPORT BOOK
魔王利姆路聯絡簿

艾莉絲給人感覺就是個頑皮活潑的小女孩。可是某些時候很膽小，走在「精靈神域」的小路上時還討抱呢。真可愛啊。

克蘿耶·歐貝爾

人類 英格拉西亞

●最喜歡利姆路的奇妙女孩

受到不完全召喚的孩童之一。美麗臉龐看起來像日本人跟外國人混血，有著銀黑髮、神祕氣質的十歲女孩。是個愛看書的文靜孩子，很黏利姆路。奇怪的是魔素量比其他孩子高上許多，甚至與高階精靈並駕齊驅。用來防止魔素失控附在她身上的精靈也很特殊，據菈米莉絲所說「該不明物」很像誕生於未來的精靈，詳細情況不明。利姆路要回魔國聯邦時，將靜的遺物「抗魔面具」交給她。

Rough Sketch

長相聰明伶俐的克蘿耶。儘管性格文靜，凜然勇敢的神情仍令人印象深刻。

RIMURU's REPORT BOOK
魔王利姆路聯絡簿

克蘿耶本身是聰明又喜歡看書的好孩子，但體質還有太多謎團令人在意。那個在「精靈神域」現身的奇妙精靈疑似物到底是何方神聖？菈米莉絲說她也不太清楚，我有點擔心啊。

勇者正幸

人類 英格拉西亞

號稱西方諸國最強的勇者。在英格拉西亞特別受歡迎，稱霸該國競技場舉辦的武鬥大會，對手還沒弄清自己中了什麼招就被打倒，因此綽號被稱為「閃光」。擊潰犯罪組織，解放淪為奴隸的長耳族人。

追隨神的人類守護者

坂口日向 Hinata Sakaguchi

魯貝利歐斯 人類

個人資料
Status

名稱——坂口日向
種族——人類
隸屬——英格拉西亞→魯貝利歐斯
稱號——神之右手

Magic 魔法
神聖魔法

Unique Skill 獨有技
簒奪者　數學家

Extra Skill 追加技
Unknown

Special 必殺技
七彩終焉刺擊　崩魔靈子斬

●冷靜正直的最強聖騎士

西方聖教會的聖騎士團長，位居法皇直屬近衛師團首席騎士的美女。出身日本的異界訪客。具備能奪取他人能力的技能「簒奪者」與凌厲劍技，是身手了得的劍士，亦是「十大聖人」之一。

在原生世界殺死暴力的父親，十五歲來到這個世界又殺掉幾名下流的山賊，不怎麼抗拒殺人。後來被靜撿到，但無法完全相信她，離靜遠去。

頑固又冷酷的面容特別引人注目，其實日向一心追求沒有紛爭的公平社會。看聖騎士們賭上性命守護人類受到感召，最後成為其中一員。原先嶄露頭角，得知神魯米納斯的真面目是魔王，與她一戰吞下敗果而加入其麾下。目前日向認為只要魯米納斯繼續保護人類，就沒必要

Rough Sketch

肉體年齡停留在十五歲到二十歲間，外貌看似年輕，模樣很有最強聖騎士的派頭和風範。

RIMURU's REPORT BOOK
魔王利姆路聯絡簿

經歷一番風雨，如今已徹底融入首都利姆路，不愧是靜小姐以前教過的學生，骨子裡其實是個好人呢。話雖如此，太過認真是她的缺點。要是她再把心放寬一點，會過得更快樂吧。

和她作對，結果成了魯米納斯最為信賴的部下之一。

　有魯米納斯教的教義當前，再加上「東方商人」洗腦說利姆路是靜的仇敵，當初徹底敵視利姆路。事後發現是自己先入為主和誤解，卻因七曜大師設的陷阱遲遲無法與對方對談，一時間甚至差點喪命。

　自從誤會解開就與利姆路前嫌盡釋。看利姆路使喚部下我行我素重現異世界美食，她又是錯愕又是苦笑。

魔國聯邦受法爾姆斯侵略時，日向擋住利姆路的去路不讓他回去，逼得他無路可逃。

雷納德・傑斯塔

人類 魯貝利歐斯

人稱光之貴公子的聖騎士團副團長，跟日向等人同為「十大聖人」之一。他是和光之精靈締結契約的聖魔導師，以前在英格拉西亞當學生就對日向懷抱憧憬，因此當上聖騎士。獲命留守魯貝利歐斯，卻被七曜大師暗算，率領聖騎士團前往魔國聯邦，與紫苑交戰。

阿爾諾・鮑曼

人類 魯貝利歐斯

十大聖人之一，位列聖騎士團的五大隊長之首，類似特攻隊隊長。實力僅次於日向，但雷納德若以聖魔導師之姿出戰，他就略遜一籌。跟日向一同造訪魔國聯邦時，他與紅丸交戰以慘敗收場。雙方建立邦交後，為了進行交流與巴卡斯一同留在首都利姆路。

巴卡斯

人類 魯貝利歐斯

位列十大聖人，沉默寡言的壯漢，聖騎士團隊長之一。擅長以灌注魔法之力的神聖戰棍（Holy Mace）痛宰對手。隨日向一同造訪魔國聯邦，陷入了必須交戰的狀況，和夫利茲攜手對抗阿爾比思及蘇菲亞。目前跟阿爾諾一起留在首都利姆路。

莉緹絲

魯貝利歐斯 人類

聖騎士團隊長中的一點紅，十大聖人之一。擅長治癒魔法，同時也是能自由操控水之聖女（溫蒂妮）的精靈使者（Elementaler），很有女人味的大美女。跟阿爾諾等人一同隨日向前往魔國聯邦，在那裡和蒼影交手卻敗給他。後來不知為何愛上對方。

蓋羅多

魯貝利歐斯 人類

擅使融和槍術與焰之精靈魔法的焰獸牙槍，為十大聖人兼聖騎士隊長。認真又清廉的高大騎士，總是為同伴著想的男人，有些時候卻過於躁進。在雷納德率領他入侵魔國聯邦之前，似乎就遭七曜大師殺害，火曜師艾茲扮成他試圖暗殺日向。

夫利茲

魯貝利歐斯 人類

在聖騎士團隊長之中或是十大聖人中都屬少見的活潑惡作劇大師，跟人對戰很愛耍花招的魔法劍士。是風魔法與雙劍好手，個性有些輕浮。所有的聖騎士隊長都很崇拜日向，他那份心又顯得格外強烈。跟日向等人一同前往魔國聯邦，與巴卡斯聯手對付阿爾比思及蘇菲亞。

薩雷

人類（魯貝利歐斯）

直屬法皇路易的近衛師團成員，號三武仙的「蒼穹」近衛騎士。身上流著長耳族的血脈，乍看之下像個少年卻是十大聖人中最年長的，以前曾是近衛騎士之首。不過，現今該寶座遭日向奪走，一直將日向視為眼中釘。為了討伐迪亞布羅前往法爾姆斯，卻無法傷其分毫。

古蓮妲·阿德利

人類（魯貝利歐斯）

既是十大聖人又是人稱「荒海」的三武仙，唯一一名女近衛騎士，但這是她的假面具，其實是效忠格蘭貝爾的異界訪客。這名野性美女的特徵是一頭紅髮，在原本的世界待在外籍兵團學會的槍和短刀為其拿手兵器，但她沒有讓十大聖人知道這作戰方式。與迪亞布羅一役拿薩雷當誘餌，很快就逃之夭夭。

Rough Sketch

格萊哥利

人類（魯貝利歐斯）

十大聖人之一，就算說得客氣點還是難以斷言這名近衛騎士品格高尚。在三武仙中人稱「巨岩」，是薩雷的左右手，那副巨軀甚至比金屬還硬，肉體本身就是武器。不過，他與薩雷等人前往法爾姆斯，卻遭蘭加蹂躪，所以在他心中對狗留下陰霾。

尼可拉斯

人類 魯貝利歐斯

一般對他的認知是冷酷的智者，為魯貝利歐斯的執政官。也是立於西方聖教會頂點、握有絕對權力的樞機，也因此發現神魯米納斯確實存在。處在這般立場上的他，是個實際上所信仰及效忠的並非神而是日向的異端分子。七曜大師試圖加害尼可拉斯敬愛的日向，該計謀被他看破，便將他們視作敵人，用靈子壞滅（Disintegration）葬送日曜師。

格蘭貝爾・羅素

前人類 西爾特羅斯

表面上只是小國西爾特羅斯王國的王族，實際上是創設西方諸國評議會、暗中執牛耳的五大老首領。還拿不少錢資助自由公會，可以說他才是西方的實質支配者。不過，他的最終目標是藉經濟統治全人類，和達姆拉德企圖讓構成威脅的異端分子——利姆路他們組成的魔國聯邦與日向鬥個兩敗俱傷。還計劃利用暗中召喚的異界訪客擁立愛德華王，但兩邊都以失敗告終。

此外七曜大師領頭羊日曜師的本體也是他，原想利用魯米納斯，附身對象卻被尼可拉斯毀滅。即使如此，他還是坐擁轉生而來的子孫瑪莉安貝爾，野心並未遭挫，虎視眈眈地等待時機。

瑪莉安貝爾・羅素

人類 西爾特羅斯

格蘭貝爾的子孫，是轉生者。她是未滿十歲的少女，卻具備轉生前的知識和強大異能。

達姆拉德

前人類 東方帝國

在西方諸國——特別是朱拉大森林周邊暗中活躍的「東方商人」。真面目是拿東方帝國當根據地的祕密社團「三巨頭（Cerberus）」首領之一，武器商人「金」之達姆拉德。利用商人身分打下廣大人脈，不只西方諸國，連魔王雷昂都有交情。巧妙操弄情報，在西方諸國灑下戰亂的種子，向與中庸小丑幫有關的謎樣少年、艾德馬利斯散布情報，促使他們進攻魔國聯邦。不僅如此，還與格蘭貝爾聯手，挑起日向的怒火、加深她的動機，讓聖騎士團朝朱拉大森林發兵。但這些都只是因為率領集團的總帥下令罷了。

父親是龍種的最強魔王美少女

蜜莉姆
Milim

無所屬地
龍魔人

個人資料
Status

Name
名稱——蜜莉姆・拿渥

Race
種族——龍魔人

Belong
隸屬——無

Title
稱號——破壞的暴君（Destroy）
真主魔王
遠古魔王

Magic
魔法
Unknown

Ultimate Skill
究極技能
Unknown

Unique Skill
獨有技
龍眼　龍耳　……等

Special
必殺技
龍星擴散爆　龍星爆焰霸

●長生的可愛破壞神

繼金之後誕生的遠古魔王，就算跟其他魔王放在一起比較依舊分外強大。外貌是一頭櫻金色頭髮的楚楚可憐美少女，個性上也天真無邪、像個率直的孩子般，實力卻深不可測，人稱「破壞的暴君（Destroy）」。也是被稱為龍皇女的特殊存在，是維爾德拉的兄長——初始龍種「星王龍」維爾達納瓦與人生下的孩子。數千年前父親送她的寵物遭人殺害，因此引發「狂化失控」，別說是國家了，甚至連整個世界都差點毀掉。後來跟出面阻止的金激戰七天七夜——曾有這麼一段過往。

由於度過了漫無止境的時間，所以最討厭無聊的蜜莉姆，認為若有新魔王誕生能拿來打發時間，當初才會跟克雷曼聯手推動魔王誕生計畫。可是她遇到利姆路，陸續見識到有趣的事物和想法，而且對方將她當朋友更令她喜孜孜，所以蜜莉姆就黏上利姆路了。蜜莉姆很中意利姆路送的龍指虎，總是戴著附有毆人出力限制效果的它。後來她變得一天到晚跑去找利姆路，還幫忙打造菈米莉絲的地下迷宮。像是去捉龍、跟維爾德拉等人一起設置陷阱等，對迷宮製作樂在其中。

假裝被克雷曼控制，接連放出利姆路能勉強閃避的攻擊。

蜜莉姆認真打鬥的模樣。脫下平常穿的超暴露服裝，換上漆黑的鎧甲，額頭長出一支紅角，背上還有龍的翅膀大展。

RIMURU's REPORT BOOK
魔王利姆路聯絡簿

蜜莉姆就好像親戚的小孩，陪她還滿開心的，但會一下子就累個半死呢。想說這孩子真好騙，結果她似乎變得超黏我。滿高興的就是了啦。不過，芙蕾小姐能不能快點過來接她啊……

Rough Sketch

上面是蜜莉姆平常的打扮。下面是戰鬥型態。有顯眼的角，模樣凜然生姿。右下方是利姆路準備的應急服飾，非常可愛。

米德雷

祭祀龍之子民 龍人族

失落的龍之都市神殿所屬神官長，這男人正是豪放磊落的寫照。是龍人族，卻是龍與人類生下的始祖末裔，但外觀與內在都與人類不相上下。然而他們孜孜不倦地努力，讓自己強到足以擊退戈畢爾等人。

赫爾梅斯

祭祀龍之子民 龍人族

為米德雷的親信，總是一臉散漫的男人。在神官團中就只有他曾出外周遊列國，算是比較有常識的人，但在神官團內反倒被視為異類，常吃苦頭，一天到晚被米德雷罵。

真摯耿直的百獸之王

卡利翁 Callion

猶拉瑟尼亞 獸人族

個人資料
Status

Name
名稱——卡利翁
Race
種族——獸人族
Belong
隸屬——猶拉瑟尼亞
Title Beast Master
稱號——獅子王

一心想要變強的硬漢

他是統治獸人族的王，追求強大力量的武鬥派人士。五百年前剛當上魔王，跟更早坐上寶座的魔王們相比，實力略遜一籌。但他身為新興勢力，氣勢非凡。對利姆路等人感興趣，想把他們納入魔下，卻因部下法比歐失控而以失敗收場。差點失去法比歐時，反倒受利姆路相助，最後就跟魔國聯邦建立友誼。

此外，魔王克雷曼起頭的魔王誕生計畫引發的一連串事件，讓他深感自身實力不足，學芙蕾放棄魔王寶座，去當蜜莉姆的部下。目前致力經營新世代魔王們聯手整合的領土。

Rough Sketch
看似好鬥的面容有點咄咄逼人，威風凜凜，很有王者風範。

RIMURU's REPORT BOOK
魔王利姆路聯絡簿

卡利翁有著如典型獸人般的耿直性格，但反過來說就是有點太過真性情。但感覺得到他很珍惜猶拉瑟尼亞的子民們，是不錯的傢伙。希望我們的友誼能繼續維持下去。

只要對上眼就會中毒的美麗戰士

阿爾比思

Albis

猶拉瑟尼亞
獸人族

個人資料
Status

名稱（Name）——阿爾比思
種族（Race）——獸人族
隸屬（Belong）——猶拉瑟尼亞
稱號（Title）——黃蛇角

●半人半蛇的三獸士隊長

猶拉瑟尼亞最高幹部三獸士的帶頭者，不只實力堅強，同時兼具知性與美貌，舉止得體。真面目是半人半蛇的獸人，「獸化」後下半身會變成黑色大蛇。而變身來到第二階段，平常帶的錫杖會變成如龍一般的黃金角，在頭上長出兩支，全身披著龍鱗鎧，變成半人半龍姿態。

大多時候都擔任指揮官，其實她具備許多高階技能，是善於運用狀態異常打近身戰的戰士，實力在三獸士中堪稱最強。不過，對付化為暴風大妖渦（Charybdis）的亞姆札還是陷入苦戰，紅丸則對她伸出援手。在那之後就愛上他，努力奮鬥試圖當上他的妻子。

Rough Sketch

很重視穿著，愛打扮的阿爾比思。她的品味發揮得淋漓盡致。

RIMURU's REPORT BOOK
魔王利姆路聯絡簿

在三獸士中最可靠的非阿爾比思莫屬。不只作戰方面，她也擅長外交，卡利翁失蹤的那段期間，她還幫忙處理魔國聯邦這邊的工作，是值得仰賴的大姊姊呢。那麼，紅丸會選誰當老婆呢？

蘇菲亞

猶拉瑟尼亞 獸人族

●三獸士裡的最好戰分子

正如稱號「白虎爪」所示，她是凶猛的虎型獸人，三獸士之一。看起來是名美人，卻沉不住氣，個性好鬥，講話也很粗魯。那種態度常被阿爾比思數落。實力跟利姆路覺醒成魔王之前的紫苑幾乎不相上下，但她天不怕地不怕，聽到蜜莉姆宣戰，她是第一個跳出來說要跟對方打的。

初次造訪魔國聯邦時，蘇菲亞一副要找人打架的模樣，但那是在演戲試探利姆路等人。

法比歐

猶拉瑟尼亞 獸人族

●輸不起的萬紅叢中一點黑

冠有「黑豹牙」之名的三獸士一員。是擅長用牙攻擊的豹型獸人，三獸士中唯一的男性。原本血氣方剛的程度跟蘇菲亞不相上下，盛氣凌人闖進首都利姆路時遭蜜莉姆痛打。

後來懊惱不已的他遭中庸小丑幫誆騙變成暴風大妖渦（Charybdis），由於這段苦澀的過往，如今會試著冷靜看待事物。還因這件事，認為利姆路對他有救命之恩，現在對利姆路的仰慕僅次於主君卡利翁。

冷靜又冷酷的天空霸主

芙蕾

Frey

弗爾布羅 有翼族

個人資料
Status

Name
名稱——芙蕾

Race
種族——有翼族

Belong
隸屬——弗爾布羅

Title
稱號——天空女王（Sky Queen）

●熱愛天空的聰慧之人

統治有翼族的妖豔女王，是誕生於五百年前的新世代魔王。性情孤傲，基本上對他人都很冷淡。此外，還討厭自己種族以外者席捲天際，就算打擅長的空中戰仍不敵暴風大妖渦（Charybdis），將其視為天敵。認為應付蜜莉姆是件苦差事。話雖如此，即使戰鬥力不高，她仍頭腦明晰，早就約略看出克雷曼的企圖。與蜜莉姆一同克服遭暗算的難關，開始學會信賴他人。還在魔王盛宴上表態，說自己要當蜜莉姆的部下輔佐她。如今忙於教育蜜莉姆並照顧她，利姆路打算在劃歸其領土的猶拉瑟尼亞境內興建摩天大樓，該計畫讓她為之醉心。

Rough Sketch

身材一級棒，可以窺見到乳溝和大腿的衣服令她更加性感。

RIMURU's REPORT BOOK
魔王利姆路聯絡簿

跟芙蕾小姐還不是很熟，但每次看到她都差點被勾去心魂，真教人頭疼呢。不過，看她跟蜜莉姆打鬧又覺得溫馨。希望她今後也能繼續當蜜莉姆的好朋友（同時也是為了我的平穩著想……）。

克雷曼 Kleiman

出謀劃策的殘酷權術家

吉斯塔夫 妖死族

個人資料
Status

Name
名稱——克雷曼
Race
種族——妖死族
Belong
隸屬——吉斯塔夫
Title
稱號——Marionette Master 操偶傀儡師
Crazy Pierrot 狂喜小丑

●在大森林引發一連串騷動的幕後黑手

四百年前誕生的新世代魔王，耍弄權謀，企圖支配所有魔王的謀略家。連宣誓效忠自己的部下都不信任，但跟中庸小丑幫有很深厚的情誼，只對他們敞開心胸。特別景仰如父母的會長卡札利姆。因此當謎樣少年以讓卡札利姆復活為條件提出交易時立刻答應，協助實現他的野心，在朱拉大森林引發一連串騷動。但計畫每每遭利姆路破壞，才企圖藉魔王盛宴除掉他。但利姆路等人因他對同伴和蜜莉姆出手正滿肚子火，克雷曼反倒被這幫人打得滿頭包，還失去大本營，變得一無所有。最後連靈魂都被吃掉，消失殆盡。

Rough Sketch

白色燕尾服這種滑稽服飾，穿在他身上卻有模有樣。

RIMURU's REPORT BOOK
魔王利姆路聯絡簿

都是他害我們吃盡苦頭，但反過來說，要是克雷曼什麼都沒做，我就不會變這麼強，最重要的是，搞不好沒機會認識現在這些夥伴呢。可是，要說我是否原諒他，我個人是覺得完全無法原諒。

操著鄉土口音的機靈怪人
拉普拉斯
Laplace
中庸小丑幫
魔人
個人資料
Status
Name
名稱——拉普拉斯
Race
種族——魔人
Belong
隸屬——中庸小丑幫
Title
稱號——享樂小丑
Wander Pierrot

●騷動背後有小丑

自稱生意上可滿足各種需求的中庸小丑幫副會長，扮成小丑的詭異男子，臉上戴著像在嘲笑人的左右不對稱面具。是克雷曼的好幫手，挑撥朱拉大森林周邊各族與各個國家，打算挑起紛爭，用來讓克雷曼覺醒成真魔王，在背後動手腳。

夥伴們都認為他是僅次於會長的強者，具備獨有技「詐欺師」，以及隱藏跟瓦倫泰再戰時瞬間殺掉對方之事等，一直隱藏實力。

卡札利姆

中庸小丑幫 人造人

中庸小丑幫的會長，曾被人稱作「咒術王」的前魔王。兩百年前想肅清專門狩獵魔王的雷昂，反而被他滅掉，謎樣少年將他的星幽體移進人造人體內，這才順利復活。由於那具人造人是女性，如今扮演端莊美人「卡嘉麗」，除了追隨少年，還想藉機找雷昂報仇。

謎樣少年

所屬不明 種族不明

與中庸小丑幫是互助關係，企圖征服世界的謎樣少年。觸手遍及西方諸國各處，掌握他們的弱點，暗中指派中庸小丑幫展開行動，試圖削弱這些國家。

福特曼

魔人　中庸小丑幫

中庸小丑幫成員之一。冠名「憤怒小丑（Angry Pierrot）」卻以開朗語氣交談的胖男。與外表背道而馳，性格上工於心計，利用半獸人毀滅食人魔村落，是執行魔王誕生計畫的犯人。

蒂亞

魔人　中庸小丑幫

跟福特曼一起執行魔王誕生計畫的中庸小丑幫成員。戴著畫有淚水的面具，人稱「淚眼小丑（Teardrop）」。做出教唆法比歐讓暴風大妖渦復活等事，為大森林帶來混亂。

見慘敗給蜜莉姆因而渴望力量的法比歐之心有機可乘，福特曼（左）和蒂亞（右）便唆使他當魔王。

喀爾謬德

魔人　無所屬

被克雷曼僱來完成魔王誕生計畫，沒發現自己被人操控，為了實現計畫四處奔走。夢想成為魔王。替利格魯（現任利格魯的兄長）、戈畢爾、豬頭帝（半獸人王）命名的再造父母，想利用他們讓自己位列魔王，卻在半獸人王之亂中遭豬頭帝蓋德啃食。

亞姆札

魔人　吉斯塔夫

克雷曼底下幹部「五指」之首，是殘酷的劍士。「五指」中唯一主動宣誓效忠並當上部下之人。為了讓克雷曼覺醒成真魔王，他去侵略猶拉瑟尼亞，卻遭紅丸率領的聯軍阻擾導致計畫失敗。被紅丸燒死。

擁有兩種面貌的真祖美姬

魯米納斯
Luminous

魯貝利歐斯
吸血鬼

個人資料
Status

Name 名稱——魯米納斯・瓦倫泰
Race 種族——吸血鬼
Belong 隸屬——魯貝利歐斯
Title 稱號——夜魔女王（Queen of Nightmare）

●潛伏在魯貝利歐斯的真魔王

有著耀眼銀髮、雙目異色虹彩的美麗魔王。是吸血鬼真祖公主，也是西方聖教會信奉的唯一真神魯米納斯。

人類愈是幸福，血就愈美味，所以她會保護人類。暗中奪取少量血液，賜人類安穩的生活。

基本上，利用信仰治國的是其部下，魯米納斯本身隱居於「內殿」中。似乎每天都帶著對神祕「聖櫃」中的沉眠美少女之愛度日。利姆路懷疑她根本只是怕麻煩的人，但真相不明。

出身高貴，舉手投足盡顯高雅，但魯米納斯意外大方，不過兩千年前維爾德拉破壞她引以為傲的首都夜薔薇宮（Night Rose），如今仍懷有很深的怒意。

Rough Sketch

參加魔王盛宴時穿上女僕裝的樣子。表情也很和穩，楚楚可憐的樣子讓人想不到她是魔王。

RIMURU's REPORT BOOK
魔王利姆路聯絡簿

跟其他魔王一樣，魯米納斯也很明事理、懂得變通，真是太好了。不過魔王就是神，這什麼糟糕玩笑。雖說阿德曼很崇拜我，但我不會像魯米納斯那樣高高在上就是了。

為了主君持續演戲的假魔王

羅伊・瓦倫泰

Roy Valentine

●貫徹扮演魔王職責的忠臣

是魯米納斯信賴的「三爵」之一，一千五百年來都在當魯米納斯的替身，擔任魔王代理人的吸血鬼。羅伊扮演魔王為魯貝利歐斯帶來威脅，雙胞胎哥哥路易則當法皇，守護人民免受威脅，讓更多人信仰魯米納斯教，兄弟倆一直在執行精心策劃的自導自演戲碼。

他是自古效忠於真祖魯米納斯的大貴族，在十大魔王中實力毫不遜色，卻被企圖逃離「內殿」的拉普拉斯輕易抹殺，踏上黃泉路。

Rough Sketch

魯貝利歐斯 吸血鬼

身上穿著很不像魔王的奢華衣衫，但打扮感覺得出性情激昂。

路易

魯貝利歐斯 吸血鬼

跟羅伊容貌相仿的雙胞胎哥哥，這名吸血鬼擔任魯貝利歐斯最高指導者「法皇」。跟弟弟一樣，都對魯米納斯忠心耿耿，所以才敢大膽進言，堪稱忠臣典範。為了魯米納斯的計畫擬出具體方案，魯米納斯在首都利姆路做事我行我素，他則煞費苦心出面打圓場。

岡達

魯貝利歐斯 吸血鬼

與雙胞胎同樣位列「三爵」，支持著魯米納斯的老管家。主要工作是替魯米納斯打雜，也負責管理夜想宮庭（Night Garden）。稱魯米納斯「公主」，總是很擔心她的安危。

有著離奇命運的前勇者

雷昂 Leon

所屬不明
人魔族

個人資料
Status

Name
名稱——雷昂．克羅姆威爾
Race
種族——人類→人魔族
Belong
隸屬——所屬不明
Title
稱號——白金劍王 Platinum Saber
白金色惡魔

●強大得超乎常規的美男子

從前曾和菈米莉絲麾下的光之精靈締結契約，並當過勇者的異界訪客。不過，兩百年前魔王「咒術王」對他發動戰爭，他單槍匹馬反將對方一軍，因此當上魔王——他有著這段奇妙的經歷。

是留著長長的金髮、容貌宛如女子的美男子，戰鬥能力卻成反差，甚至與那些遠古魔王並駕齊驅，金也認可他的實力，與他成為好友。

從少年時代開始就為了某個目的渴求召喚方面的知識，其中一場召喚儀式失敗，靜因此來到這個世界。

Rough Sketch

身穿頗具魔王風範的厚重衣裳，與漂亮的臉蛋形成反差，令雷昂的魅力更添幾分。

RIMURU's REPORT BOOK
魔王利姆路聯絡簿

可能是因為跟靜小姐有關吧，總覺得這傢伙跟我之間有某種因緣，讓我總是很在意他。可是就我在魔王盛宴上的觀察，他感覺沒想像中那麼壞，說真的，難以捉摸……

坐鎮冰凍大地的遠古魔王

金

Guy

白冰宮 惡魔族

個人資料
Status

Name
名稱——金·克林姆茲
Race
種族——惡魔族／高階魔將→惡魔大公
Belong
隸屬——白冰宮
Title　Lord of Darkness
稱號——暗黑皇帝

●握有絕大力量的霸王

數千年前因戰爭受到召喚的惡魔。因毀滅了敵國和召喚主的國家以及獲得名字，在世上首次以魔王之姿覺醒，並取得肉體。真面目是最強的始祖惡魔之一——赤紅始祖，以前曾和蜜莉姆大戰七天七夜。

可能是活太久的關係，跟蜜莉姆一樣，對有趣的事物沒抵抗力。

Rough Sketch

高大精瘦的身軀只披一件外衣，簡樸打扮一點都不像霸王，卻有著唯我獨尊的氣勢。

米薩莉 萊茵

白冰宮 惡魔族

金為了交派雜事召喚出綠之始祖與青之始祖。隨著他的覺醒，兩人也進化成惡魔大公，起名米薩莉和萊茵。那傲人美貌正是絕世美女的體現，一直以來都默默地支持主君。

維爾薩澤

白冰宮 龍種

人稱「冰之女帝」，同時也是名喚「白冰龍」的稀有龍種之一。她是維爾德拉的姊姊，也可以說是金的搭檔。對弟弟復活一事頗感興趣。

迪諾

所屬不明
墮天族

腰上插著兩把劍現身於盛宴會場的魔王之一。模樣酷似男高中生，特色是睡眼惺忪與一身慵懶氣息，圍繞著諸多謎團的人物。

正如稱號「幽眠支配者（Sleeping Ruler）」所示，才剛出席盛宴就睡著，如此奔放的行徑令利姆路吃驚。

跟菈米莉絲很親近。

達格里爾

所屬不明
巨人族

冠名「大地之怒（Earthquake）」的遠古魔王之一。巨人族，那副巨大身軀比金和卡利翁大上許多，與他的身軀成正比，魔素量也多得亂七八糟。跟同樣耐戰的維爾德拉交手數次，擁有至今仍與對方難分勝負的堅強實力。

話雖如此，他並不暴力，面對克雷曼的熱辯，他在態度上試著保持冷靜並看穿真相，看芙蕾妄自菲薄說自己實力不夠還若無其事地幫腔，個性沉穩又寬以待人。

達古拉 里拉 戴伯拉

魔國聯邦
巨人族

達格里爾的兒子們，達古拉是長男、次男里拉、三男戴伯拉，各自戴著耳環、鼻環、唇環。胡攪蠻纏的性格惹父親不悅，被父親趕出去，要他們留在利姆路身邊修行。

世界導覽

WORLD GUIDE

故事舞台是有魔物與魔法等事物存在的世界。主角三上悟轉生成史萊姆，得到利姆路．坦派斯特這個名字，一路活躍的這片領域，在此先來進行通盤概覽。

以人稱朱拉大森林的這片多種魔物棲息的廣大樹林地帶為中心，北方山岳地帶存有鑿空山體內部來構築的矮人王國，南接四大魔王領土。在這有以獸人族和有翼族為首的各式各樣種族居住於此。此外西南大陸和北方大陸亦存在部分魔王的支配領域。

夾著朱拉大森林，東西方有人類治理的國家群落。東方是版圖遼闊的帝國。西方則由各國聯手組成調停機構「西方評議會」。其他還有數個小國以及長耳族後裔所居住的帝國，但他們並未參加西方評議會。

關於各國與那些地域容後詳述，情勢上大致如此。魔物和人類基本上是敵對關係。受人懼怕的「魔王」立場上自然也與人敵對，可是比起積極鬥爭，他們之間的氛圍更接近互相警戒互不干涉。

尤其是朱拉大森林裡還封印著暴風龍維爾德拉，人類、魔族與各大勢力都心照不宣達成共識，認為該處不可侵犯，長年來已成了一種緩衝地帶，處在相當安定的狀態下。然而如今出現期盼人與魔物能建立友誼的「魔國聯邦」，這層隔閡便逐漸剝離。

世界之理

該世界的物理法則基本上似乎與我們的世界共通，但那裡有魔物或魔法等事物，亦存在不少相異之處。且有別於一般人看得見的物質世界，還有精神世界存在——即有精靈、惡魔、天使這類精神生命體棲息，是個充滿

魔大陸 MAP

謎樣能量的世界。

除此之外，更存有會循世界法則告知變化的「世界之聲」，舉凡獲得技能或因命名催生種族變化等，當生物發生劇烈改變時，偶爾會稀罕地發聲。只不過，該發言都是單方面宣言，無法與之溝通。

至於文化與文明，基本上只到我們世界的歐洲中世紀水準，然而像是這個世界獨自發展的精靈工學等，其中仍混雜這類高科技。

關於風土氣候，大致特徵為北冷南暖，並跟我們所知的四季雷同，也有季節變化。這是受各類精靈力的影響所致，或者是存於各地的魔素偏頗引發自然力波動才導致此現象等，各類假說百家爭鳴，還不確定真實原因為何。

這個世界充滿謎團……
不過，我有「大賢者」
所以沒關係啦。

魔物與魔素

這個世界存在所謂的「魔素」，與魔法發動、技能行使等事物息息相關。魔素是種魔法能量，一般認為其對魔物等懷有魔力的生物而言等同生命泉源，但仍是不明點相當多的謎樣物質。

只要魔物活著或多或少都會釋放魔素，愈強的魔物愈會釋出高濃度魔素。對人類等不含魔素、魔力抗性太低的生物來說，高濃度魔素會變成毒藥，須多加小心。例如封印維爾德拉的洞窟，充滿從他身上外洩的高濃度魔素，等級太低的魔物甚至無法靠近他。而利姆路在那種環境下誕生，可說是一大特例吧。

另一方面，到這類場所會看到拿來當回復藥原料的「希波庫特藥草」等稀有植物，或者吸收魔素的另一貴重品「魔礦石」等。因此，某些冒險者會冒著危險探索這類地點。另外魔物一死就會掉出名叫「魔石」、帶有魔素結晶的石頭。將之精製萃取成分就變成「魔晶石」。這些會用來做魔法道具的核心等等，被高價買賣。

順帶一提，精神生命體或與之相近的生物，不須像一般人那樣進食，攝取魔素就能活下去，但許多人就像利姆路、維爾德拉等人，出於喜好才享用美食。

進化

這個世界的生物會因某些契機突然「進化」。進化後的生物會獲得新技能等等，強度與外貌會改變。變化內容因種族不同有某種程度的傾向，個體落差也大。

進化的關鍵亦千奇百怪。像是被強力的魔物命名、獲得大量魔素，或者獲得階級（職業），還有當事人的意志夠堅強等，會因各種契機引發進化。或像個體與全族群有密切聯繫的牙狼族，因領袖進化，整個群體會隨之進化。

以前常說「來去吃草啦！」。但那時真的沒其他事情好做……

命名

魔物基本上沒有名字。但某些時候擁有力量的魔物或魔人會替較弱的魔物命名。獲得名字的魔物會變成「命名魔物」，成為不容小覷的存在。

命名是分享力量的行為，魔素消耗量似乎會與對象的強度成正比。因命名耗費的魔素常無法回復，基本上隨意幫人取名是種禁忌。當然利姆路是例外，超乎常人。

像是戈畢爾及蒼華兄妹倆暨蜥蜴人族族長艾畢爾親子。因利姆路賜名才進化，艾畢爾與蒼華的姿態變得更接近人類，戈畢爾則朝蜥蜴那邊進化，就算是同種族或親子也會出現極大差異。

魔物的生殖

魔物生孩子有時會喪失大半力量。若只是分享精種就不會失去力量，但生下的孩子能力也會不上不下。然而認真起來傳宗接代，孩子將徹底繼承父母的力量，而父母的力量會大幅衰退，壽命也會縮短。因此似乎跟命名一樣，不是能隨便做出的行為。

話雖如此，哥布林等弱小種族被奪的魔素沒那麼多。畢竟弱小魔物為了傳宗接代必須讓族群個體數增多，所以愈低階的種族愈容易生得多。進化成高階種族自然而然使得繁殖力低落的例子似乎屢見不鮮，但這是因為愈強的個體生命力愈旺盛，壽命也愈長，用不著勉強繁衍後代吧。

技能與技藝

技能

當某方面的成長獲世界認可，偶爾會取得「技能」。

技能也可說是這個世界獨特的「特殊現象發動系統」。視情況而定，一旦「獲得」或「學會」技能，只要發動就會二話不說地現出幾近奇蹟的現象。換句話說只須弄懂「要產生的現象」內容，以及該如何引發就行了，基本上不須懂得理論、法則或一再進行詠唱等程序。

要獲得技能除了進化，能發動可獲取能力的技能來取得、靠強大的意志力取得，或者基於種族特性天生就帶有技能等，有各式各樣的契機，但仍與當事人資質、運氣和偶發要素有關。另外還有別的技能發生「質變」，互相整合成新技能的案例。像是利姆路的究極技能「智慧之王拉斐爾」，就是獨有技「大賢者」跟同為獨有技的「異變者」整合，再進化而成。

技能分類

技能依其能力強弱和稀有性等幾項標準，大致可分為四類，多數技能都可劃歸其中一種。

・通用技

一般的尋常技能。如「遠視」、「強化」、「自動再生」等。

・追加技

特別的技能。如「魔力感知」、「超速再生」、「外裝統化」等。

・獨有技

個體獨有的技能。如「大賢者」、「捕食者」、「無限牢獄」、「飢餓者」等。

・究極技能

最頂級的技能，例如真魔王等，只有到達特殊境界的極少數人能獲取。特徵是冠有天使或惡魔之名。如「智慧之王拉斐爾」、「暴食之王別西卜」、「探究之王浮士德」等。

而種族固有的「魔物技能」又另當別論，若因「捕食」等能力獲取系技能獲得了能力，就按左方列表的區分方式來分類。另外像「對熱抗性」這類抗系技能也有等級之分。「抗性」再上去是「無效」。

究極技能林林總總，但在世上都屬獨一無二。如好幾人都具備「智慧之王拉斐爾」這類事似乎不會發生。

可是說真的，這個世界的法則有許多不確定性。「種什麼因必得什麼果」，似乎並沒有像這樣百分之百規制好。

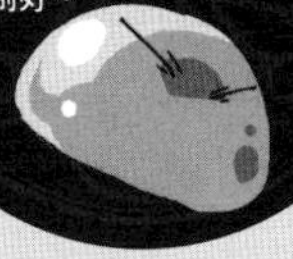

技藝

長時間努力、經歷嚴苛的鍛鍊於後天習得某種能力，稱之為「技藝」。不同於魔物，人類身上沒魔素又欠缺魔力，往往都靠磨練技藝來獲得強大力量，或許是因為這樣，一般都認為這是人類最擅長的領域。

例如經由修練控制鬥氣（妖氣），將其直接轉換成攻擊力的「氣鬥法」等，都屬於技藝裡的一門技巧。還有將凝聚的鬥氣轉成魔法力量，將其加諸於武器的「魔法鬥氣」等，也有這類技藝與技能並用、融和的技巧存在。

●技能列表

※ 精選部分存在於世上的技能

・固有技

「無限再生」、「萬能感知」、「萬能變化」、「魔王霸氣」、「強化分身」、「萬能絲」等。

・抗性

「痛覺無效」、「物理攻擊無效」、「自然影響無效」、「狀態異常無效」、「精神攻擊抗性」、「聖魔攻擊抗性」等。

・通用技

「威壓」、「思念網」、「肉體裝甲」、「毒噴霧」、「麻痺噴霧」等。

・追加技

「操焰術」、「魔力感知」、「操水術」、「音波感知」、「影瞬」、「黑雷」、「黑焰」、「怪力」、「身體強化」、「多重結界」、「超嗅覺」、「超速再生」、「熱源感應」、「黏鋼絲」、「萬能變化」、「分子操作」、「分身術」、「爆焰」、「熱波」等。

・獨有技

「大賢者」、「異變者」、「暴食者」、「大元帥」、「解析者」、「廚師」、「密探」、「武師」、「魔狼王」、「守護者」、「美食者」、「自滿者」、「大賢士」、「誘惑者」、「探究者」等。

・究極技能

「智慧之王」、「暴食之王」、「誓約之王」、「暴風之王」、「探究之王」等。

●技藝列表

※ 精選部分存在於世上的技藝

氣操法、氣鬥法（飛空法、金剛法、瞬動法）、鬼刀砲、烈震腳、飛梭、隱形法等。

魔法

魔法是讓「產生某種效果的想像」循特定法則顯現。

例如將「奪去熱量」、「讓物品燃燒」等想像當成一股能量放出，而附加效果就是會產生火球或冰等物理現象。物理現象並非主要部分，主體是化為現實的想像，因此對精神生命體也有效。第一集對戰焰之巨人時，利姆路的技能「水刀」起不了作用，而愛蓮的魔法「水冰大魔槍」可以造成傷害，原因就出在這裡。

順帶補充，火與水等各屬性相剋關係如下：地＞空＞風＞水＞火＞地。

魔法的種類

這個世界的魔法約略可分為「元素魔法」、「精靈魔法」、「神聖魔法」、「召喚魔法」四大類。

・元素魔法

解構法則、探求世界真理以引發奇蹟的詠唱魔法。通常魔法師會拿自身體內的魔素當引信，透過詠唱咒文凝聚周遭充斥在大氣裡的魔素，並構築術式。控制上需要相應的精神力與魔力，欠缺這些便無法行使。

另一方面，魔物發動元素魔法時，某些案例能運用體內魔素立刻發動效果。人類與魔物的不同之處可說就在這兒吧。

・精靈魔法

與存於自然界的高階存在「精靈」締結契約，借助其力量行使魔法。而因應契約精靈的魔素量可發動某些效果，不經咒文詠唱發動。

類似前述的魔物即時發動魔法那般，雖符合實戰需求，效果卻受到限制，無法發揮超越精靈能力的效果。此外，可訂立契約的精靈也有個體差異。

・神聖魔法

與精靈的一種，可謂立於最高位階的精靈「聖靈」締結契約便得以行使此種魔法。其本質是一團謎，詳細資料尚未明朗。

一般而言都是不外傳的祕術，役使者為極少數菁英。因此他們多半不從事冒險者等職業，而是隸屬國家。

・召喚魔法

將高階物種精神生命體，或受其支使的魔物，召喚出並行使之魔法。為了召喚魔物須理解空間系法則，還須預先學會元素魔法。

要召喚精靈必須與精靈締結契約，學會精靈魔法。換句話說，召喚魔法可說是必須修習完其他魔法才有機會學成的魔法。

・其他魔法

〈幻覺魔法〉……某些以元素魔法為基礎，有些則以精靈魔法為基礎。

〈刻印魔法〉……賦予魔法效果的魔法。不僅自身魔法，還能刻印其他人的魔法。一般而言都會事先將魔法灌入符咒或寶珠這類道具中。還能暫時對武器或防具賦予魔法效果。

●魔法職業的種類

魔法職業名稱（使用的魔法種類）
▍魔法範例
對應該職業的角色

法術師〈元素魔法〉
▍據點移動、風之護壁、水冰大魔槍、大氣截裂、地面固定、魔法障壁、火焰大魔暴、侵蝕魔酸彈等。
愛蓮、隆麥爾

咒術師〈精靈魔法〉
▍極焰獄靈霸等。
烏格雷西亞共和國之民

妖術師〈幻覺魔法〉
▍幻焰障壁、昏眠香、假象、魔法感知、精神破壞等。
朱菜、傑奇

符術師〈刻印魔法〉
▍筋力增強、速度增強、保護障壁等。

召喚師〈召喚魔法〉
▍焰之巨人、惡魔召喚等。
希奇斯

精靈使者〈精靈魔法＋召喚魔法〉
靜、莉緹絲

聖騎士〈神聖魔法〉
▍靈子壞滅、亡者復活、傷病治癒、神聖福音、靈子聖砲等。
日向及其他數名

魔法師 學會超過兩種系統的魔法

魔導師 精通超過三種系統的高階階級
珍、繆蘭、拉贊

種族

住民們

人類、魔族、惡魔、妖精、精靈，還有其他的普通動物也包含在內，這個世界有各式各樣的生物。從人類視角看人類以外的種族，為了方便區分成「魔物」和「亞人」等。

像是長耳族、半身人、矮人等，這些與人類一再交配、接近人類的種族都叫亞人。他們是人類的夥伴，被看作人類的一員。

相對地，除了一般動物，所有跟人類敵對的種族統稱「魔物」。其中具備高度知性的種族是「魔族」。在這之中擁有強大力量的人型魔物稱之為「魔人」。而誕生自魔素的生物、魔物的突變種或從動物或魔獸進化，當中具備知性者似乎也劃歸魔人。

舉例來說，小鬼族（哥布林）、豬頭族（半獸人）、蜥蜴人族等都與矮人或長耳族相仿，是妖精族的末裔，但他們與人類為敵，就被當成魔物（魔族）。高階魔人的代表為巨人族、吸血鬼族、惡魔族等長生種族，此外也有些案例就好比雷昂跟繆蘭，是從人類變成魔人。

種族列表

在此從利姆路身邊常見的魔物中挑一些種族介紹。

小鬼族（哥布林）

生著獠牙、體格瘦弱的人型低階種。沒什麼智慧。按自由公會規定的魔物等級劃分相當於E級。進化後變成人鬼族（滾刀哥布林）。

大鬼族（食人魔）

生著牙跟角且好戰，擁有強韌巨軀的人型種族。在朱拉森林裡的食人魔村落似乎有靠當傭兵之類的方式維持生計。魔物分級相當於B。進化後變成鬼人族。

蜥蜴人族

正如其名，是模樣酷似爬蟲類的人型種族。棲息於湖畔等有水源的區域。特別擅長在濕地等泥濘地區作戰。魔物等級相當於C。進化後變成龍人族。

豬頭族（半獸人）

頭部像豬，體格壯碩的人型種族。勞力工作是他們的強項。有時會產生像「豬頭帝（半獸人王）」這種吃盡一切的驚異存在。魔物等級為D。進化後變成豬人族（高等半獸人）。

牙狼族

成群結隊行動的狼型魔物。正如蘭加說他們是「團結的個體」，個體間關係密切，可以說整個種族就像一隻生物般。每匹狼的魔物等級都相當於C。進化後一般會變成黑狼，但蘭加他們受利姆路影響進化成嵐牙狼。

獸人族

半人半獸的人型種族。野獸與人類兩方面的性質同時具備，但本性是野獸。可藉「獸化」變成野獸姿態。獸王國猶拉瑟尼亞就是以獸人為中心的國家，有蛇、狼、大象和猴子等，各式各樣的獸人都在那裡生活。多數人好戰，個體的魔物等級似乎不盡相同。

魔獸等接近野獸的種類

邪惡蜈蚣、黑暗蜘蛛、吸血蝙蝠、甲殼蜥蜴、巨大妖蟻、孤刃虎、槍腳鎧蜘蛛、天馬等，許多魔物就跟野獸差不多。魔物等級五花八門。

雖然有許許多多的種族，但好幾個部分都是血統混過來又混過去呢。有夠複雜！

魔物等級

因應魔物各自的危險程度，自由公會劃分了等級。有了這個，意外遭遇魔物時，判斷該採取何種行動就變得容易許多。

特S（天災級）	光靠一個國家無法應對。人類必須跨越國家藩籬互助合作，甚至得在存亡命運上賭一把。維爾德拉等龍種和部分魔王為此類型。
S（災禍級）	必須整個大國總動員方可對應。像是魔王等。
特A（災厄級）	危險程度足以顛覆一個國家。如高階魔人或高階惡魔、暴風大妖渦等。
A（災害級）	很可能為城鎮帶來莫大損害。焰之巨人就相當於A+左右。
B	如黑暗蜘蛛、食人魔等。一隻就能滅掉村子。要逃離魔爪也不容易。
C	如蜥蜴人、天馬等。比受過戰鬥訓練的職業士兵還強。若是一般的成人，就算來十個也打不贏。
D	如半獸人等。一般成人三到四個一起上還是有被殺的可能。
E	如哥布林等。比普通成人要弱上一些，但他們會成群結隊，還是得多加注意。
F	無戰鬥能力。

打算襲擊魔國的暴風大妖渦是特A級魔物。換成人類王國或許會難以應付。

亞人

誠如前述，矮人族或長耳族等為其代表。矮人族是好奇心旺盛的天生工匠，乃體格結實的種族，具備高度技術力。武裝大國德瓦崗就是矮人王國。長耳族則有尖尖的耳朵，該種族在魔法研究方面特別有一套，體態細瘦優美。魔導王朝薩里昂就是長耳族後代居住的國家。

除此之外，像是長鼻族（天狗）、狗頭族、樹人族、樹妖精等，還存在許多各式各樣的種族。在某些特殊地點更有惡魔族或精靈等無肉體的精神生命體種族等存在。

三種相位體與精神生命體

像人類這類具備肉體的生物，其身體都由以下三種相位體構成。有包裹靈魂、最為脆弱的「星幽體」，和蓄積力量的基盤「精神體」，與這個世界構成直接聯繫的「物質體」。

另外，基本上高階精靈或惡魔等「精神生命體」都不具備物質體。他們通常待在稱為「精神世界」的地方，一離開精神世界就會導致能量擴散，總有一天會消失殆盡。要在這個世界長時間駐足，須靠契約等確保附身對象，或者自行顯形降臨。

維爾德拉這類龍種也是精神生命體，但他們會用那股強大的力量吸取周遭魔素，自食其力創造物質體。

精靈

漂浮於世上的自然能量碎片聚集在一起，之後變成具自我意志的精靈。高階精靈有個人意志，低階精靈則沒有。似乎還依力量強弱區分成「大精靈」等，詳細情況不明。

其中一名魔王菈米莉絲原本是統率精靈的「精靈女王」，阻止蜜莉姆失控之際「墮落」成妖精。同理，精靈實體化或者墮落就被當成妖精族。

・高階精靈召喚

特A級高階精靈可透過下列召喚魔法等方式將其從精神世界叫出來。

精靈召喚：土之騎士
精靈召喚：水之聖女
精靈召喚：焰之巨人
精靈召喚：風之少女

惡魔族

住在精神世界的長壽精神生命體。經召喚術等管道在這個世界顯現。擅長操控妖氣或靈魂等，欣賞強者。性質多半較為邪惡，卻非一定會做壞事。他們重視與召喚主訂下的契約，希望主人認可他們的實力，是很認真的種族。

然而，召喚主違反契約，或是叫出配不上的過強惡魔，往往會招來駭人的災厄，可以確定他們是危險的種族。

在惡魔族群裡，下有「低階惡魔」，上有「惡魔大公」，存在絕對的階級關係。而立於其頂點的正是「始

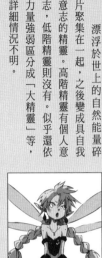

祖惡魔」。如「赤紅始祖」等以色彩名相稱的七大惡魔。自遠古時期就存在的他們握有莫大力量，外界認為與本性殘暴的赤紅始祖等惡魔交涉是不可能的事。

順帶一提，惡魔們依原始性格分成各色系統，性質大不相同。若召喚主叫出紅色系惡魔，容易無法控制進而釀成一大悲劇。一般認為叫出綠或青色系的惡魔較不危險，這道理拿來套用在低階惡魔上也適用。

始祖惡魔

金（赤紅）：無法交涉

米薩莉（綠）：可交涉

萊茵（青）：可交涉

迪亞布羅（黑）：看心情

名稱不明（白）：可交涉

名稱不明（金）：無法交涉

名稱不明（紫）：看心情

生存年數（階級）與惡魔的強度

活愈久的惡魔愈強。至於來到某種境界的惡魔，保有魔素量已達上限，數值上趨近同等。之後就比知識和經驗。也就是說，技量（等級）差異等同戰鬥能力的差距。

階級	生存年數	
現代種（騎士）	0～100年	現實中有可能召喚成功，據說能受掌控的頂多到高階魔將，但在該層級中仍不乏這類惡魔。按自由公會定的等級區分達到特A級。
近代種（準爵）	30～100年	
近世種（男爵）	100～400年	即使在特A級中亦屬於高階強者。
中世種（子爵）	400～1000年	如假包換的災厄級。到此階級魔素量便無法再往上。
古代種（伯爵）	1000年以上	古代種可能會偽裝自己的強度。假如魔素量的上限解除，就會展現原本應有的實力吧。
史前種（侯爵）	3000年以上	該等級以上的惡魔一旦取得肉體，一般認為將輕易衝破魔素量上限。
始祖惡魔（王、公爵）	自遠古時期存續至今	皆為最頂尖的惡魔。

天使族

精神生命體種族之一。長著翅膀，能在空中飛。每隔五百年就會派大軍下凡，並發動攻擊，但原因不明。這個以數百年為單位發生的戰爭稱作「天魔大戰」。

天使發動攻擊並非隨機發生，他們會襲擊魔物和文明都市。文明未過度發展就不會遭受攻擊，因此似乎並非與人類本身為敵。像矮人王國或天翼國弗爾布羅等，部分國家的都市之所以會建在地表下，都是在警戒天使的進攻。

此外據說惡魔剋天使、天使剋精靈、精靈剋惡魔喔。

龍種

這個世界裡最強的物種。雖是精神生命體，力量卻強到能自食其力創造物質體，順利取得肉體。在各式各樣的生物中，不論魔力、體內魔素量、物理力量、韌度，他們是於各方面都實力非凡的頂尖種族。

一般認為最初的龍種是維爾德拉之兄，蜜莉姆的父親「星王龍」維爾達納瓦。維爾達納瓦與人類生下孩子（蜜莉姆）後，失去大半力量，身體四分五裂，成為像是龍之類的「龍族」始祖，最終歸於消滅。如今存於世上的龍種似乎只剩三隻。

然而龍種不會完全消滅，假使消滅也必定會在世界的某個角落重新誕生。因此人們認為維爾達納瓦總有一天會重回這個世界。

蜜莉姆體內流著龍種之血，強到能把利姆路等人殺都殺不死的暴風大妖渦一擊打爆！

利姆路從異世界轉生而來，這個世界上各個角落除了他亦有其他來自異世界之人或是轉生者。只不過，像利姆路這樣原本是異界訪客同時又是轉生者的案例似乎少之又少。

轉生者與召喚者

異界訪客在跨越次元橫渡世界時常會獲得各式各樣的異能和魔素。此外，異界訪客分成兩種，一種是偶然誤入這個世界，另一種是被召喚過來。受召者經魔法儀式遭人強行帶至這個世界，當下靈魂就被寫入命令，要對召喚主「絕對服從」。命令無法解除，直到召喚主死亡等情況發生才能解脫，在那之前都要聽令於召喚主。

要施行召喚儀式須具備一定條件。此外，一旦進行召喚，基本上未間隔一段時間就無法再行召喚。

在條件未齊備的狀態下強行進行不完全召喚，倘若失敗，將叫出未滿十歲又無異能的孩童。無異能之孩童無法消耗在體內翻騰的大量魔素，數年後將被其燃燒殆盡，但召喚高階精靈讓它寄宿在體內，就能控制體內魔素。

・西方諸國的召喚狀況

為了叫出異界訪客發動的召喚魔法，屬於禁忌的祕密儀式，西方諸國評議會也明令禁止。可是為了排除外敵或基於其他原因，某些人或國家會自行召喚只為得到異能力，這是不爭的事實。例如被法爾姆斯王國的宮廷魔法師長拉贊召喚的省吾、恭彌、希星三人組，或是羅素一族的格蘭貝爾召喚古蓮妲等，都是很好的例子。

然而，目前並沒有無國界監察機關，要積極取締這類行為並不容易。即使是像法爾姆斯王國那樣，明顯正將異界訪客當兵器利用的國家，只要他們主張「我們只是保護偶然發現的異界訪客」，就無法進一步追究。若是沒有確切的證據，將被當成過度干涉內政。

魔王與勇者

在高階魔人中，力量特別強大的少數人被稱為「魔王」。雖然被冠上「魔」字，但不是每個魔王都很邪惡。

要正式承認其魔王身分，須由其他魔王——至少三名以上給予肯定。若敢自稱魔王，將被人用武力試探實力，實力不足將會遭到消滅。

此外，在魔王裡還有拿大量靈魂當祭品實現超進化並覺醒成「真魔王」者。事實上真正的「魔王」是指這類「真魔王」。

另一方面，「勇者」正如其名，是懲惡揚善之人。

她是靜的恩人，黑髮女勇者。靜說她踏上旅途前往某處，莫非與因果循環有關？

至於有機會當上勇者的人，身上會帶有「勇者資質」，而他們之中的某些人似乎會歷經試煉覺醒成勇者。

在這個世界上，「勇者」是特別的存在，「稱為勇者之人必受因果束縛」。那麼「因果」又是什麼呢？

具體而言，就是「當上勇者之人，必定與其對手魔王產生某種緣分」。例如曾是勇者的格蘭貝爾，他與魔王魯米納斯對戰又加入其魔下，後來再度叛變等等，將與對方糾纏不清。這些都是所謂的因果報應，似乎是勇者的宿命。

其他還有正幸或救了靜的女性等，至今已有幾名名喚「勇者」之人登場。他們遲早也會遇到這類因果報應。至於魔王雷昂，他本人既是勇者又是魔王，自己構成一個循環。

魔王們彼此有事情想討論時，會召開叫作「魔王盛宴」的會議呢。

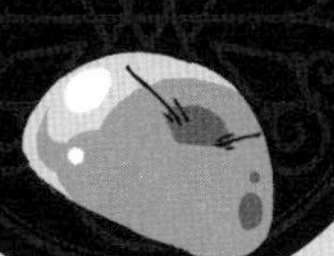

各地介紹

接下來要介紹魔國聯邦等出現在故事裡的諸多王國。這將是最棒的導覽書，教大家該如何走看這個世界。但紫苑也在編輯陣容裡，或許會出現部分錯誤訊息也說不定。

魔國聯邦

正式名稱為朱拉·坦派斯特聯邦國，是由史萊姆魔王利姆路擔任盟主的魔物王國。首都以盟主之名命名，叫作「中央都市利姆路」。

支配地區遍及廣大的朱拉大森林全域。畢竟剛建國沒多久，無法斷言將森林各個角落都納入管轄，但其勢力急速擴大，漸趨安定。

而魔國聯邦的前身，也就是利姆路最初統治的村莊，那裡是破落的小型哥布林聚落。可是藉助利姆路的力量，再加上居民們孜孜不倦地努力，各類技術及文化有了突飛猛進的發展。人類國度也慢慢把它當成一個國家看待，如今正逐漸成長，要發展成經濟、文化重鎮。

目前雖承認私有財產制，卻無工作報酬等所得，而是接近以配給形式保證食衣住的共產主義形態。他們與造訪城鎮的商人或冒險者做生意，但大部分都以魔國的國營事業形態進行，賺的錢也納入國庫。居民都很勤奮，生產力頗高。將來預計導入貨幣經濟，目前為了打造相應基礎，正推行讀書寫字與算數方面的教育。主要產業有回復藥事業、觀光事業等。

此外他們每打一場戰役就變得更強，除了魔王利姆路個人的力量，魔下魔物們也隨之進化&增強。這讓他們保有為數約一萬人的強大軍力。

大部分的人都對利姆路個人宣誓效忠，從草創期開始那些首都居民大多都因命名締結堅定的羈絆，該體制可謂是家族性絕對君主制，在包含經濟、軍事等國家營運上，都帶來很大的好處。

來到凡間樂園利姆路
魔王大人優雅（？）的一天

早上六點起床。魔王起得好早……沒啦，我不需要睡覺，所以一直在看漫畫就是了。

朱菜做的早餐多了新菜色。好吃到讓人舔嘴咂舌。不知為何紫苑也端出一些料理（似的東西），我裝作沒看到……本來想裝傻但最後還是吃了。咂舌。

上午去視察正在興建的學校以及在授課的私塾。滾刀哥布林孩子們還真是可愛啊。

之後跟幹部級成員一起視察開國祭的準備狀況＆出席午餐會。奇怪的是蜜莉姆也混在裡面。好像是趁芙蕾不注意偷跑過來的。怎麼又來了。

午餐吃朱菜做的便當。吃飯也是調查研究的一環！由於非常美味，只限開國祭這段時間販售的話應該滿有趣的呢。另外還試吃預計在開國祭中會在攤販等地方販賣的飲食。維爾德拉的鐵板燒（試作品）也很好吃，暫時可以放心。摩邁爾老弟果然辦事牢靠！

利格魯德說明了整體的進展狀況。關於要在競技場周邊開臨時商店、搭建觀賞用的帳篷區等配置，出現了疑慮事項！但他同時提出好幾個解決方案，我只要裝裝樣子點頭同意就了事。利格魯德真的好能幹。

這段時間哥布達一直在打瞌睡。膽子真大啊。

由於大家齊聚一堂，紫苑裝能幹祕書裝得比平常更賣力，讓人有點煩躁，不過，可能是妝點城鎮的氛圍令迪亞布羅感到新奇，他並沒有太過在意紫苑，所以我就不管了。和平才是最重要的嘛——

傍晚，我去封印洞窟的修練場受白老鍛鍊（凌虐）。順便到研究設施聽戈畢爾報告希波庫特藥草的栽培進度，還有當他的商量對象，看要怎麼做才能受女孩子歡迎（後半段隨便敷衍了事。那種事不自己想是學不會的ＨＡＨＡＨＡ！）

不過被白老鍛鍊後不知為何好像肌肉痠痛耶。我應該沒肌肉才對啊（汗）。

我去泡個溫泉，吃了有點晚的晚餐。今天本人也好努力，真了不起。

往武裝大國德瓦崗
農地
朱拉大森林
往蜜莉姆國
N
E
W
S
魔國聯邦MAP

中央都市利姆路

位於暴風龍維爾德拉曾被封印的洞窟附近，在森林裡挖出一大塊四角形建造城鎮。這就是魔國聯邦的首都——中央都市利姆路。大小約四邊各四公里，大約一千六百公頃左右。正在開發中，隨時擴張。

利姆路希望「打造能讓自己舒適生活的國家」，因此他們志在建立不分人類、魔物，大家都能和平快樂過生活的城鎮。那些勤奮國民為了敬愛的利姆路，於食衣住至服務業各類分野日以繼夜地努力鑽研，將水準提昇到與大國王都相比也毫不遜色的地步。

街道規劃得整整齊齊，靠著利姆路發動技能完成架構，令他們有完善的水利系統（水源是流經封印洞窟附近的河）。汙水系統埋在地底。獨特街景與這個世界的所有都市大相逕庭，相當整潔又美麗。

幾條與街道相連的大街將城鎮劃分成四個區塊，各具特色（各區塊詳細情形容後介紹）。各地區沿著大街分別有商館、商店、餐飲店、旅館等設

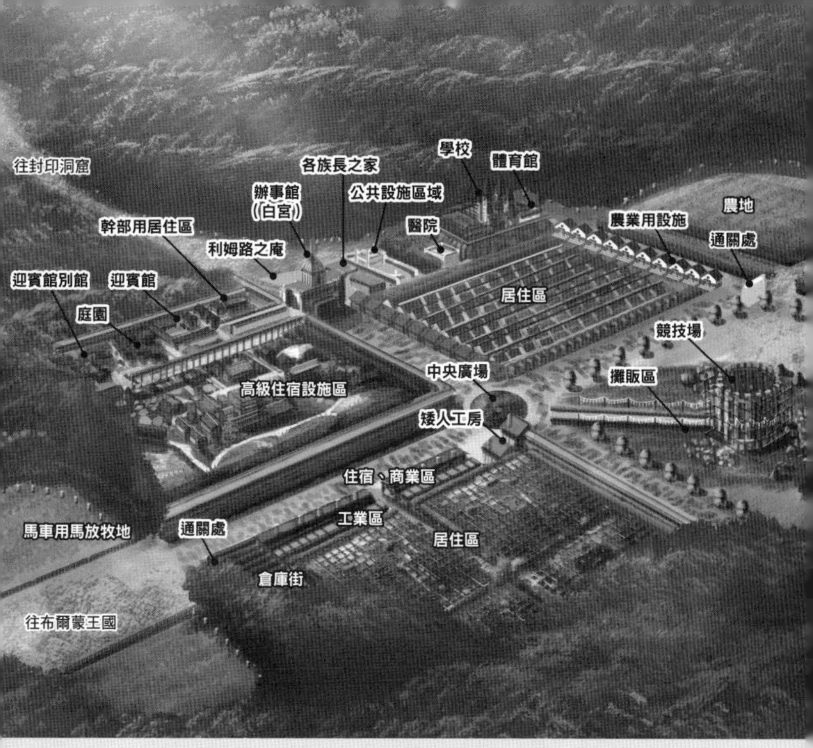
往封印洞窟
各族長之家
學校
體育館
辦事館
（白宮）
公共設施區域
幹部用居住區
醫院
農地
農業用設施
通關處
利姆路之庵
迎賓館別館
迎賓館
居住區
庭園
競技場
中央廣場
攤販區
高級住宿設施區
矮人工房
住宿、商業區
工業區
馬車用馬放牧地
通關處
居住區
倉庫街
往布爾蒙王國

施林立，形成華麗的主要幹道。大街交叉的城鎮中央區塊設有大廣場。此外四大區塊也有各自的中央廣場、規模較小的廣場、公園和空地散布。

基本上東西南方都有通往街道的入口，但那些地方有魔法結界守護，且居民多為具備戰鬥力的魔物，所以他們沒有蓋城牆。只設了警備單位，和兼顧通關等功能的官方行政處。

城鎮北側中央地帶建有等同最高行政首府王宮的宏偉辦事館。設計上類似美國白宮，這方面也受利姆路前世的知識和印象影響。正門玄關前有片空曠莊嚴的廣場，可拿來舉辦各式典禮、宴會和閱兵儀式等。除了會在辦事館內舉行重要會議，那裡還有利姆路或幹部級成員的辦公室或私人房間，大家在館外都有自己的家，平常的生活起居卻集中在那裡。因為大家都喜歡利姆路大人。

歡迎光臨，這裡是利姆
路的城鎮。我想到什麼
就開發什麼，結果街道
變得好混亂啊。

●利姆路之庵

利姆路的官方居所，在形同宮殿的辦事館內確實備有豪華房間，但在隱於街道之外的後方區塊，有個頗具禪意的茶室風小別邸，那也是屬於利姆路的。其實那邊還有個地下室，利姆路會在裡頭心無旁騖地看漫畫、舔蜂蜜。只有幹部等級的成員可以進來這個地方。維爾德拉常擅自闖入在那兒消磨時間。

不受時間或立場拘束，
愛幹嘛就幹嘛。
如此孤高的行為對我來說
最有療癒作用……
哎呀，當魔王也好辛苦，
超乎想像呢。

■居住區（東北區塊）

滾刀哥布林及食人魔等從草創期就加入魔國聯邦的一些種族，還有其他之後加入魔國聯邦的種族，都在這個區域過生活。不過全體居民中有幾成（主要是單身人士）在工商業地區工作的人，他們大多住在那邊，真要說起來住屋多半為家庭而設。

該區域內的人家基本上都是木造加鋪屋瓦，設計上走日式路線。東北方一角有木造私塾，後方正在蓋學校。這方面不知為何設計成霍格○茲風。除此之外還有朱菜的紡織工房等部分工房、商店及倉庫等設施林立，光只有這個區塊仍能以一個獨立城鎮的形式運作。

■迎賓區（西北區塊）

除了有供外國使節或國賓等賓客住宿、提供盛情款待的迎賓館（洋式），也設了幾所專為觀光客打造的和風

說到溫泉一定要配溫泉饅頭呢。剛好跟我的形狀很像，來顆正字標記利姆路饅頭如何啊？

高級旅館，算是渡假區。還有幾處是旅館的庭園、泳池、溫泉設施（露天溫泉）、公園等，可以盡情放鬆身心慢慢享受一番。

而鄰近北方辦事館處則設了歌劇院、室外音樂會用地、體育館或多用途廳堂等大大小小的設施。

■工商業地區（西南區塊）

該區塊建築基本上與其他國家相仿，都是西式建築。以凱金或葛洛姆等熟手矮人工匠的工房為中心，另有他們的徒弟（哥布林等其他種族）的工房或店舖等設施林立，工房的煙囪整天都在冒煙。黑兵衛的裝備工房也涵蓋在這一角內。來工作的工匠和其家屬基本上都住在這裡。還有許多專為勞工設的餐廳等等，除此之外，亦針對從鎮外來的冒險者等一般客戶設立武器店，或是販售各類裝備及工藝品的店舖和鬧區，成了熱鬧的工商業地帶。

■觀光娛樂地區（東南區塊）

這塊空地將來會變成娛樂暨觀光地區，預計增蓋主題公園等娛樂設施，為了因應開國祭，只有先建圓形競技場。因此唯獨競技場周邊臨時整頓過，不僅開設餐飲店還搭觀賞用帳篷等等，規劃好幾個小型廣場熱點，醞釀出近似室外嘉年華的氛圍。補充一下，競技場是參考古羅馬圓形競技場(Colosseum)，比鎮上其他建築物更大更突出。不管從鎮上的哪個地方都能看見這座地標。

此外，競技場地底還引進達百層的菈米莉絲地下迷宮，將成為一大冒險娛樂設施（賭場？），正在為開業做準備。

對外宣稱引進，其實是
他們擅自搬進來才對！
但也因為這樣才能推出
不少東西啦。

●封印洞窟

以前封印維爾德拉的洞窟。一條未經整頓的小路從城鎮北方（辦事館後方）延伸出去，在上頭走五公里左右就能抵達。目前在地底湖周邊備有希波庫特藥草栽培區，以及用其當原料製作回復藥的生產研究設施，戈畢爾和培斯塔等人常駐於此。還用來當白老鍛鍊大夥兒的修練場。與魔國城鎮靠傳送魔法陣相連，移動上很容易。

●西斯湖的蜥蜴人大聚落

朱拉大森林剛好正中央有以艾梅多大河為源頭的西斯湖，周圍則是一片廣闊的濕地。附近有無以計數的鐘乳石洞，最深處住著由艾畢爾帶領的蜥蜴人族。洞窟內儼然是天然迷宮，迷惑踏足入內之人。

●樹人族聚落

從西斯湖再往東走一會兒，會碰到由森林高階種族樹人族組成的聚落，樹妖精負責保護他們。聚落裡開滿稀有的花朵，蟲型魔獸阿畢特在那採集蜂蜜，賽奇翁負責聚落的警備工作。樹人族是在地面紮根的樹木型魔物，無法靠自己的力量移動，但在利姆路幫助下，最近他們移往菈米莉絲的地下迷宮第九十五層居住。

●街道

從首都利姆路延伸出與幾個國家相連的街道。路面鋪上砂石，均勻敷上碎石固定，再排上石材打造石板路。每隔十公里都設有「全自動魔法發動機」，靠結界阻止在森林裡徘徊的魔物入侵，每隔二十公里設置駐紮警備員的「派出所」、隔四十公里建一個旅館，讓大家能夠舒適旅行。

這幾條街道中，通往矮人王國和布爾蒙王國的路已經完工。現在要延伸到薩里昂去，通往猶拉瑟尼亞的新闢工程也在施工中。

另外，他們只鋪半邊道路。因為利姆路有個構想，將來打算鋪設鐵軌供列車行駛。

頂多用來自保的？

可怕的魔王利姆路軍戰力

魔國聯邦的軍事力量有多強？首先是主力部隊，由統率軍事部門、具備技能「大元帥」的大將軍紅丸指揮，成員為滾刀哥布林、食人魔、高等半獸人。還有聽令於紫苑和戈畢爾的精銳部隊。加上專門從事諜報、機密活動的蒼影和其部屬。白老的個人武技也足以和一支軍隊匹敵。

另外由朱拉大森林各種族編製而成的部隊也可加入作戰，是預備戰力。再將同盟矮人王國與獸人族給予的助力考量進去，規模便相當不得了。

<魔國聯邦軍的主要部隊>

紅焰眾

直屬紅丸的親衛隊。憧憬紅丸等人並獲得祝福，因而進化的鬼族戰士三百人。他們還修習技藝，每個個體相當於 A-。

綠色軍團

由紅丸率領的四千名滾刀哥布林。個體等級相當於B，是獲得「操焰術」、「熱變動抗性」的火屬性成員，特別著重攻擊力的強襲打擊部隊。

黃色軍團

蓋德率領五千名豬人族組成的部隊，個體等級相當於B的強力軍團。全員獲得追加技「怪力」、「鐵壁」、「全身鎧化」這類用來強化身體與防禦力的強化技能。亦從利姆路那繼承不少抗性，除了「物理攻擊抗性」，還具備對抗「痛覺、腐蝕、電流、麻痺」的抗性。隊長級人士還獲得可隨意操縱土壤的追加技「操土術」，可以製作戰壕。亦為優秀的工兵。

狼鬼兵部隊

可使用追加技「同化」、騎乘星狼族馳騁的滾刀哥布林百名。合體時強度相當於 A-。隊長是哥布達。

飛龍眾

由戈畢爾率領的百名龍人族。種族能力高，每個人都相當於 A-。除了固有技能「龍戰士化」，還獲得「黑焰吐息」或「黑雷吐息」之一（戈畢爾兩種都有），亦擅長遠距離攻擊。還具備飛行能力，從空中展開的噴霧攻擊也威力強大。是速度、攻擊、防禦三方面兼備的萬能突擊隊。

紫克眾

由紫苑率領的利姆路親衛隊。是由約莫百名的死而復生者組成。因追加技「完全記憶」和「自動再生」技能加持，就算頭沒了，記憶仍會留在星幽體中，只要開啟「自動再生」就能復活。目前相當於 C 級，接受紫苑的瘋狂特訓成長中。

西方評議會、自由公會

大陸西部有幾個跳脫國家組織的國際性組織開枝散葉——就是西方諸國評議會（亦稱西方評議會）、自由公會與西方聖教會。關於西方聖教會，會在神聖法皇國魯貝利歐斯的篇章中說明，在此就來講解西方評議會和自由公會吧。

所謂的西方評議會，除了會多國聯手對抗魔物造成的災害，還要聯手對抗東方帝國帶來的威脅，更是用來調停西方諸國各類問題的國際機構。西方幾個主要國家多半都加入了評議會，本部設在既是西方諸國中心、從各國出發又交通便利的英格拉西亞王國。

評議員是做為國家代表選出的王族、貴族或官吏們。中立公正為其宗旨，但事實上是國力較強的法爾姆斯王國和英格拉西亞王國說話較有分量。不僅如此，據說多數席次都被國家雖小卻對金融、經濟抱持影響力的西爾特羅斯王國羅素一族底下人馬霸占。

而自由公會，是由原本就存在的冒險者互助會改變而來，並確立與各個國家的交涉權和互助協議。去西方評議會那打點或貢獻其他心力，構築現今體制的正是自由公會總帥神樂坂優樹，為此公會的勢力飛也似的擴大。

公會成員＝冒險者通常會接下由公會居中斡旋而來的採收、探索、討伐等任務，並賴以為生。若基於與魔物作戰等理由，接獲根據公會與國家協議頒布的動員令，隸屬自由公會的一成人馬將聽從該國指揮。不過公會裡有半數成員都是處理行政等後勤工作的非戰鬥人員。

·自由公會訂定的主要任務

採收：如採收獵捕稀有動植物等物種或找東西等等。

探索：受人回報發現魔物便前往偵察。會避免戰鬥。

討伐：討伐會危害人類城鎮的危險魔物。

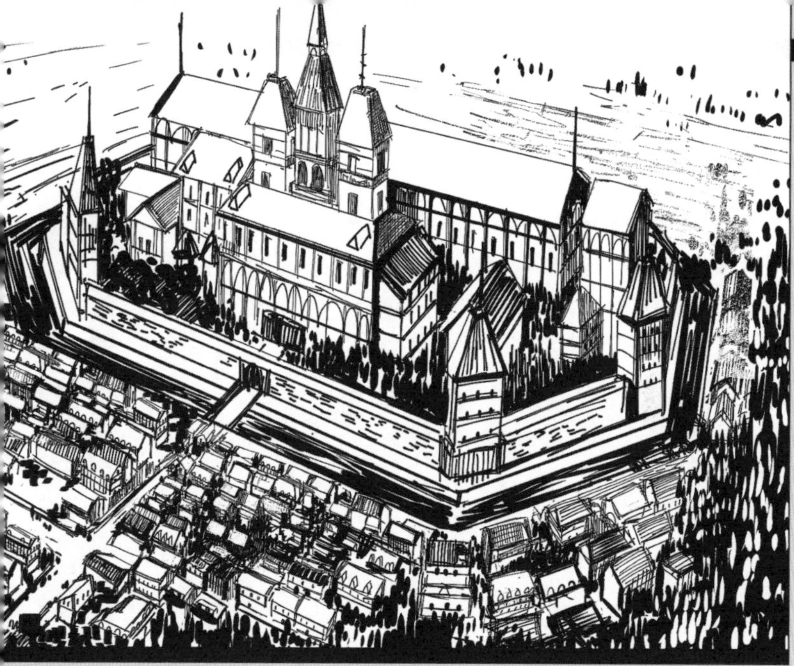

布爾蒙王國

鄰接朱拉森林的小國，加入西方評議會。人口僅百萬人再加上自由公會成員五十萬人。雖從事農耕及畜牧，產量卻只夠國人消費，無其他醒目產業。是非常安靜悠閒的邊境國度，首都隆多的街景以簡樸石造建築為主，除了城堡沒其他高聳建物。

由君主治國，雖有貴族卻多了地方監理者瓜分行政職權。僅王族保有領土。是擅長蒐集情報的資訊王國，國王意外堅忍。還有負責外交並蒐集情報的大臣貝葉特男爵、因應朱拉森林異變迅速派遣調查小組的自由公會布爾蒙分會長費茲等，國家小歸小卻人才濟濟。

他們是離魔國聯邦最近的人類國度，繼德瓦崗之後締結友好條約。通往魔國的街道也整頓完成，因其地利之便，利姆路想展開各式各樣的新事業，便以實驗性商店的形式搶先推出。之後成為利姆路部下的商人摩邁爾旗下商會也立於王都一角。

法爾姆斯王國

在西方諸國中數一數二的大國。其所在位置正好是西方諸國通往矮人王國或東方帝國的貿易門戶，便以重要貿易據點之姿繁榮興盛。氣候溫暖農業興盛，但主要收入來源還是當貿易中繼國獲取的利益。

人口為國民三千萬加自由公會成員一千萬合計四千萬人。首都是莊嚴的都市「馬利斯」。為聚集莫大財富的大型商業都市，光首都就有高達三百萬人在此營生。

建在街道深處的王城雖然不高，卻是面積廣大、宛如宮殿的豪宅。城堡四周有貴族豪奢的別墅或庭園林立，城鎮整體給人富裕印象。另一方面，幾乎沒有超過五樓的高樓建築。

此外，首都馬利斯還有隸屬西方聖教會的法爾姆斯大主教教區本部，甚至蓋了大型教會。統籌負責人是大主教雷西姆。

法爾姆斯王國的政治形態，是以艾德馬利斯王為頂點的君主專制封建國。但王族的權力並非萬能，王都、宮廷是貴族爾虞我詐現象橫行的魔窟。與魔國聯邦對戰

吞下敗果，舊體制崩壞。迎來政治混亂期。

●魔國聯邦侵略戰

法爾姆斯王國受慾望驅使，以討伐魔物為名出兵，但除了包括艾德馬利斯王在內的三名俘虜，人數高達兩萬的大軍全滅，他們輸得徹徹底底。且與魔國聯邦進行和平交涉，被迫負擔莫大賠償金。

艾德馬利斯王為這場戰爭負起責任退位。將王位讓給弟弟愛德華公爵，但新王企圖將責任都推給前任國王，逃避支付賠償金一事。接著說要將前任國王處刑，藉此名義朝艾德馬利斯王暫居的尼德勒伯爵領地發兵。

對此，「英雄」尤姆與魔王利姆路替前任國王撐腰，派兵去對抗新王勢力，逼他就範。尤姆這次立功因而獲人轉讓王權，將由他即位當王樹立新王國。

除此之外，這一連串行動背後都有魔王利姆路的部下迪亞布羅精心打點，但只有少部分人知道這件事。

西爾特羅斯王國

夾在法爾姆斯王國和英格拉西亞王國中間，面向北海的君主專制小國。有兩百萬人口，無自由公會成員。首都是美麗的「席亞」。氣候寒冷，主要產業為金融、工藝等。同時也是貿易中繼國。國家統治者是以格蘭貝爾・羅素為頂點的王族「羅素一族」。他採取行動就為了用經濟掌控全世界，認為急速發展的魔國聯邦很危險而心生警戒。想連日向一併除掉卻以失敗收場。

養了一群忠心部下名喚「血影狂亂（Blood Shadow）」。另外，「十大聖人」之一的古蓮妲其實受格蘭貝爾召喚而來，是異界訪客，靈魂已經被刻上對他的忠誠心。

●五大老

西方評議會是旨在保持中立的組織，但實際上羅素一族的人馬占據多數席次。立於其頂點的是一群老人，以格蘭貝爾為首，稱作「五大老」。他們暗中干涉與自身權益有關的問題，巧妙周旋令情勢有利於己。

英格拉西亞王國

英格拉西亞王國是君主立憲制的法治國家。人口為國民兩千萬加自由公會人民兩千萬共計四千萬。氣候有四季之分。首都是華麗的「瑞拉」。

英格拉西亞王國約位於大陸中央，對西方各國來說是交通樞紐，因此身為諸國調停機關的西方評議會才會在那裡設立本部。

以角力關係而言，在評議會加盟國裡國力最強大的是法爾姆斯王國，但其他參加國都害怕一國獨大。結果在諸國合意下，便拿交通網發達當理由將英格拉西亞王國定為中心國。可能因為這層原因，英格拉西亞王國與法爾姆斯王國的關係似乎不太好。

除此之外，像是自由公會本部、西方聖教會的實務據點等，可以在該國王都看到各種重要設施。

王都中央有座憑藉高度建築技術蓋在湖中央、美輪美奐又莊嚴的雪白王城。街道以這座王城為起點向四個方向延伸出去，城鎮被這些道路大致劃分成商業區塊、觀光區塊、工業區塊、居住區這四大區，似乎已計算好不管從哪個區塊都能入城。此外，靠近城的中央地帶還有高級地段，聚集了貴族的宅邸和一流商店等。

城內建了許多大型建築，例如看似戶外音樂會會場的設施、附玻璃帷幕的櫥窗、跟戲劇有關的大型看板、圖書館和自由學園等，能看到在其他地方很少見的文化設施。在這之中特別是自由公會本部的建築物入口為自動門一事，著實令早已習慣類中世紀世界的利姆路大吃一驚。在堅固城壁的圍繞下，出入口是兩道大門，在各重要地點都配置騎士，維持治安萬無一失。正如「華麗的瑞拉」這個通稱所示，既豪華又充滿文化氣息，是如假包換的大都會。

●自由公會本部與靜的學生們

自由公會本部接近城鎮中心地帶，與西方聖教會英格拉西亞分部比鄰而建，由靜的學生神樂坂優樹為總帥統領公會。

透過靜讓利姆路看的夢境，他得知英格拉西亞王國內有讓她掛心的孩子們，為了拯救他們而造訪王都。在優樹的幫助下，他成了自由學園的教官，負責照顧這些孩子。

順帶一提，在申請當冒險者的過程中，會遇到探索部門出的考題，只能到英格拉西亞王國來考。還有討伐部門的A級升格測試，除了累積實戰成績，最後還是要到英格拉西亞王國的本部接受測試。

●與日向死鬥

西方聖教會的根據地在魯貝利歐斯，實務據點卻設在英格拉西亞王國。換句話說，這塊土地可以說是日向等聖騎士團的另一個管轄地。替孩子們解決問題的利姆路正打算回國，卻被關進結界，即使無意仍被迫與日向一戰。像是半獸人王或暴風大妖渦等，利姆路已跟如此強大的敵人作戰過，然而在這個英格拉西亞郊外與日向對戰，仍是他第一次身陷走錯一步就有可能喪命的危機中。

吉田先生開在王都裡的
咖啡廳的甜點，滋味一
級棒。好想吃新蛋糕！

神聖法皇國魯貝利歐斯

神聖法皇國魯貝利歐斯位在大陸西部，是尊崇唯一真神魯米納斯的宗教「魯米納斯教」的信眾們居住生活的宗教國家。人口約兩千萬。大部分都是魯米納斯教的信眾，無自由公會成員。

國土位在整年雨量不多、有點乾燥的地帶，自古以來國家就鼓勵人們生產耐乾旱的小麥。因此首都周圍的遼闊土地就成了一大小麥糧倉地帶。人們認為這些自然恩惠都是魯米納斯的恩賜，似乎是就算沒有亮眼的產業，仍能維持國家安定的一大要因。

政治形態是身為神魯米納斯代言人的法皇權威最大，法皇廳以法皇之名行統治之實，採行宗教共產主義。有參加西方評議會，算是西方諸國的一員，但就形態看來還是與其他國家氣質迥異。

聖騎士能行使神聖魔法等神聖力量，討伐對人造成危害的魔物自然不在話下，身為對抗外敵的守護者，人們對聖騎士的敬意不亞於聖職者。西方聖教會是隸屬於法皇廳的組織，負責在母國外傳教，再加上聖騎士團威光普照，配上派遣至各國的神殿騎士團兵力，魯貝利歐斯在西方諸國間產生莫大影響力。

●聖都「盧因」與夜想宮庭 Night Garden

魯貝利歐斯的首都「盧因」，既是魯米納斯教的聖地，也是身為西方聖教會大本營的宗教都市。有許多人從各地前來朝聖，相當繁榮，但一方面又有不少虔誠信眾在那生活，故隱約有種聖潔氛圍飄盪其中。

一座巨大聖堂就建在與城鎮鄰接的山（靈峰）之前，以此地為中心，山麓上有大片城鎮蔓延，那景色確實莊嚴。連同大聖堂在內，儼然像一種要塞的山地範圍內有聖神殿（法皇廳）和西方聖教會大本營等，囊括教團的主要設施。

聖神殿後方還設了朝山頂延伸的石梯，山頂附近有被稱為「內殿」、看起來像寺院的設施。這裡被當成專為神魯米納斯而設的神聖場所，事實上穿過這個內殿再往裡面走，那裡有通往靈峰地底的祕密入口。進去之後有片遼闊空間，這個國家真正的都市就遍布於此。這座都市正是神魯米納斯——即十大魔王之一、吸血鬼族女王魯米納斯統治的「夜想宮庭」。而這座都市之所以會

建在地底，據說就是不想重演許久之前首都被某隻邪龍破壞的悲劇。

當然，下至教團的一般信眾，上至高階聖職者，這件事都徹底隱瞞。除了居住在夜想宮庭的吸血鬼族貴族，僅限日向等少部分知悉魯米納斯真面目的人類進入此處。

·於女王魯米納斯身旁伺候她的「三爵」

效忠於魯米納斯的古老吸血鬼——路易、羅伊、岡達，他們三人合稱「三爵」。

路易扮演法皇，表面上是握有最高權威之人；為了宣傳魯米納斯教，羅伊扮演外敵，當魔王的替身；資歷最久，身為魯米納斯的管家、總管夜想宮庭一切事宜的岡達。他們三人在吸血鬼貴族中仍屬地位最高。

●西方聖教會

西方聖教會是全大陸最大宗教魯米納斯教的教團，於西方諸國及世界各地配置教會，致力傳教魯米納斯教。

這個組織原本是魯貝利歐斯本國＝法皇廳底下的組織，設來對國外傳教，如今於各地紮下大片根基，規模和勢力已凌駕母國。這與魯米納斯教的教義「魔物殺無赦」，以及嚴格實踐教義、致力於討伐各地魔物的聖騎士團大肆活躍有重大關聯。事實上，這是吸血鬼真祖——魔王魯米納斯與其部下們為了讓統治工作更順利才擬的計畫，著實諷刺……

為了保護聖職者或協助傳教活動、派有實力的集團討伐魔物，他們派遣神殿騎士團至各國教會。各教會分別有主教和神父就任，上頭還有本部的主教及樞機坐鎮，但實質領導人是於母國法皇廳擔任執政官的尼可拉斯．修伯特斯樞機，跟聖騎士團一樣，對神殿騎士團下令的權力掌握在法皇廳手中。

而關於最新動向，聖騎士團團長日向與新魔王利姆

魯米納斯教不為人知的歷史

久遠以前

魯貝利歐斯前身是將人類當奴隸看待的華美大國。負責統治的吸血鬼以貴族階級君臨，會出面與外敵戰鬥。

因維爾德拉大鬧導致國家壞滅。他們轉移地點，以保護人類為主要方針，建立新的「魯貝利歐斯」國。一開始靠蠻力支配人民。

這時原為勇者的格蘭貝爾挑戰魯米納斯，反而敗在她手裡。以歸順的格蘭貝爾為中心，「七曜大師」誕生。七曜想出以宗教為主軸的政治形態，建立一套架構，形成現今魯貝利歐斯的基礎。

隨著時代變遷他們吸收強者，自然而然成立法皇直屬近衛師團。

約2000年前

創設隸屬法皇廳的布教用組織西方聖教會。

魯米納斯教終於成為西方諸國的一大宗教。

派遣神殿騎士至各國。因能獲神聖魔法保護，故受各

路激戰後和解，母國魯貝利歐斯與魔國聯邦建立邦交，締結為時百年的互不侵犯條約，今後雙方關係應該會產生劇烈變化。此外，將魔物視為絕對邪惡之物並敵視的教義也會逐漸改變吧。

●神殿騎士團

隸屬教會、自中央聖教會神殿派遣至各國的騎士統稱。其中特別優秀的人將獲准加入聖騎士團，人稱聖騎士。據說人數超過數萬人，亦為教會絕大影響力的來源。例如待在法爾姆斯王國教會的神殿騎士團人數就來到三千名，是鄰近國家中規模最大的。

哎呀～魯米納斯小姐的想法真不得了耶！神(Kami)與魔王只相隔一紙(Kami)的厚度嗎……只有Kami（史萊姆式笑話）。

約1200～1300年前

國歡迎，就此駐紮。從這個時候起，內部開始腐敗。

七曜大師陷害曾是大主教的阿德曼。

由於教會內部持續腐敗，法皇路易下令要七曜大師端正風氣。

七曜辭去執政官一職，同時體制改變，將從樞機選出執政官。

魔王羅伊帶來威脅，再由聖騎士團出面迎戰，利用這串自導自演讓各國境內對神的信仰更加擴大。

然而歷經數百年左右，效果也愈來愈疲弱。

數年前

日向敗給魯米納斯成了她的部下。

已經不怎麼受魯米納斯寵愛的大師們想找麻煩，命日向整肅西方聖教會，結果日向反過來鍛鍊聖騎士團以提高戰力。他們特別精於驅逐魔物，這讓疲軟的西方聖教會支持率再度上升。令各國更加信賴他們。

西方聖教會在魯貝利歐斯境內的權力跟著變大，法皇廳與西方聖教會的關係改變，成為魯貝利歐斯國內兩大勢力。

●法皇直屬近衛師團

隸屬法皇廳的精銳部隊。由首席騎士日向同時擔任聖騎士團團長並兼任近衛師團團長，但他們這群人都很重視自我，衣著和裝備也千奇百怪。總共只有三十三名成員，但每個人都是相當於一支軍隊的實力派戰將。被法皇封為「要塞」，所以他們才號稱師團。全員都保有A級以上的作戰能力，若數人一起聯手，他們甚至是能迎戰災厄級威脅的英雄人物。其中蒼穹薩雷、巨岩格萊哥利、荒海古蓮妲更是人稱「三武仙」的最強菁英。

●聖騎士團

隸屬西方聖教會的精悍聖騎士團。跟法皇直屬近衛師團一樣，全體戰鬥能力都是A級以上。共一百一十多人。母國魯貝利歐斯自然不在話下，還涵蓋西方諸國全域，特別針對魔物討伐展開行動。

團長是身兼法皇直屬近衛師團首席騎士的日向。雷納德擔任副團長。阿爾諾等五名隊長分別率領二十名聖騎士。

●十大聖人

日向加上聖騎士團隊長六名與近衛師團三武仙共計十人，他們與魔王對立，被法皇認定為「聖人」。人稱十大聖人。

●七曜大師

以「日曜師」格蘭為首，他們是西方聖教會的最高顧問，形同魯貝利歐斯的大幹部。這些人類經歷許多嚴苛的修練，進化到所謂的仙人境界，壽命大幅延長，肉體變得半接近精神生命體。人們敬七曜是人類守護者、偉大的英雄、傳奇偉人，但其實他們一直受魔王魯米納斯寵幸（給予精氣延長壽命的儀式）。

日曜師格蘭：前勇者，擅長使用所有的武器。會使神術、神聖魔法、打近身戰（徒手）。
月曜師帝納：幻術、幻覺魔法、精神支配、遠距離攻擊（弓）。
火曜師艾茲：焰術、火魔法、近身戰（劍）。
水曜師梅利斯：毒術、水魔法、近身戰（槍）。
木曜師薩倫：雷術、風魔法、遠近兩用（雙劍）。
金曜師威納：符術、刻印魔法、裝備創造。
土曜師札斯：守術、土魔法、召喚魔法、近身戰（重兵器）。

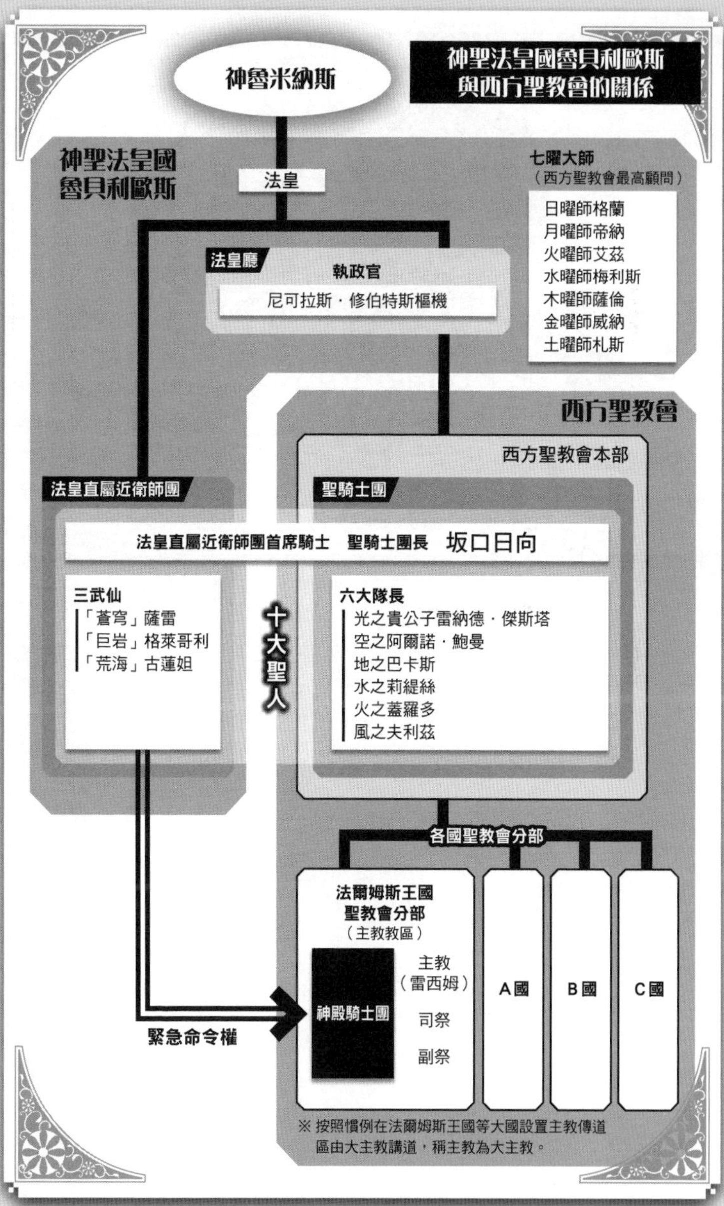
神聖法皇國魯貝利歐斯
與西方聖教會的關係
神魯米納斯
神聖法皇國
魯貝利歐斯
法皇
七曜大師
（西方聖教會最高顧問）
日曜師格蘭
月曜師帝納
火曜師艾茲
水曜師梅利斯
木曜師薩倫
金曜師威納
土曜師札斯
法皇廳
執政官
尼可拉斯．修伯特斯樞機
西方聖教會
西方聖教會本部
法皇直屬近衛師團
聖騎士團
法皇直屬近衛師團首席騎士　聖騎士團長　坂口日向
三武仙
「蒼穹」薩雷
「巨岩」格萊哥利
「荒海」古蓮妲
十大聖人
六大隊長
光之貴公子雷納德．傑斯塔
空之阿爾諾．鮑曼
地之巴卡斯
水之莉緹絲
火之蓋羅多
風之夫利茲
各國聖教會分部
法爾姆斯王國
聖教會分部
（主教教區）
神殿騎士團
主教
（雷西姆）
司祭
副祭
A國
B國
C國
緊急命令權
※ 按照慣例在法爾姆斯王國等大國設置主教傳道
區由大主教講道，稱主教為大主教。

魔導王朝薩里昂

以率領十三王家的古老王朝為主軸，為王朝治國。是卡巴爾和愛蓮等冒險者三人組出生的國家。這個國家盛行魔法研究，與矮人王國進行技術交流、共同開發新技術等等。

國民流有長耳族血統，人口來到一億，自由公會成員約兩千萬。首都為「神樹之都（艾爾敏·薩里昂）」，或稱「艾爾敏」。正如其名在巨大神樹內部形成一座都市，是座夢幻之都。氣候與日本非常相近，有四季變化。

國主為艾爾梅西亞·阿爾·隆·薩里昂皇帝。另外又稱「天帝」、「魔導帝」等。皇帝艾爾梅西亞的長耳族血統濃厚，壽命很長且不會老，據說這個王朝在很久以前竟是由艾爾梅西亞本人開創。

皇帝自稱「神的子孫」，不准人訂立國教，也不參加西方評議會。而在兵力方面，他們有由「高潔騎士」構成的「魔法士（MAGUS）團」。准許各王家自治，但幾乎所有的權力都掌握在皇帝艾爾梅西亞手中。

●建立邦交與公爵失態

利姆路就任魔王後，薩里昂便與魔國聯邦建立邦交。這是沒其他選擇的唯一解決辦法，但艾拉多公爵出面交涉，將連通兩國的街道設置工作全交給魔國。艾拉多以為他巧妙迴避勞力派給與施工費用的支出，但這是下下策，往後將難以干涉會萌生莫大利益的街道相關權益，事後艾爾梅西亞拿這些話叱責他。艾拉多精明能幹到還要負責監視怪人一堆的十三王家，但對權益敏銳的皇帝艾爾梅西亞似乎比他更具慧眼。

長耳族王國，從各角度來看都很夢幻呢！不曉得樹裡的都市長得什麼樣子？

烏格雷西亞共和國

全體國民都是精靈魔法能手「咒術師」，為極其特殊的小國。是蒙受精靈恩惠與加護的平穩共和制國家。首都叫「哥路德」，人口未滿一千萬，自由公會成員約百萬人。氣候形態是介於濕潤與乾燥的半乾燥氣候。有魔法加持讓農耕方面得以相當安定地進行，與鄰國魔導王朝薩里昂的貿易也很熱絡。

為了拯救來自異世界的孩子，利姆路尋找的通往「精靈神域」之入口，就位在這個國家最北邊的烏爾格自然公園內。利姆路除了學到跟精靈相關的知識，還結識菈米莉絲與貝瑞塔，來到這個國家有各式各樣的收獲。

這裡是迷宮妖精菈米莉絲支配的迷宮。內部配置許多靠光影變幻擾亂方向感的陷阱。

武裝大國德瓦崗

德瓦崗是位於魔國北方的西大陸頂尖技術大國。國民是富含求知慾、手很巧的矮人族。亦稱「矮人王國」。國主是活生生的英雄、著名的「英雄王」蓋札・德瓦崗，國政是由他一手包辦的絕對王政，唯獨立法部分委託元老院。人口僅是矮人就高達五千萬人，再加上其他種族，成了高達一億人的大王國。首都是「聖德拉爾」，再加上「伊斯特」、「威斯特」合稱三大都市。利用地底大空間建造都市，內部有點冷，用魔法當空調保持舒適的溫度。

該國坐擁許多技師和工匠，其技術力、生產力高到其他國家追不上。且他們包辦的領域亦種類繁多，下自衣物、建築、鍛造等一般工業製品，上至藥學、貨幣鑄造、運用精靈工學的魔法道具。這些東西都出自老練的技師之手，每樣都具備高品質，為了交易這些商品，許多人絡繹不絕地造訪這個國家。

他們自己本身就是亞人，因此在這個國家不分種族。其結果便是不分魔物、人類，各式各樣的種族來來去去，變成可進行平等交易的自由貿易都市。當然，嚴禁與人爭鬥。

除此之外，他們還跟魔導王朝薩里昂等魔法大國技術交流等，德瓦崗在西方諸國的重要性非常高。如此這般，這豐饒之國有優秀的技術實力撐腰，經濟面也發展得不錯，不過都市建在山體內，食物自給自足率是其弱點。目前各類食材都得從他國進口。

正如武裝大國這個名稱所示，德瓦崗有裝備本國製武器防具的七支剛強正規軍。更有超乎規格的機密部隊——國王直轄的「天翔騎士團」。與天馬達到人馬一體境界的五百名騎士構成此騎士團，每騎實力都來到A級，是德瓦崗最強部隊。

更有號稱該國最高戰力的幾名心腹輔佐蓋札王。分別是天翔騎士團長德魯夫、軍部最高司令官潘、宮廷魔導師珍、密探首長安莉耶達。他們四人是王忠心耿耿的部下，同時也是從年輕時代攜手走至今日的好夥伴。

現在想想附近有很厲害
的國家耶。總是受他們
關照！

在利姆路當上哥布林和牙狼族的統治者後，為了尋求衣物和建築方面的技師首次參訪的國家，就是德瓦崗。一開始當統治者就網羅到凱金和葛洛姆三兄弟等優秀技師，對魔國而言具有非常大的意義。時至今日魔國一路走來發展速度飛快，不可否認矮人王國的存在具有幫襯。此外在人類國家裡，也是矮人王國最先對外正式承認魔國聯邦是一個國家。此外還得知蓋札王在劍術方面其實

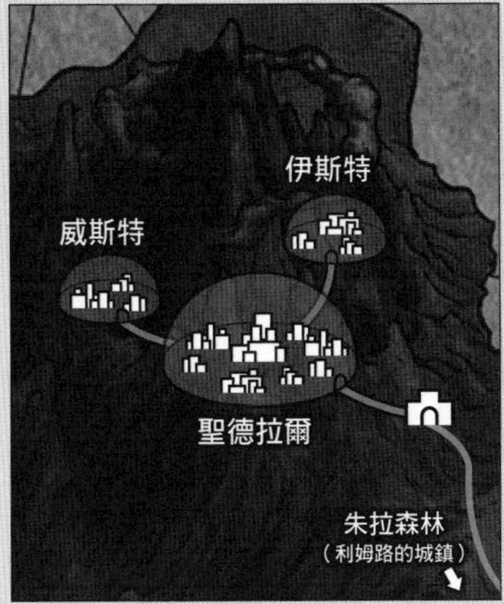

通往都市的入口是位在山麓附近的大門。利姆路最初造訪的地方是首都聖德拉爾。

他們是利姆路碰到的凱金等矮人技師。如今仍在輔佐魔國，是忠心耿耿的專家們。

是利姆路的師兄，可以說這個王國各方面都與利姆路他們關係頗深。

　而對矮人王國來說，魔國的重要性亦與日俱增。像是設置街道擴大貿易路線、魔國積極推動新事業、針對酒或回復藥等物進行貿易、各種技術交流等，重要性一直往上提昇。至於以蓋札王為首的王國重鎮們，都對實力急遽增長的魔國動向多方關注。

　畢竟強大與威脅劃上等號。尤其是利姆路進化成魔王時，會議上針對該國是否構成威脅無法達成共識，但蓋札王斷言他相信利姆路，今後也會繼續維持友好關係。

●魅惑的店「夜蝶」

　利姆路初次來訪時，凱金帶他去有長耳族等漂亮小姐聚集的酒店「夜蝶」。雖然受到凱金與培斯塔發生的糾紛波及，接受御前審判，但利姆路依然深受感動，建立邦交後微服出巡，也帶部下重新造訪這間店。可以說是利姆路最愛的店。

●精靈工學

　機械工學加上魔法或精靈的相關知識，成就這個世界才有的技術體系「精靈工學」，矮人王國便是在這方面研究上較為領先的國家。運用魔鋼或魔晶石的魔法道具等也出自其研究成果。矮人技師運用這種精靈工學，推動巨型魔偶「魔裝兵」製造計畫。實驗到一半發生意外導致計畫夭折，但該技術的一小角因菈米莉絲拾獲魔裝兵殘骸，輾轉到了利姆路手中。

東方帝國

統治大陸東北廣大地帶的國家通稱「東方帝國」，是帝政國家。該國同時也是軍事大國，正式名稱為「納斯卡・納姆利烏姆・烏爾梅利亞東方聯合統一帝國」，但可能是名稱太長的關係，人們主要稱其「東方帝國」。

東方帝國是臣民人口達八億的巨大國家，推測自由公會成員也有數千萬人。首都為帝都「納斯卡」。領土遼闊，氣候因地域而異。

霸權主義聽起來真討厭。要打仗請到和平主義的我不會受波及的地方打！

在利姆路周邊目前尚未出現太過醒目的舉動，但詳細情況不明，西方諸國都保持警戒，怕這個霸權主義國進行侵略。再加上暗中蠢動的「東方商人」疑似出自該帝國，他們很可能是抱持不安火種的國家。

此外，拿部分國家舉例比較國力，會是：聯手的西方諸國＞魔導王朝薩里昂＞矮人王國。但東方帝國的戰力似乎勝過西方諸國與薩里昂聯軍。

●三巨頭 Cerberus

據點在東方帝國的黑暗商會。他們是統轄東方黑社會的巨大犯罪組織，經手奴隸買賣等各類違法生意。內部總管事為三名頭目——「金」達姆拉德、「女」之米夏、「力」之威格。而立於他們之上的總帥，正是操縱克雷曼、讓利姆路等人吃盡苦頭的「少年」。

舉凡在法爾姆斯王國替新王助陣的「惡魔討伐者」，或者找摩邁爾談奴隸買賣的卡札克，背後都有他們三巨頭撐腰。看來今後「少年」對利姆路來說仍會是棘手的敵人。

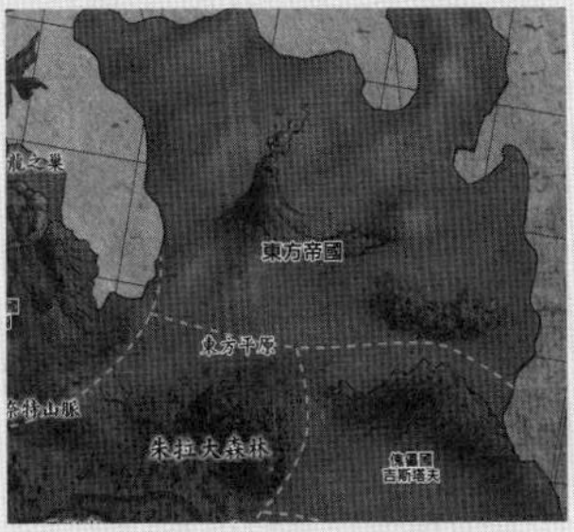
東方帝國
東方平原
朱拉大森林
吉斯塔夫

失落的龍之都市

魔王蜜莉姆．拿渥支配的領地。供蜜莉姆居住的神殿就蓋在首都龍之都。總人口不滿十萬，不具備國家機能。居民們組成共同體，採用生產的資源集中在中央神殿，再由神官長均分之制度，居民們同心協力過活。

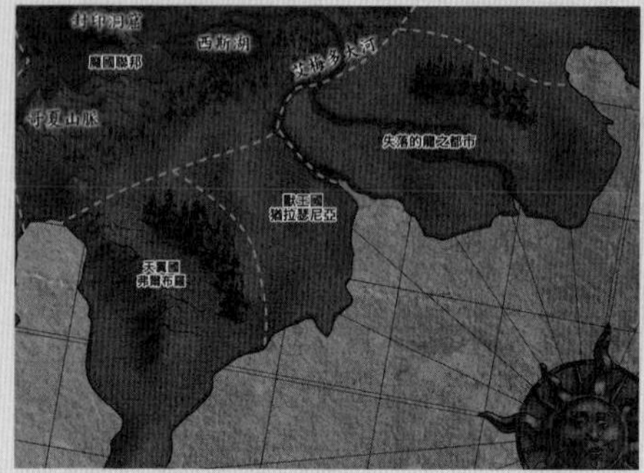

這些居民稱為「祭祀龍之子民」，篤信將蜜莉姆當龍皇女崇拜的龍神教，但他們變成過於崇拜蜜莉姆而不敢嘗試新挑戰，只是永居於此重複世代交替的民族，蜜莉姆說「這群人很無聊」。

該國沒有軍隊，還遭人揶揄此地一味仰賴對克雷曼產生強大牽制力的蜜莉姆，欠缺武力又沒危機意識。但事實上，祭祀龍之子民都是人化之龍與人類交配而生的種族——龍人族後裔，個人戰鬥能力高得異常，並非他們不需要軍隊，而是全民構成一個武力集團、皆能上場作戰，這才是正確的認知。此外，還有負責守護神殿的神官戰士團。

龍之都在克雷曼發動侵略時遭他輕易利用，如今已恢復平穩。利姆路打倒克雷曼後，卡利翁與芙蕾讓出魔王寶座，成為蜜莉姆的部下，因此獸王國猶拉瑟尼亞與天翼國弗爾布羅、克雷曼領地都劃歸蜜莉姆管轄。

祭祀龍之子民沒有烹調概念，以前待在龍之都，蜜莉姆都吃未經像樣烹調的食物。

獸王國猶拉瑟尼亞

長期由魔王卡利翁統治、以獸人族為中心的王國。人口數高達三億，有地位較高的獸人族國民、弱小種族、人類及亞人等，住了各式各樣的種族。首都為百獸都市「拉烏拉」。是與大自然和平共存的樸素石造城鎮，在大河附近可以採到該地的特產黃金。善用溫暖氣候、產自果園的水果也是名產之一。目前還未導入貨幣制度，交易上用以物易物代替買賣費用。

兩國彼此間互派使節團，進行技術提供或進行貿易等，與魔國聯邦構築友好關係。

他們是以豐饒國土和戰鬥力為傲的軍事強國，但遭到蜜莉姆轟炸，首都城鎮灰飛煙滅。如今卡利翁成了蜜莉姆的部下，這裡變成蜜莉姆的支配領域，定為蜜莉姆領地的新首都，預計要蓋座摩天大樓。

天翼國弗爾布羅

過去由魔王芙蕾治理的王國，以有翼族為中心。人口未滿百萬，但全都是訓練有素的士兵。位居特徵是氣候寒冷的高山地帶，首都為天空都市「吉亞」。常會挖到稀有金屬或寶石類。政治形態由女王芙蕾全權治理。

他們挖空直衝天際的山脈中腹，形成層積型都市空間，該國甚至不許沒有翅膀的人入境。

過去領土曾受有翼族天敵暴風大妖渦大肆破壞。隨著維爾德拉消失，他們一直警戒再也不受勇者封印束縛的暴風大妖渦，深怕其復活，但利姆路和蜜莉姆等人將之除去，讓他們不再擔憂。之後芙蕾變成蜜莉姆的部下，因此弗爾布羅全域就與蜜莉姆的領地合併。

蓋在空中的城鎮啊～身為前建設公司職員，真想去一次看看。反正我有翅膀。

傀儡國吉斯塔夫

克雷曼的城堡裡擺放許多高級美術品和小型器物。他深知錢財的力量有多大。

由魔王克雷曼統轄的王國。首都是隱匿都市「阿姆利塔」。國內住了黑妖長耳族等各式各樣的魔物種族，總人口高達一億。但大多是奴隸階級。克雷曼讓奴隸階級從事農耕，確保糧食的量大到可滿足廣大領土與龐大人口。

這塊土地被蜜莉姆的領土和東方帝國包夾，原本是魔王卡札利姆的領地，卡札利姆被雷昂打倒後，部下克雷曼就出面繼承。克雷曼靠獨大的王權統治這裡。如今他敗給利姆路，該處就歸魔國管轄。由於克雷曼積攢了可觀的私人財富，這筆遺產似乎讓魔國聯邦的國庫進帳不少。

此外，吉斯塔夫以前有個長耳族王國，一些遺跡沉眠於這塊土地，黑妖長耳族一直擔任其「守墓人」。看來那些古代遺跡才是這個國家真正的王都。不為人知的古代遺跡可能有優質祕寶沉眠，因此須審慎以對。直到自己親眼確認真實狀況前，利姆路都決定不對外公開遺跡的存在。

此外，在克雷曼治理下，其中一名幹部「死靈之王」阿德曼與其部下負責王城附近的警備工作，但朱菜已經放他們自由。

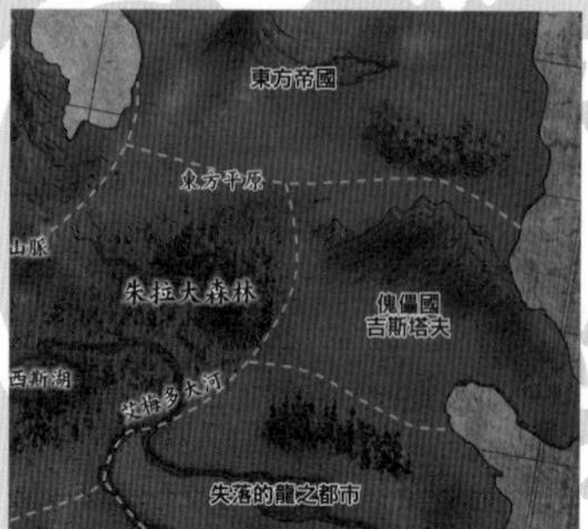

其他魔王的領地

剩下的八星魔王（Octagram）成員也不例外，於世界各地有各自的領地。

●魔王金的領地

北方極寒大陸有永凍土冰原環繞，金在那建造名為「白冰宮」的宮殿作為王城。由於蓋在一般生物無法生存的嚴苛環境中，除了身為惡魔族的金和其隨從，以及相當於魔王級的人物，其他生物都無法踏足此地。掌握不輸其他魔王的廣大土地，卻似乎因缺少國民，無法變成一個國家。

●魔王菈米莉絲的領地

魔王菈米莉絲主宰迷宮，她的領地是種異次元空間，並非存於地上界。但該地入口，設在魔導王朝薩里昂南方鄰接的小國烏格雷西亞共和國，該國的烏爾格自然公園內部。

不是戲弄造訪該處的冒險者，就是給予試煉，菈米莉絲長久以來都是這麼度過，如今被極度舒適的魔國聯邦生活吸引而搬過去。待在連接競技場地底的迷宮裡，與隨從貝瑞塔、德蕾妮等人一起過生活。

除此之外，魔王達格里爾、魔王迪諾、魔王雷昂．克羅姆威爾等人也應有他們自己的領地，但目前詳細情況還不清楚。舉凡像是尚未被人發現的大陸、寸草不生的沙漠地帶等等，這世上還有其他充滿謎團的大地。也許他們的領地就藏在這些地方。

哎呀～這個世界太廣闊
啦！我這個史萊姆顯得
好渺小。但我確實很小
就是了。

ComicRIDE

關於我轉生變成史萊姆這檔事
～魔物王國漫步法～（暫譯）

與兔人族少女同行，
魔國聯邦遊玩指南！

MICROMAGAZINE 公司的網路雜誌《ComicRIDE》獻上由漫畫：岡霧硝、原作：伏瀨、角色原案：みっつばー製作的番外篇漫畫，好評連載中♪利姆路拜託兔人族少女芙拉美亞製作城鎮導覽手冊，從她的觀點出發，描繪街道魅力和居民現況！

是在 http://comicride.jp/slime/ 連載嗎！
好像很有趣！我也要去看!!

外傳小說

SIDE STORIES

蓑蟲哥布達

大家好，我是哥布達！

本人現在正被利姆路大人處罰。這叫「蓑蟲地獄」，用絲線綑綁好幾圈，吊在天花板上。

不過一點也不痛，不覺得痛苦。就全身放鬆吊在那兒，非常舒適。

絲線可伸縮，身體要動來動去也沒問題。

只是不管怎麼掙扎好像都沒辦法把線弄斷，反而回彈害我眼冒金星，所以我剛才發現安分點才是聰明的選擇。

因為所以，只是被人丟著不管更難受啊。

利姆路大人他們幾個竟然自己跑去夜晚的店家，好過分喔。我也想跟去啊……

話說回來，好閒喔。

好像沒辦法靠自己的力量逃脫，要逃走只能召喚夥伴嵐牙狼叫他救我。

可是咧，那種事我怎麼可能辦得到！

連利格魯隊長都做不來，要是那麼簡單就能辦到，哪還需要這麼辛苦啊。

這是利姆路大人巧妙的找碴手段吧。

我只是稍微睡一會兒，利姆路大人真小氣。但說出來好像會被利格魯隊長跟利格魯德村長罵，要保密才行。
話雖如此，並沒有特別痛苦或不舒服的感覺，除了鬧到發慌以外沒其他問題。
說來說去，其實利姆路大人心腸很軟。我想這就是大家敬愛他的原因。
算了，明天他就會回來放我下去吧，今天晚上先忍一忍。

好奇怪。
都過一個晚上到中午了，利姆路大人他們還是沒回來。
發生什麼事了嗎？可能他們只是到處玩，在某個地方過夜吧？
說真的，我肚子開始餓了，希望他快點回來……

糟糕……
三天過去，利姆路大人他們還是沒回來。
我好擔心喔。不過，現在不是擔心別人的時候。
就是現在——我正面臨危機！
肚子餓也很不妙，但現在發生比那更重要、更重大的問題。
噗——咕嚕咕嚕咕嚕……
肚子好痛……
原本很想尿尿但我一直忍住，結果連大的都來了。

面對大小夾攻的多重攻擊，我的精神力好像快被逼到極限啦。

還有！

話說我被吊的房間，那可是腳下鋪地毯的會客室。

在石地板的房間就算了，要是把這種看似昂貴的地毯弄髒，可能連矮人凱金先生都會罵我……

利姆路大人對廁所或澡堂這類我之前都沒放在心上的事很囉嗦，把房間弄髒他大概會生氣……

搞不好我現在的狀態非常危險也說不定。

那接下來該怎麼辦……

這、這不是只有一點點……根本糟透了……

我扭來扭去試圖憋住，結果那些震動傳到絲線上，這一搖還真是絕妙。

照這樣下去，遲早會引發大悲劇。

沒辦法切斷絲線，又無法指望利姆路大人他們回來。

我沒轍了。這下子鐵定完蛋。

從剛才開始就狂冒冷汗，視線愈來愈模糊。

既然沒辦法從這裡逃脫，乾脆放棄掙扎全面解放——

不，等等！話說回來……

我正要放棄，這時彷彿聽見天啟。

「若你不甘心，就召喚夥伴來救你！」

印象中利姆路大人這麼說過。

他在測試我吧！既然知道是這樣，就快點來召喚吧！

（夥伴，快來！你不快點過來，事情就嚴重啦！）

我在心裡默念，至今都沒捕捉到任何反應，這時卻感覺得到嵐牙狼心生納悶。

這樣好像行得通喔。

後來我拚命呼喚他，第三次終於有雙方意識接通的感覺。

這樣一來就快了。畢竟現在我可是處在精神力被逼至極限的狀態下！

結果在千鈞一髮之際召喚成功，叫夥伴把我載到廁所去了。

可是我當下就筋疲力盡來個全面解放，這是祕密。

幸虧利姆路大人他們幾天後才回來，才能洗刷乾淨連痕跡都藏好就是了。

他好像對我成功召喚夥伴的事感到相當震驚，讓我的心情稍微好轉。

用不著說也知道，我可不打算對其他人公開自己的失誤。

這件事我要帶到墳墓裡。

人要努力才會成功，就是這麼一回事！

夜蝶

史萊姆的身體意外舒適。
移動起來也不辛苦，又不大會有疲勞的感覺。對個性大而化之的我來說，大致上沒什麼問題。
不過，現在發生重大問題了。

我來到名為「夜蝶」的店。
為了慶功兼道謝，凱金帶我來這兒。
我沒什麼興趣，但凱金堅持，實在不方便推辭。
哎呀，我真的沒興趣喔。但凱金既然這麼堅持……
……沒辦法，只好承認。
其實真教人興致盎然。能來場睽違已久的品酒外加漂亮小姐相伴，我喜孜孜地進到店裡。
但是！
酒再怎麼喝都喝不醉。這可說是非常重大的問題。難得凱金帶我來這間店，這下樂趣減半。我想盡辦法試著讓自己喝醉，但我連味道都嚐不出來，根本沒轍。本著不屈不撓的精神努力，可是這下只能放棄了。
話雖如此，樂趣不是只有喝酒一樣。

我是心情轉換很快的男人，可不會為這點小事放棄！

有鑑於此，我打算跟不辱「夜蝶」之名、以出美女聞名的長耳族小姐們嬉戲。

這時又發生其他問題。

我對史萊姆的身體明明毫無不滿，來到這間店卻問題頻頻。

這次的問題是沒有手。難得遇到一群長耳族小姐卻不能摸，這問題挺大的吧。

我被纖纖玉手抱住，受豐滿的胸部擠壓。

好棒！這裡是天堂嗎？明明處在讓人想這樣大叫的極樂情境中……

可悲的是我沒有手，沒辦法更進一步。

我想起至今捕食的魔物們，像是手啦、觸手啦，拚命想能否做出可傳達我想法的器官。

這種時候找獨有技「大賢者」就對了，事不宜遲快來命令一下。

可是——

《答。資料不足。指定部位製作失敗。》

真沒用——！還什麼「大賢者」，這傢伙在關鍵時刻根本派不上用場。

不過呢，我回想捕食過的魔物——蛇、蜈蚣、蜘蛛、蝙蝠、蜥蜴、狼——確實都沒那類機能。

很遺憾，只能放棄揉胸部了。

不過！我可不是會在這打退堂鼓的男人。
就算不能揉，還是能享用長耳族小姐的馥郁芬芳。
被豐滿的胸部包圍，享受天堂來的香氣。這簡直是成年男子最理想的生活方式。
快來享受一下。
我大口吸空氣，來到充滿香氣的世界。
從牙狼族身上弄來的「超嗅覺」在這大顯身手。
順應想探究更多的求知慾，我開始享用那些長耳族美女的香味。

《答。成分除了香水，還有一種女性荷爾蒙，也就是雌激素、催產素——》

ＳＴＯＰ！不對，不是那個！
我又不想了解那麼具體的知識……知道那麼多，什麼風雅之情都沒了。
真是的，「大賢者」空有虛名嗎？這技能根本沒用啊。
我對「大賢者」進行鉅細靡遺的解說。
本人確實想聞那些味道，好知道那有多棒，但知道太多肯定扣分。
適可而止就好。不管是什麼事情，都有一條不能跨越的最後防線。
就算想知道，也無法深入了解。就算想看，也未必能看個透徹。

這才是究極境界。

人這種生物，知道太多就會失去興趣。所以要過關斬將來到只差一點點就能登頂的極限領域，再上去就要懂得自我節制。

這也可以說是若隱若現的另一種變異形式吧。

壓抑求知慾，興奮感會更加強烈。那是大人的嗜好，只有高手才能做到。

我將這些事洋洋得意地說給「大賢者」聽。

《……答。了解。》

真的假的？不愧是「大賢者」。

是我的熱情傳達給它了嗎，它似乎對這種奧義有所體悟。

領悟奧義的「大賢者」真正棒。

它會告知一些情報，在「好想知道」這種心情快要出現的前一刻就打住。

具體而言，像是靠氣味分辨女性的情緒這種程度。

譬如高興或生氣，雖然只是這類喜怒哀樂，但來到夜晚的店家，那些資訊可是值千金。

讓我穩坐這間店的帝王寶座。

效果不僅僅限於氣味。

視覺也同步跟進，它能在我腦內重現那些若隱若現的景象。
我的視覺目前仍仰賴「魔力感知」。
重現眼睛這個部位意外困難，靠「魔力感知」重現影像較無負擔，且視野寬廣。
利用那寬廣的視野，人眼不可見的裙下風光也能弄到手。
不過，那些長耳族小姐巧妙死守的金三角地帶，「大賢者」都能用若隱若現的方式完美重現。
「大賢者」果然厲害……這傢伙真可怕。

就這樣，夜晚的店家裡令人百探不厭的探索活動在某個白目程咬金出現前，一直持續不斷。

某幾個冒險者的日常

卡巴爾、愛蓮、基多這三人在路上無精打采地走著。

神情疲憊至極，在常去的建築物前方停下腳步。三人無力地推開門扉，進到裡頭。

那裡是兼營酒吧的便宜旅店，是這三個窮光蛋很愛去的地方。

三人訂完房間，便到酒吧會合。

接著大大地嘆了一口氣，開口一吐堆積已久的怨懣。

「早跟你說別去接那個案子了嘛！」

「說得對。俺也說有不祥的預感！」

「又不能怪我！誰會想到接討伐大蛇的委託會碰到變種雙頭大蛇啊！」

「可是可是，難得我們都打退四隻了……」

「還剩一隻就是了……」

「光是想辦法交涉後，最後沒有落個任務失敗就該偷笑了啦。」

似乎覺得繼續吵下去也只是浪費時間，卡巴爾不悅地斷言。卡巴爾也跟他們一樣，很想抱怨一番。只是因為他還算有身為隊長的自覺，才甘願聽隊友們大吐苦水。

這時麥酒剛好送到他們三人面前。

就像在說討厭的事忘了最好，三人一口氣喝乾那些酒。畢竟任務雖不至於以失敗收場，報酬卻減了一半，而且逃離雙頭大蛇時被熔解黏液沾到，修理裝備得花更多錢。愈想就愈覺得他們很虧。不喝酒難消心頭之恨。

想買新的裝備又沒錢，只好放棄掙扎拿去修理……

「啊──我也想要矮人工匠打造的裝備。但便宜的也要花上金幣數枚……」

「我說卡巴爾先生，這也太奢侈了吧。我也想買新法袍卻一直忍住耶。」

「都怪咱們太窮……這次沒丟掉小命已經算走運了。」

「對啊。有幸逃離雙頭大蛇的魔爪，因為我們回報，才能派出討伐部隊。居民沒受害就好了吧！」

「沒錯沒錯。存款都拿去墊修理費，不是什麼大不了的問題！」

基多一席話讓卡巴爾決定樂觀看待，卻被愛蓮的話拉回現實，人又憂鬱起來。愛蓮也因自己的話露出苦悶表情，三人間開始有股沉重氛圍飄盪。為了將這種氣氛一掃而空，今天就自暴自棄喝酒大睡一場，明天再好好努力吧！卡巴爾正要這麼說──

「喂，你聽說了嗎？」

「嗯，是奇艾納村後方深山裡那座大宅的事吧？聽說有個委託的報酬是金幣十枚？」

在隔壁座位喝酒的男人們正閒聊，那些話聲傳了過來。他們看來喝得醉醺醺，似乎沒發現自己的說話聲變大。三人一聽到金幣十枚這句話馬上醉意全消，開始一臉認真地偷聽。

「討伐魔物好像就有金幣十枚……」

「喂喂喂，這真是破天荒啊。為什麼獎金那麼高？」

「聽說是不能透過公會委託的案子。中間沒被人抽佣金，可以拿的好像就比較多。」
「可是這樣一來，就不清楚魔物強度啦。不會有人笨到去接吧？」
「十枚金幣很吸引人，但奇艾納村太遠了。也不清楚是否能討伐，還是別去得好吧。」
「說得對極了。慢慢賺比較實在。」
男人們說完就笑了出來，把那些真偽難辨的事拋在腦後，開始吹噓自己的事情。
卡巴爾、愛蓮、基多三人組互看彼此。
「現在手邊的委託剛好辦完，閒閒沒事……」
「對啊……而且已經到山菜很美味的季節了呢……」
「偶爾去深山裡放鬆休養一下好像也不賴。」
達成共識的三人組互相點點頭。
他們眼裡充斥著慾望，看就知道根本沒把風險考量進去。

*

卡巴爾、愛蓮、基多三人組拚命跑啊跑。
還差一點點就能跑到出口，那傢伙卻在門扉前方現身。
是低階惡魔。
等級「B+」的低階惡魔對B級卡巴爾三人組來說，可謂難以預估有幾分勝算的對手。

公會推薦的等級搭配，原則上最多對付跟冒險者同級的魔物。對付等級高過自己的魔物別說是勝算堪憂，基本上等同自殺行為。

至於事情為什麼會變成這樣……

他們一行人在奇艾納村住一晚，接著造訪深山別苑。有人在那跟他們解說委託內容，但夜也深了，對方就邀他們住下。與館主共進晚餐時，他們才知道那是陷阱。

「哎呀——請我們吃這種大餐這樣好嗎？」

「每道菜都好好吃！」

「把任務交給咱們，區區大鬼熊小菜一碟。包在咱們身上！」

「哈哈哈。哎呀～年輕人就是可靠。多吃一點，還有很多餐點可續！」

「感謝您！」

「是啊，真的好好吃喔！該不會是要把我們養胖再吃掉吧？」

「哈哈哈……哈？哈哈，妳剛才說什麼？」

「沒什麼，就是……該不會是要把我們養胖再吃掉？」

「…………」

「「「…………」」」

愛蓮的玩笑話讓館主笑得很僵。
面對不自然的反應，原本只是開個玩笑的愛蓮露出僵硬笑容。
「那個……難道說，這不是在開玩笑？」
「呵呵……呵哈哈哈哈！區區一個人類竟能看破。雖然偏離計畫，但我就在這殺掉你們，奪走肉體吧。」
館主話一說完就解除變身，現出真面目。
一看到他的真實姿態，三人就決定撤退。接著上演三人組逃亡記。
逃了好一會兒，三人組在門前被追上。
「唔，既然走到這一步，我就豁出去啦！跟他拚了！」
「小姐，您說得簡單……好吧，沒辦法了。」
「喂喂喂，隊長是我耶。真拿你們沒轍──來打吧！」
聽愛蓮放話，兩個大男人也有所覺悟，做好破產的心理準備把道具全拿出來用，就此跟對方開戰。
之後幾小時過去──
「唔，這怎麼可能……我竟然被下賤的人類給……至少讓我取到肉體──」
最後留下這句話，低階惡魔宣告消滅。並非消滅，只是他無法維持不完全的肉體罷了，但那三人依然算是戰勝對方。
「辦、辦到了！我們打倒低階惡魔了！」

「做得好～！我們幾個認真起來果然不是蓋的！」
「太好了。真是太好了。俺原本連性命都豁出去了呢……」
三人互相分享喜悅，可是一看到逼近的火焰就臉色大變。
「糟糕！剛才那傢伙狂放火球，館內好像著火啦！」
「大事不妙！不快點逃出去，連我們都會被燒成焦炭！」
「有空在那兒慢慢吃驚，還不如快點逃跑。」
三人趕緊拔腿逃亡。
幸好剛才對戰把門弄壞，他們順利逃脫——然而……
「話說回來……十枚金幣獎賞……」
「別說！我們只是來調養生息的。是那樣沒錯吧？」
「……俺也這麼覺得。畢竟別墅都燒掉了，這次也——」
「咦————！我們又做白工了！真是夠了，我想過優雅的生活！虧人家還想拿這次的獎金買漂亮法袍耶！」
「所以不是叫妳別說了嗎！聽了只覺得悲哀吧！」
「算啦，要說很有咱們的風格，還真有幾分。光是能撿回一命就值得慶幸啦！」
「討厭，老是這樣……每次都說一樣的話。」
話雖如此，三人組嘴上抱怨，表情卻很開朗。因為這種事情是家常便飯，活著就是福，一路走來的經驗讓他們理解這點。

＊

他們去最近的公會分部報告完事情始末，然後就跑到酒吧耍廢。
而自由公會分會長把這三人組叫過去。
三個人緊張地進入房間。
「聽說你們這次又被慾望蒙蔽雙眼，打算去接自己處理不了的工作是吧。」
最後入內的基多還來不及關上門，分會長的罵聲就衝過來。
「不，我們還沒接，所以請別判我們違反規章！」
卡巴爾慌忙辯解。
不過，分會長對他的回覆嗤之以鼻，嘴裡繼續說道：
「算了。既然你們活下來，應該有學到教訓才是。」
對分會長的反應感到困惑之餘，三人組以為他今天心情好正要鬆一口氣……
「不過，你們實在太亂來了！一群笨蛋！」
緊接在後的，是比食人魔還要恐怖的分會長說教。照理說應該忙得不可開交的分會長，花了數小時說教。慘事接二連三找上門，三人組好想哭。
對於這樣的三人，最後分會長說了這麼一句：
「但是就跟你們報告的一樣，已發現雙頭大蛇。在離村莊有一大段距離的森林外圍。是你們把牠誘導過去的吧？幹得好。還有，虧你們逃得出來。今後要評估自身實力，別逞強。」
「不，是我們忙著逃跑弄錯邊，不小心逃到跟村子相反的方向。」
「對對對，我們太慌張了！」
「是咱們無心插柳。要是逃進村子裡，還有在那兒待機的士兵幫忙啊。」
三人組說這話掩飾，但分會長似乎看透一切，他說著「無妨，沒其他事情了」，將視線挪到文件上。其實那是分會長特有的謝意表達。
三人組一鞠躬，接著離開分會長的房間。

數日後——
他們三個因為工作需要經過某個村莊。
「啊，是大姊姊他們！謝謝你們之前幫忙打退可怕的魔物！」
一群小朋友邊喊邊跑過來，圍住他們三人。
大家笑容滿面。
之前造訪這個村落時，他們還因為擔心父母哭哭啼啼——現在完全看不出來。
「對我來說，能看到這些笑容就是最好的報酬呢——好像有這種感覺喔！」
「對啊。感覺還不賴。」
「就是說啊，有些東西比金錢更重要！」
受那些孩子影響，過沒多久，三人組也跟著展露笑顏。

接著他們就像平常那樣，朝前方邁進。
他們的冒險才正要展開。

來換裝吧

這天女性成員都很緊張，不怎麼講話，做著自己的事。

她們似乎在牽掛些什麼，漫不經心地注意某棟建築。

就在那棟建築物裡，一幫娘子軍正全神貫注熱切討論。

「那麼，哈露娜小姐。準備工作都順利吧？」

「是的，朱菜小姐。全都按部就班進行。」

聽完哈露娜的回答，朱菜心想她果然可靠。

事情交給她處理就沒問題，朱菜滿意地頷首。

「紫苑，妳那邊沒問題嗎？」

「沒問題，朱菜大人。請您儘管放心，包在我身上！」

「……這樣啊。妳負責的部分是此次計畫關鍵所在。多上點心。」

「是！請您放心！」

跟哈露娜不同，紫苑讓朱菜心中掠過一絲不安。但這次計畫非得要紫苑幫忙不可。擔憂之餘，朱菜還是對紫苑的回應頷首以對。

三人互相交換眼色，為了履行各自的職責，開始採取行動。

這是某個令人身心愉快的晴朗日子。
我為了巡視正在建造的城鎮，正一彈一跳四處轉。
平常跟前跟後跟過頭的紫苑不在，我睽違已久地靠自己的腳行走。
不過史萊姆又沒有腳，正確說來是蠕動前進才對——但那些不重要。散步讓我樂在其中，這才是最重要的。
然而這段快樂時光也要迎向終點。
「原來您在這裡啊，利姆路大人！」
紫苑朝這兒跑來，將我一把抱起。當下笑瞇瞇地用臉頰磨蹭我。
這是常有的事，所以我不在意，但她是不是把我錯當成寵物還什麼的？講是這樣講啦，但我也覺得胸部觸感很棒，所以沒什麼意見就是了。
話雖如此，這樣下去不妙。雖然有點依依不捨，但我還是從紫苑懷中逃脫，變成人型。
「對了，妳好像在找我，有什麼事嗎？」
「啊，對喔！朱菜大人要我來叫利姆路大人過去……」
嗯？朱菜在找我嗎？
原來紫苑沒跟著我，是因為朱菜找她過去？這樣一講就通了。
「知道了。那我們現在過去看看吧。」
「是！」
不疑有他的我跑去找朱菜……我無從察覺，不知道這是錯誤的開端。

*

一進到房間裡，朱菜就像平常那樣笑著相迎。

進入那棟建築物時，女性成員們好像很緊張，但朱菜看起來跟平常沒兩樣。是我多心了吧。

「茶來了！」

這時紫苑將茶放在托盤上端來。

我道謝之餘正想拿起那杯茶，不料——

「哎呀，對不起！」

她發出很刻意的叫聲，將茶潑到我身上。

我下意識叫了聲「好燙！」，可是實際上有「熱變動無效」保護，根本不覺得燙。而且在那之前，這杯茶已經變溫了。

難道拿來澆我才是她的目的？我用懷疑的目光看向紫苑……

這時拉門突然敞開，只見哈露娜小姐喊著「哎呀哎呀哎呀，看看您，利姆路大人！這可不行，這樣下去會感冒的」，連她都闖進來了。

——糟糕，這是陷阱！——

當我如此察覺時，一切都為時已晚。

「等、等等！妳們幾個想幹嘛？」

「哎呀哎呀，這個很適合您喔！」

「這個也很搭，利姆路大人！」

「這個也請您務必穿上！這是我邊想著利姆路大人邊縫製的，是我的最高傑作！」

「等等，妳們幾個！要照順序來啊。」

手從四面八方伸來，我的衣服轉眼間遭人剝除。

接著試穿大會開始。

她們逼著我穿水手服、巫女服、軍服，甚至連像是ＳＭ女王在穿的緊身裝都有。

會覺得眼熟很正常，因為那是我隨意畫下的東西。這些吸引女性成員的目光，點燃她們的創作慾吧。沒把亂畫的木板處分掉是我失策。

所以我淪為換裝人偶遭她們擺弄，被迫配合她們，直到娘子軍滿意為止。

紫苑一臉恍惚，看這場時裝秀看到入迷，朱菜則在木板上寫下需要改進的地方。

顯然沒有人站在我這邊，我早早放棄。

學到教訓——敢臨時起意做些什麼，就要有報應到自己身上的覺悟！

到頭來，以我畫的插圖為範本，今後也有奇葩服飾陸續誕生。

衍生的結果，是未來這個地方將變成遠近馳名的裁縫聖地，但那又是另一回事了。

溫泉

雖然很突然，但從蜥蜴人族棲息地濕地啟程，往西走會進入山岳地帶。

地底大洞窟則是活火山催生的天然迷宮。內部構造千迴百轉，極其複雜，據說連蜥蜴人族都無法掌握全貌。

例如深入某條通道會進入冰洞世界，而別條通道深處則是熔岩池造就的廣大灼熱世界。

更藏有人們認為過於危險而無法涉足的魔境。

不過，這次的關注焦點不是迷宮。

而是活火山。

既然有火山，也會有溫泉吧——這個想法是一切的開端。

「所以說各位！我想泡溫泉，你們怎麼看？」

我的聲音在會議室裡響起。

不過，我的計畫似乎沒有確切傳達給大家。

「話是這麼說，但溫泉只是熱水吧？直接去河裡沖水不就得了。」

「沒錯沒錯。矮人王國那邊就是把溫泉引進溫泉居罷了。我不覺得那東西有多棒。」

身為矮人的凱金和葛洛姆似乎興致缺缺。多爾德和米魯得也跟著點頭，大概很贊成凱金他們的說詞。

看來溫泉不是什麼稀罕的東西，他們的意見我也不是不能理解。不過，我想到的東西跟矮人們想的簡直有天壤之別。

「溫泉啊。那是什麼樣的東西？」

「好像是火山熱把水加熱成溫水，就是湧出那些水的地方吧？」

面對紅丸的提問，蒼影如此回應。蒼影意外地博學多聞呢。那些先擺一邊，這些傢伙興致缺缺，我得向他們闡述溫泉的美好之處。

衛生觀念要徹底，洗澡才能預防疾病。畢竟我身為前日本人，原本就預計推廣泡澡文化。雖然我本人最期待也是理由之一，不過這點不提也無妨。

「就是那樣！不過，有些溫泉與火山無關，那些姑且不談。正如剛才蒼影所說，由火山加熱的溫泉正是此行目的。說到溫泉，地下水加熱過程中會融進各種成分，聽說對身體非常好。最適合拿來治癒作戰後疲憊不堪的身體！」

我大力遊說，紅丸聽了似乎也顯露興趣。

「聽起來不錯，試試也挺有趣的。」

「不愧是利姆路大人，知道得真詳細。」

看樣子他們願意配合我的計畫。

緊接著，要來說服矮人老爹他們——

「還有啊，你們想像一下。去河裡沖水時，你們會穿衣服嗎？只是拿水桶擦澡應該用不著將衣服全脫，但泡澡勢必要脫衣服！」

「哎呀，話是這麼說沒錯……」

「但我們沖沖水就滿足了，對吧？」

「…………」

吼——這群老爹怎麼那麼鈍。

「我才懶得管你們怎麼想。要多用點想像力。比方說——」

「啊！」

我正想具體說明，凱金就疑似察覺到什麼。

「……莫非是！少爺，您這個人真是——」

繼凱金之後，葛洛姆似乎總算也聽出我話中的玄機。

「呵呵呵，你們好像發現了。就是那樣，各位。那裡有天堂在等著我們，你們不覺得嗎？」

大夥兒因我的話吞了一口口水。

剛才那沒幹勁的死樣不知到哪兒去，大家眼中燃起一股熱情。

「還有，溫泉有所謂『混浴』這個美妙的風俗習慣——」

「少爺，我挺你。」

「用不著多說。我們是戰友啦！」

「嗯。就是這樣。」

「…………！」

矮人們也答應要全力協助。

雖然紅丸對此有些倒彈，蒼影一副事不關己的模樣。

就這樣，將溫泉引進魔物王國的計畫就此展開。

＊

為什麼不能直接弄熱水澡堂就好？

沒啦，也不是不行。不弄熱水澡堂的理由很簡單，因為太耗資源。

要煮熱水需耗費大量木柴。目前在趕工建設可以撿廢棄木材來用，但不是永遠都有得用吧。就算去森林裡蒐集樹枝好了，煮飯之類的也會用到火，我想應該沒多的木材可供熱水澡用。

我們結束現場勘查，找到溫度上最適合拿來泡澡的源泉。

接下來換我上場。我利用魔鋼打造水管，透過「影瞬」讓源泉直通魔物王國。

這些作業都在影空間內部進行，但對不需要呼吸的我來說並不構成任何問題。要如何巧妙掩飾從影空間竄出的部分水管反倒成了課題。

這些我也統統丟給「大賢者」，事實上簡簡單單就搞定了。

矮人他們切割大理石，替我建造很棒的大浴池。可能是「混浴」一詞起作用，看得出他們充滿幹勁。一眼看去只見成品既高級又豪華。

這個溫泉變成日後的觀光資源，推廣至全世界，但那又是另一段故事。

咦，你問我「混浴」最後怎麼樣了？

世上哪有這麼好的事。

「哎呀，成品真不錯。不愧是矮人工匠。不只準備我們女性專用的浴池，也得替男生另外準備呢。」

朱菜笑著告知，連反駁的餘地都沒有，直接擊沉。

紅丸則像在對他們說「能泡到溫泉就夠了」，出面安慰矮人們。這樣他們才不會萎靡，連男用浴池都會努力建造吧。一切都在計畫之中。

補充一下，本人是史萊姆所以連女用浴池都能泡到爽，但這件事跟他們無關。

釣魚

這天，蜜莉姆一大早就坐立難安。

與其說一大早，其實才剛要進入黎明時分，她就跑到我的房間，催我快一點、快一點。

「別急啦。我不用睡覺所以不會生氣，但通常這種時候都會被惹毛喔！」

「說什麼啊！我也只要睡一下下就好。所以已經睡夠了，我們馬上去吧？」

「哎唷，妳冷靜點，問題不在那兒！就算我們兩個可以又怎樣，現在還是半夜。這麼早去，連魚都在睡啊！」

我小聲勸蜜莉姆。

其實明天——該說是今天，我們計劃一大早偷跑出去釣魚。

而事情就是蜜莉姆太過期待，等不及才跑來叫我。

看她那副德性，哪有魔王的樣子，根本是任性到不行的小孩。

我不清楚魚是否在睡，但還是設法騙過蜜莉姆。

接著，兩小時後——

我陪開心暢談今日預定行程的蜜莉姆聊天，總算等到出發的那一刻。

幸好我這副身軀不需要睡眠，才能應付精力充沛的蜜莉姆。

我們偷偷跑出房間，迅速離開建築物。再往城鎮外圍去，就跟事先講好的一樣，哥布達已經在那邊等了。

「來得真早呢，我也才剛到。」

「還好啦。因為蜜莉姆一直催我快一點……」

「原來是這樣。」

哥布達了然於心地點頭道。

「哇哈哈哈哈！來，我們出發吧。今天那個什麼釣魚，就讓你們見識我的厲害！」

蜜莉姆說出好像有點搞錯方向的話，會不會出問題啊？

要是她吵吵鬧鬧煩我還跑來礙事，那就糟了，我有點擔心。

蜜莉姆那傢伙——假如有釣到就好，要是都沒釣到可能一下子就會膩了。

「會不會出問題啊？」

哥布達好像也在擔一樣的心。

「應該……還好。現在去想也沒用，若是不行就半路喊卡吧。」

「說得也是。那我們走吧！」

就這樣，我們要去進行今日的主要活動——釣魚，朝海邊去。

太陽開始露臉。

我們來到海邊。

我在這個世界第一次看到海，跟在地球上看到的海沒什麼兩樣。

除了有生物棲息還加上魔物，生態系似乎有些出入，但基本上一樣。

我們隨便找塊石岸在那占好位置，開始為釣魚做準備。

「這個要怎麼弄？」

「這個啊，要這樣裝。然後再把魚餌鉤上去。」

第一次做這種事讓蜜莉姆很興奮，我將釣竿組好再教她怎麼弄魚餌。

一旁的哥布達也取出釣竿，但我趕緊制止他。那是只找根短樹枝綁上釣線、哥布達自行製作的簡易釣竿，看起來實在不適合海釣。

「等等，那是河釣在用的吧？拿來海釣太勉強了，用這個吧。」

話一說完，我將事先準備好用來防止蜜莉姆弄壞釣竿的備用釣竿遞給他。

「呀哈～！這個好厲害喔！」

拿到我給他的釣竿，哥布達感動萬分地望著。

「喜歡就送你吧。反正我還有另一根備用釣竿。」

「真的嗎！超開心的！」

哥布達跟著興奮大叫，立刻開始釣魚。

蜜莉姆也不認輸地揮竿。因為她討厭輸人，已經燃起跟哥布達一較高下的念頭了吧。

——接下來，會發生什麼事呢？

數小時後——

沒想到蜜莉姆滿能忍的。

她已釣起了兩隻小魚，可能食髓知味了。

「妳肚子餓了吧？差不多該吃飯了。」

我要大家暫且停下。

因為我看到蜜莉姆拿釣魚用的餌——加粉末捏成丸子狀的魚餌——放入口中。

「唔。這個好難吃。」

「那還用說。」

「因為這是利姆路你做的，我還想說搞不好很好吃……」

嘴裡說著，蜜莉姆恨恨地看我。

根本強人所難。

我怎麼可能連魚用餌食的調味都顧及啊。

趁蜜莉姆還沒發火，我拿出事先準備的三明治。跟哥布達、蜜莉姆相親相愛地分享，當作這天的午餐。

後來我們又加把勁釣到三點左右，盡情享受久違的假日。

順便告訴各位，釣最多的人是我。

第二名原本是哥布達，但是要讓蜜莉姆十隻，所以排名逆轉。

「我也是第一次來海邊釣魚……」

哥布達在那哀嘆，不過，總比蜜莉姆發怒失控來得好。

原本是這麼想的——

「哇哈哈哈哈！既然這樣，下次就認真起來一決勝負吧！」

「求之不得！」

就這樣，蜜莉姆跟哥布達約好再戰。

蜜莉姆在應對上意外地成熟，所以今天就當練習不算數。

我們度過快樂的一天，回到城鎮上。

只不過，情況有點奇怪。大夥兒似乎全體總動員在找人。

「他們好像在找人耶。該不會在找我們吧……」

「咦，怪了？為了避免他們擔心，我應該有留字條才對啊……」

「——你說字條？這麼說來我都忘了。給你，這是你掉的。利姆路真是冒失鬼！」

我喃喃自語回哥布達，蜜莉姆則對我一臉得意地說道。她手上握的正是我留的字條沒錯。

蜜莉姆這傢伙，竟然做那種事！我平常就已經會偷跑出去了耶……

「喂！就是那個啊！」

「欸，這下糟了！怪不得大家那麼慌張！」

我與哥布達面面相覷，整張臉都白了。

豈止是偷溜出去，還不知道去哪裡找人……肯定會被罵死。

在那之後——

我們被發現，還被神情駭人的朱菜跟紫苑狠狠修理一番。

還不只這樣——這陣子都禁止我擅自外出，那又是另一段故事。

桃色美景

隔著一層熱氣煙霧，那裡有片桃源鄉。
人們熱切渴盼的理想樂園就在那裡。

卡巴爾跟基多恨恨的目光真煩人。
不只卡巴爾他們，凱金跟葛洛姆等矮人三兄弟也很羨慕。
真是的，這些傢伙還真不死心。都拒絕那麼多遍了，他們還是想跟。
到頭來，沒被朱菜用冰冷的目光瞪視，或者遭紫苑痛毆，他們是不會死心的。
「可惡！就少爺一人獨享不公平。」
「就是說啊……至少讓俺看一眼——」
卡巴爾和基多流下懊惱的淚水，矮人們則負責安慰他們倆。
每天都重複上演一樣的戲碼，他們的毅力或許滿值得讚賞。不過，關於這件事，我無法發表任何意見。

——畢竟我要去的地方是……

我被紫苑抱著，她帶我進分開的兩間房的其中一間。

那裡有溫泉。
對，今日也要洗去一日的辛勞，所以我跟朱菜和紫苑一起來女用浴池。
至於那幫人為何無法放棄，這下各位多少看出端倪了吧。
我被朱菜、紫苑、愛蓮這三名女性包圍。
是美女和美少女。
這三人一絲不掛，跟我一起前往浴池。
天底下沒有更幸福的事了。
所謂的一飽眼福就是指這個。
今天還有另一個人，魔王蜜莉姆也加入戰局。
「哇哈哈哈哈！竟然還有這麼舒適的地方，這個國家太棒啦！」
蜜莉姆全裸奔馳。
我提醒她這樣很危險，別用跑的。
閉口不語是超級美少女，但言行舉止讓她看起來很幼稚。我想這也是蜜莉姆的魅力啦……
話雖如此，她果然是個美少女沒錯……我每天都感謝幸運之神眷顧。

＊

泡澡真的很棒。

泡的是溫泉，各式各樣的療效值得期待，當然要天天泡。
我原本是男的，但現在變成史萊姆。
可以變人，卻沒性別之分。
因此我泡女用溫泉完全沒問題。今天有吵鬧的蜜莉姆在，但平常總是寧靜祥和。
我讓心靈沉澱，帶著平穩的心情融入周遭……任紫苑和朱菜擺布。
接著，我身上開始起蓬鬆的泡泡，Q軟身體任人搓揉，讓人仔細清洗身體。
自從溫泉完工，日常光景就追加這一樣。

我對美術品鑑賞沒興趣，眼前那片光景卻非常振奮人心。
紫苑一身結實肌肉相當美麗。還有培養得又大又柔軟的果實在那兒。
以及身材纖細的朱菜，滑嫩白皙的肌膚宛若陶瓷一般。那神祕果實小歸小，形狀卻堪稱完美，非常漂亮。白皙的肌膚上，有兩粒淡紅色的小小果粒突起。存在感之大足以埋沒我腦內所有的記憶區塊。
兩邊都很棒。
棒透了。
至於愛蓮，她總是看看朱菜又看看紫苑，再和自己的身體做比較，一副苦惱樣。但愛蓮目前似乎還在成長階段，我想她用不著那麼悲觀。
在她本人看來或許是天大的煩惱，但對我而言這個煩惱令人不禁莞爾。

——再來，跟煩惱無緣的人莫過於蜜莉姆。

她「哇哈哈哈哈！」地笑著，今天在溫泉裡精力充沛地游著。

真孩子氣。

肯定沒錯，精神年齡只到小學生等級。

還有，我想提個要求，拜託妳別拿我當浮板。

不對，我確實浮起來了喔。雖說我現在能浮在水上游泳，但還是有某些地方怪怪的。

聽到我變成美少女的玩具，人們或許會羨慕我，但被人拿來用在這種地方實在無法接受。

難得我剛才正在欣賞美麗的東西，卻突然遭受這種待遇。

一時間還沒反應過來，差點在溫泉裡溺水……不，反正我又不用呼吸，不會真的溺水就是了。

紫苑救我脫離蜜莉姆的魔掌。

雖然她只是想像平常那樣清洗我，才把我從蜜莉姆手中取走……

她拿朱菜特製的植物精油香皂在我身上搓出泡泡，這時蜜莉姆又從紫苑那把我搶過去。

「喂，妳到底想幹嘛——」

這下我慌了。

「哇哈哈哈哈！」

蜜莉姆沒有回答，而是將我的身體拉長，開始刷她的身體。

「不要把我當成沐浴巾啦————！」
我不禁放聲慘叫。
本人趕緊從蜜莉姆手中溜出，將肥皂泡弄掉。然後進入溫泉池，迅速與她保持距離。
「嘖，利姆路真小氣。」
蜜莉姆遺憾地嘟嘴說道。
等等，這件事的重點不是我小不小氣吧。
所謂「大意不得」指的就是這個。
不過——
這個時候，我只知道防範蜜莉姆。
朱菜和紫苑的眼神就像老鷹盯上獵物，一直在注意我跟蜜莉姆的一舉一動，我完全沒發現。
後來……
一回神就發現，紫苑和朱菜也把我當沐浴巾用啦！
感覺有點——更正，是很——爽，這件事終其一生都不能說出去，我在心裡發誓。

哥布達修行篇

大家好！我是哥布達。

今天要來談那個老頭——不對，要來談白老師父的修行喔。

我一開始學的，是預知危機。

「哥布達啊。重點在於不讓敵人有機可乘。若能學會『魔力感知』就沒問題，但對現在的你來說還太早。首先要學會讀取氣息，藉此預知危機。」

師父對我語重心長地說著，他在說什麼完全沒聽懂。

「哦——這樣啊？」

我打算含糊帶過左耳進右耳出，不過——

嘶鏗——！

繼這陣聲音後，我的腦門就一陣刺痛。

「嘎吥！」

突如其來的疼痛讓我淚眼汪汪……

「欸，老……師父！你在幹嘛？」

我後悔問他原因。

「笨蛋，別大意！直到你學會感應危險為止，我都會不時攻擊你，記住啦。不想吃苦頭就留心四周，隨時防範各類攻擊！」

諸如此類，他說出不得了的話。

這老頭，開什麼玩笑！

我是很想向他抱怨，可是看到他的眼神就打消念頭。

他真的是惡鬼——只能用這個字眼形容，臉上帶著危險的笑容。

「放心吧。這把木刀打出的痛感雖然會增幅好幾倍，受到的物理傷害卻會相對減低。再說我沒拿出真本事，打個一兩次死不了的。」

喂喂喂，這老頭根本亂來啊。

就算一兩次沒問題，中好幾次還是不妙吧！

「等等！那種東西要是中好幾次——」

「哥布達你聽好，你也不想死吧？既然如此答案只有一個！就是學會它。就先學會對我的殺氣起反應，獲取『危機感知』吧！」

結果我的疑問遭人華麗略過，白老師父自顧自說完就走了。

從那天開始，我每天都處在危機之中……

＊

受不了，我說真的，開什麼鬼玩笑啊！

按住發疼的頭，今天的我也在那抱怨。

「他對我說這種話……」

「原來如此。的確，白老的修行很嚴苛。」

「蒼影先生也這麼認為？那個老頭真不懂得手下留情耶！」

「要我認同你的看法也行，但你那麼大意沒問題嗎？」

「當然沒問題啊。如果是蒼影先生你，會發現那老頭靠近吧？所以這裡很安全！」

「──！」

就算我沒那個能耐又怎樣，待在夠厲害的人身邊就能放心。

我這點子真是太妙了。

「基本上，要學會『危機感知』沒那麼容易吧。明明是這樣，我卻每天被木刀敲敲敲，害我好崩潰。蒼影先生，你們是怎麼挺過的啊？」

「……嗯。不只『危機感知』，紅丸老早就學會『魔力感知』。他沒吃多少苦頭就進入劍術修行階段呢。我也在不知不覺間學會捕捉氣息，早早進入下一階段。」

「原來是這樣……根本不能拿來當參考啊……」

「這件事，紫苑應該能當你的參考。」
「是這樣嗎？那我去問問紫苑小姐！」
「好。去的路上小心點……」
蒼影先生跟紅丸先生太異於常人，根本不能當榜樣。
紫苑小姐可能會了解我的苦處，來去跟她諮詢一下，看能不能當參考。
我跟蒼影先生道謝，打算前往紫苑小姐待的餐廳……但目送我離去的蒼影先生，不知為何眼裡透著一絲憐憫，令人在意。
大概是想起自己以前修行的那段時光吧——
「話都說完了嗎，哥布達？」
「呀！」
我太天真了。
遭人背叛啦！
蒼影先生肯定聊到一半就注意到了。
「你叫誰老頭啊，這個蠢材！」
還在哀嘆，我就看到木刀逼近。
難道說，這就是所謂的「危機感知」？
不過，似乎已經太遲了。
這次也被白老師父痛毆。

——本日學到一個教訓，靠別人很危險。

＊

在那之後，我從紫苑小姐那裡打聽到有用的情報。

「別想得太複雜，哥布達。『好像不妙』——要是有這種感覺，閃開就對了。這方面反覆練習就沒問題啦！好啦，更重要的是——」

她笑著給我建言。

總而言之，就是「第六感」吧。

這方面我是能理解啦……

「我對今天的料理很有自信喔！來吧，哥布達，吃了再告訴我感想！」

完了。

這下死定啦！

連白老師父都比不上，我覺得自己大難臨頭。

就是現在，我確實感受到了！我對「危機感知」有切身體會！

《確認完畢。獲取追加技「危機感知」……成功。》

唔喔！不會吧！

因意想不到的事達成目的。

不愧是蒼影先生，真的幫上忙了。

不過……

吃下那樣東西好像會死得很難看，這次要認真起來逃跑！

那麼下次見！

蜜莉姆與蜂蜜

蜜莉姆．拿渥在當魔王。

活過漫長歲月，從沒輸過。

為了排解無聊來到的鎮上，她遇到一隻魔物。

對方的魔力和魔素量之高明顯超過其他人，但在蜜莉姆看來完全不成問題。

她與對方打聲招呼，決定看看對方接下來會如何出招。

然後順水推舟，與那隻魔物——利姆路一決勝負，不過……

能挺過對方的攻擊就算蜜莉姆贏，勝負內容簡單扼要。

（不管是什麼樣的攻擊，就算對方偷襲，對我都起不了作用！）

蜜莉姆信心十足。

面對意想不到的突發狀況，她只覺得好興奮。

（接下來，這傢伙會用什麼樣的攻擊替我找樂子？）

眼看變成人型的利姆路毫不猶豫衝向自己，蜜莉姆情緒高昂。

「好，吃我這招！」

「唔——！」

他丟出一個水球。

那樣東西不帶半點威力。
（是毒嗎？要些無聊的小技倆……）
毒對蜜莉姆根本起不了作用。
竟然得靠這種小技倆，看來利姆路這隻魔物也不怎麼有趣。
蜜莉姆好失望，又感到寂寞。
（害我連興致都沒了。還是快點把這傢伙扁一扁，讓卡利翁懊惱一下——）
想著想著，她舔舔在嘴邊爆開的那樣東西。
就在那瞬間，震撼竄遍全身。
（這是什麼？好好吃！）
從水球跑出的東西，是至今為止不曾吃過、令人感到酥麻的甘露。
「呵呵呵，怎麼樣，魔王蜜莉姆！要是妳對我出手，這樣東西的真實身分就永遠不見天日——」
利姆路的聲音傳來，但現在沒空理他。
她早就將這些甜液的真實成分分析完畢。
富含多種營養素，以花蜜精製而成——恐怕是蜂蜜。
有蜜莉姆的「龍眼」加持，分析成分小事一樁。
問題在於精製難度。
這絕不是普通的蜂蜜，裡頭的成分非常厲害。

（這是……花蜜？不過，要怎麼弄才能引出這種甜味……？）

舔起來棒透了，又很甜。

功用上能徹底治療各種狀態異常，連不治之症都能康復。

在在證明這些蜂蜜具高度營養價值。

她能想到的方法，就是去到世間罕見的花朵盛開處，命擁有高度精煉能力的高階魔物採集花蜜。

但她想不到哪種魔物願意花這麼多工夫產出如此精緻的蜜。

——畢竟，即使是活過漫長歲月的蜜莉姆，這麼好吃的東西仍是她第一次嚐到。

結果在內心一陣天人交戰與交涉後，這次就算「平手」。

碰到勝利之外的結果，在蜜莉姆的漫長人生裡極其罕見。不過，她非但不覺得懊惱，心情甚至前所未有地高昂。

「——那今天開始我們也是朋友了。」

利姆路這句話在腦內反覆播送。

唔呵呵，一湧而上的笑意難以壓抑，她綻放笑容。

（朋友嗎？聽起來真不錯！）

對最強的蜜莉姆而言，能與她平起平坐的人本來就少之又少。

大部分的人都很怕蜜莉姆，連跟她做朋友的意願都沒有。

而這個叫利姆路的魔物卻堂而皇之地宣告，完全不引以為意。
這讓蜜莉姆很開心。
這下蜜莉姆交到朋友，長年來的無趣時光宣告結束。

＊

在利姆路居住的城鎮裡，有琳瑯滿目的食物。
每天都能享用美食。
膜拜蜜莉姆的子民很純樸，都以直接運用食材原味的料理為主。因此，如此大費周章的佳餚，她從來沒吃過。
話說蜜莉姆一直認為吃飯這檔事是多餘的，但那似乎大錯特錯。
有炸雞、漢堡、牛排跟可樂餅，還有炸蝦。
這裡真的有各式各樣的佳餚。
甚至讓她為至今都不重視吃這檔事感到懊惱。
「這裡的東西真的都好好吃喔！」
「我知道了啦，吃飯的時候別配零食點心。」
「為什麼？」
「那是一種禮貌。吃的時候沒有好好品嚐一番，對做菜的人很失禮吧？」

「我知道了。不過，你在吃什麼啊？」

蜜莉姆眼睛真利，看向利姆路正在享用的餐點，那看起來白白的，散發甜香。

「這是飯後甜點。新上市的鬆餅。」

「什麼！甜點跟零食不一樣？」

「不一樣，完全不同。這是飯後醒嘴用的，沒問題！」

「噢噢噢！」

蜜莉姆大叫，接著把飯吃完。

因為她只剩帶著苦味的蔬菜沒吃，所以動作很快。

「嗯，果然很苦。」

「別單獨把蔬菜留下，要配著吃。妳把討厭的東西留到最後才會這樣。」

「那種事不重要。快給我那個叫鬆餅的東西！」

「好啦。在這個上面加糖漿能改變風味，妳要選哪個？」

各種果醬跟蜂蜜一字排開。

蜜莉姆的手毫不猶豫伸向某個瓶子。

「妳真的很喜歡蜂蜜耶。」

「哇哈哈哈哈！那還用說！」

沒有背叛蜜莉姆的期待，這個鬆餅也很美味。

塗了大量蜂蜜的鬆餅。

蜜莉姆邊吃邊想。

果醬酸酸甜甜的也很好吃，但最棒的還是蜂蜜——她這麼認為。

——那是當然的。

因為這個蜂蜜對蜜莉姆來說是「幸福的滋味」。

然後，今天又是幸福的一天。

蓋德與工作

我的名字叫蓋德。

是繼承豬頭帝遺志和名字的人。

我們幾個戰敗，被利姆路大人收編。

不過，這是三生有幸。

開的條件並非像戰爭奴隸那樣、既嚴酷又淒慘，而是超乎想像，他慈悲為懷地對待我們、處處體恤。

——還有，我們以後將過著再也不會餓肚子的生活。

要我繼承蓋德這個名字的，也是原本與我們為敵的利姆路大人。

利姆路大人賜我們「名字」與「工作」。他那偉大的力量也分我們一小角。

這下同胞們也形同獲得在嚴苛世界求生的力量。

同胞們分散在世界各地，正在他們的土地上履行自身職責。一開始似乎面臨重重阻礙，如今他們彼此取得聯繫，生活上都會互相幫忙。

這些全都按利姆路大人的意思進行。

我們打通道路。
城鎮對城鎮，還有許多村莊、聚落。
山岳地帶糧食匱乏，他們提供在那開採的礦石。
靠近湖的地區提供魚、濕地提供穀物、平原地區則是蔬菜。
森林地區則提供各式各樣的森林資源。
他們拿來交換自己所需的物品。

這些道路正是為此而開。
提高交通便利性，等同讓人們不再挨餓。
對以前差點因大饑荒滅絕的我們來說，如今生活幸福美滿，就像一場美夢。
畢竟有那麼多種食材，現在每個聚落都能獲取它們。
只要工作就能保障自己的生活。有了這層認知，我們便老實幹活。

「不工作就沒飯吃」，這句話是利姆路大人說的。
只要工作就有得吃。這是多麼棒、多麼幸福的事啊。
過去遭人壓榨、害怕挨餓，連工作的力氣都沒有。
如今只要工作就能吃飽。
根本沒得比。

我們很幸運。這仍是現在進行式。
無論如何都要守住這份幸福——沒錯，我打心底發誓。

＊

「喂喂喂，蓋德老弟你工作未免勤奮過頭了吧。」
「會嗎，利姆路大人？我不覺得啊……」
「可是不只住家建設，舉凡朝矮人王國開闢道路、士兵戰鬥訓練、擴張朱拉大森林內的野獸小徑，與各部落連通……工作量太多了！」
「哈哈哈，用不著擔心。再說住家——建築物這方面有米魯得先生負責監督。」
「不不不，這我知道。我擔心的不只監工，還有那些工作人員。提供勞力的豬人族遲早也會累倒喔！」
「敬請放心。我們沒那麼柔弱。鍛鍊方式不一樣，最重要的是，工作能帶來喜悅。」
「笨蛋！還什麼喜悅不喜悅，凡事過猶不及啊！」
我被罵了。
這麼說來，大夥兒臉上確實已經顯露疲態。
只是因為自動回復性能優秀，才沒發現疲勞累積吧。
這時利姆路大人對我續言：

「還有啊，別把生存價值全擺在工作上，去發掘其他興趣吧。像是釣魚、繪畫、手工藝之類的。你的手很巧，去找凱金學做一些工藝品或許也挺有趣的啊。」

工藝品？

我對釣魚和繪畫沒興趣，但手工藝挑起我的興致。

接著利姆路大人向我展示作工精巧的人偶模型。

「這是做給魔王菈米莉絲的魔偶模型。採用球體關節，可以做複雜的動作。是不是很有趣？你也可以試著製作這類物品，那樣會很有趣吧？其他還有——」

說完，利姆路大人拿出各式各樣的模型讓我看。

那些模型都是今後打算實體化的物品。

有馬車與建築，還有許多未曾看過的東西。

其中最讓我感興趣的莫過於長方形盒子上裝好幾個車輪的——名字叫列車——這樣東西。

「這個啊，之後預計要在你經手整頓的街道上行駛。」

利姆路大人用這話對我笑著說明。

聽完他的計畫，某個疑問獲得解答。

我們明明在森林裡闢出一條大道，但只有一半道路鋪上石板，令我百思不得其解。

原來是以後要鋪上軌道，供列車行駛。

利姆路大人拿出軌道模型，將列車模型放在上頭，讓它跑動。

「就像這樣，還沒實際下手製作實品前，我要準備模型做各類測試，有趣吧？如果是你，會把它當興趣樂在其中吧？」

原來如此——我心想。

把工作也當成興趣的一環——不愧是利姆路大人。

他讓我發現除了樂趣，還有新工作在等著我，讓我心情跟著雀躍起來。

然後——

如今的我很滿足。

永遠填不飽的飢餓感消逝，內心很充實。

侍奉偉大的君主還有工作做，令人感到喜悅。

還找到新的興趣，而且在那有新工作等著我。

這是多麼讓人滿足、多麼幸福的事。

利姆路大人不只讓我吃飽，連心都被填滿。

不愧是利姆路大人，感佩之餘，我更進一步宣誓對他效忠。

日日都在洞窟內栽培希波庫特藥草，某天戈畢爾感到憤慨。
「哼，蒼華那傢伙，聽說她好像愈變愈強。照這樣下去，會變得比我還強吧？」
「是啊，蒼華大人原本就是在艾畢爾大人身邊當親衛隊長的猛將，當時就是僅次於戈畢爾大人的強者。又在蒼影先生底下接受鍛鍊，如今她有多強已經難以推估了。」
「正是。先前收拾泳空巨鯊的手腕確實高明。這些或許都拜蒼影先生的指導所賜。」
部下們都對戈畢爾的說詞頗有同感。彷彿在說要認可同族蒼華的實力用不著有所保留，他們盡情表述意見。
「大概是吧。我們無法擔任要職也是沒辦法的事。畢竟不是核心人物，還跟利姆路大人敵對過。他肯原諒我們還接納我們、讓我們當同伴，光這樣就得心懷感恩。畢竟我也開始覺得栽培希波庫特藥草是有趣的工作——」
「的確。」
「正是、正是。」
有部下幫腔，戈畢爾更用力喊出令他憤慨的原因。
「可是！蒼華那傢伙不只接到重要的間諜任務，連力量都增強了！這下不妙。照這樣下去身為哥哥的威嚴將蕩然無存，更加抬不起頭！無論如何我都要比她強才行。你們是不是也這麼認為？」

「戈、戈畢爾大人……」

「或許是您想太多……」

「不不不，如今在這洞窟裡的魔物也不構成威脅了。這樣下去會過於安逸、欠缺危機感，我的槍術也會變鈍。多虧利姆路大人拜託白老先生指導我，基礎訓練和帶兵方面的訓練都沒問題……可是，光這樣還不夠！不覺得還想更進一步，讓大家知道我們其實也能派上用場嗎！尤其在這個城鎮裡，稍微強一點根本不夠引人注目……」

畢竟白老擅長的武器是刀，要提昇使槍的技術，除了自行努力別無他法。戈畢爾這麼想。

「的確。我們就算了，對戈畢爾大人來說這個洞窟似乎不夠看……」

「唔──……蒼華大人他們因蒼影大人的凌虐──是指導才對，實力上似乎有了顯著的成長。連北槍南槍、東華西華他們都有所成長，照這樣看來，還是需要找到跟自己水準差不多的人當良性競爭對手吧，以上是本人的拙見。」

「……確實是這樣，沒錯。因為跟你們放在一起比較，我的實力略勝一籌。不過話說回來，要找勁敵啊……」

嘴裡「唔──」地低吟，戈畢爾等人開始苦思。

某位仁兄正冷著眼看這幫人。

他就是培斯塔。

在培斯塔看來，敢說這個可怕的洞窟不構成威脅，表示他們已經夠強了。

都這麼強了還想變更強是怎樣？
不對，先別說那個……
（那種事根本無所謂，希望他快點學會分辨希波庫特草跟雜草有何不同……）
想到這兒，培斯塔在心中暗自嘆息。

＊

今天戈畢爾等人也利用工作空檔討論修行的事。
有個男人來到他們面前。
「呵呵呵，你們的事我都聽說了！」
他就是哥布達。
因為培斯塔用餐時，找同席的哥布達吐苦水，向他透露戈畢爾等人的煩惱。
「噢噢，哥布達先生。真沒想到你沒用魔法陣也能跑到這種地方。看來你又更上一層樓啦。」
「當然！一直陪那個老頭周旋，就算不想也會練到這種境界。」
哥布達一臉自豪地說著。
「話說回來，來這有何貴幹？」
戈畢爾提問。
哥布達則明確回應。

「來這當勁敵啊。我來當你的競爭對手。」

「什麼！」

戈畢爾聽了大吃一驚，但他想了想又覺得這提議不錯。

以強度來說戈畢爾更厲害。這點絕對不假，但有那麼一次，他曾敗給哥布達。

那是哥布達反應快又有戰鬥天分，而自己欠缺的正是戰鬥天分。

白老也給過忠告，他說：「技術是有，但火侯還不夠。無法在瞬間對應是致命傷。」想起這件事，他認為哥布達投機取巧的作戰方式有助於提昇自身對應能力。

「原來如此，這個點子或許不錯。不過，哥布達先生的──」

「叫我哥布達就好。我想向你學習槍術。難得利姆路大人替我打造武器，我想將它的性能徹底發揮！」

話一說完，哥布達就拔出小太刀展示。

那既是小太刀，又是刀身覆冰就能變成冰槍的魔法武器。由於哥布達不會使槍，所以他一直想找對手做訓練。

「也好。哥布達先生──不，哥布達。從今天開始我就教你使槍技巧。相對的──」

「我會當戈畢爾先生的對手，教你卑鄙的作戰技巧！」

「嗯！請多指教，哥布達。」

「彼此彼此！」

就這樣兩人互相握手，締結新的友誼關係。之後，他們暗中變成彼此的勁敵，跟對方相互切磋。

培斯塔用冷淡的視線看那兩人。

——戈畢爾先生真是單純啊。話說回來，卑鄙的作戰方式是什麼啊——那雙眼正透露這些明顯訊息……

培斯塔已經變得很識時務，他保持沉默不再多嘴。

在這三人裡成長最多的，肯定非培斯塔莫屬。

利姆路手記

第六集限定版小冊子

保管在某地的文件——《利姆路手記》是記載當時情況的貴重資料。

可是在專家之間，其真假難辨、至今仍讓人議論紛紛，這件事很有名。

當然那是有原因的。

——我從魔王的進化中甦醒，大夥兒都打心裡為我感到開心。大家決定將這天訂為魔國的特殊節日，我打算趁現在還記得時將大家的模樣記下——

而那份資料——在《利姆路手記》裡，於「魔國聯邦復活祭」過後寫下的描述就此展開。

以高居魔王身分的統治者來說，文體算是比較輕鬆的，類似想到什麼就寫什麼的感覺。

之後他也懷著跟我們一樣的心情，隨性記載。
不曉得看過這些，你會有什麼樣的感想？
或許也會對魔王萌生親切感。
哎呀，正因我就是因此產生親切感，才想看看各位會不會有這種反應。
那就別賣關子，來介紹記述內容吧。

＊

不是咚咚咚，而是喀嘶、咚嘶、喀隆。
那是紫苑在烹調某種東西的聲音。
在這道門後面——廚房裡，到底是片多麼悽慘的光景……
烹飪——這個詞聽起來好空泛。
我看向紅丸。
他面色青白，完全沒有平常的霸氣。
彷彿被帶到刑場的罪人，一副萬念俱灰的模樣。
丟下這樣的紅丸，我悄悄地離開現場。
不過——
「利、利姆路大人。還是太危險——咦，啊！逃走了！」

紅丸眼眶泛淚地追來。

嘖，被發現了嗎？

話雖如此，一直待著無所事事地只等紫苑把料理煮好，那樣很討厭吧。

「你也要一起來？」

「請務必讓我跟隨！」

看來問那句是多餘的。

為了忘掉等人執行死刑的感受，我打算跟紅丸一起走走看看，去看為復活感到喜悅的大家。

離開廚房後，發現我來的部下們都向我道謝。

臉上洋溢歡笑，大家的欣喜傳達給我。

後來有段時間，我跟他們逐一對談。

接著我們來來到黑兵衛的工房。

白老也在那兒。

今晚要大家一起用餐——換句話說，他似乎是來告知黑兵衛宴會的事。

黑兵衛常常一個人窩在工房裡，我過來邀他、想帶他跟大家聚一聚，看來沒那個必要了。

不只是我，其他人也會想到黑兵衛。

雖然是理所當然的事，但我覺得很開心。

既然都來了，我就跟黑兵衛小聊一下。

「這次多虧利姆路大人進化，俺也獲得力量了。有這股力量，就能重新整頓大家的武器。如今利姆路大人冠名魔王，今後應該還會發生戰事。」

說到這兒，黑兵衛對我展露笑容。

真的好可靠。

除了獨有技「研究者」，他似乎還獲得獨有技「神匠」。

這代表黑兵衛的覺悟，讓他想卯起來打造。

「老夫也請他看看老夫的刀。還有，這次法爾姆斯來襲之事對應不周，老夫已多加反省，打算重新訓練大家。為了用以應付各種狀況，老夫拜託他準備各式各樣的武器。」

說到這邊，白老指向一些奇怪的武器。

那些武器包含有如死神在拿的鐮刀、雙手大劍、拿來代替盾牌的抵刃短劍，還有斧頭和槍這類較令人熟悉的武器。

再來是比較吃技巧的武器，如拐棍或拳刃、雙截棍等等。

還有像鎖鐮這類難以操控的武器。

為了應付各種戰況，白老似乎有意教大家如何使用所有武器。

接下來就等著看哪個人較適合哪種武器。

對了對了。

「我希望你幫紫苑打一把菜刀，可以嗎？」

「當然可以。紫苑這傢伙對那把大太刀愛不釋手，那樣正好。趁她用菜刀，俺可以順便保養大太刀。」

「拜託你了。還有順便幫紫苑的刀——」

我朝黑兵衛講述自己的點子，黑兵衛也對這個改造案躍躍欲試。

說明進行到一半，白老遞出酒杯，不知不覺間變成喝酒大會。

所以我一不小心就喝到忘我，提出各式各樣的點子。

這些點子要兼具實用性應該挺困難，感覺滿超過的。

明明不會酒醉卻因氣氛萌生微醺感，這點令人玩味。

紅丸不愧是紅丸，他拿出自己的太刀請黑兵衛打點。

究竟酒醒的黑兵衛是否會記得這些令人存疑，但之後的事就交給他吧。

我們離開黑兵衛的工房，回到廣場上。

廣場那兒有些人忙進忙出，為今晚的筵席張羅。

這時，我們碰到一夥人全副武裝正要去城鎮外頭。

「啊，利姆路大人！恭喜進化！我好像也變得比之前更強一點！」

「嗨，哥布達。那真是太好了。話說今晚要開宴會，你想去哪裡啊？」

「這個嘛，朱菜大人有事拜託我，我要去一下海邊……」

「啊？去海邊？」

哥布達接下來竟然要去海邊，疑似得去那張羅一些魚回來。

以前去海釣時帶回一些魚當土產，白老幫忙弄成生魚片。那個吃起來超美味，朱菜這次也想準備，才拜託哥布達跑腿。

「也不是啦，說拜託有些牽強——」

「等等，哥布達大哥。再說下去就不妙啦。」

「說、說得也是。就是這樣，我們先走啦！」

他話說到一半，卻被副官哥布奇制止，沒能把話說完。

沒差，我知道他想說什麼。

朱菜的拜託不像請求，更像具強制力的命令。

哥布達根本無力反抗。

「好，期待你們的成果。要釣大魚回來喔！」

「遵命。包在我身上！」

話雖如此，其實嘴上抱怨的哥布達也喜歡釣魚。

不能跟大家一起快快樂樂為慶典做準備，想必他很遺憾，但他要負責調度用來替晚間主菜增色的食材，哥布達分到的任務可謂重責大任。

雖然多有埋怨，但他私底下或許很高興也說不定。

哥布達正要出發，某人就抱著滴血的袋子走過來。
那口袋子飄出異樣的腥臭味，來人似乎被那股惡臭和重量弄到走都走不穩。
納悶來人是誰的我一看，發現對方是哥布杰。
「原來是哥布杰。看你恢復精神真是太好了……不過，那是什麼？」
充滿詭異氣息的袋子令我萌生不祥預感，不禁朝他問道。
「咦？這不是哥布杰嗎？你在幹嘛？」
哥布杰還沒回答，哥布達就跟我一樣，發現來人是他，在我之後向他搭話……
而哥布杰的答案與本人預感不謀而合，內容非常駭人。
「啊，利姆路大人！還有哥布達大哥也在。是這樣的，紫苑大人拜託偶把做菜用的材料拿過去。」
等等等。
給我等一下。
「哥、哥布杰老弟？那個染血袋子裡裝的，應該不是所謂的食材吧？」
「就、就是說啊，哥布杰。你啊，再怎麼說那個都很不妙吧。讓我看看袋子裡裝什麼東西。」
紅丸也跟著刷白一張臉，強迫哥布杰打開袋子。
一顆牛鹿頭從袋中滾出。
似乎是一頭極品牛鹿，角長得非常氣派。
不過，現在的重點並非極品與否。

「先等一下！牛鹿的頭不能吃吧！」

我不禁放聲尖叫。

還有這顆牛鹿頭，拜託你別用含怨的眼神看我。

疑似被人一刀砍頭直接運過來，我跟那雙瞪大的眼四目相對。

有點驚悚。

真沒想到宴會當天竟會萌生這種情緒。

吃生物就是這麼一回事吧，話雖如此，還是……

「果然是這樣？朱菜大人也說過一樣的話，但紫苑大人就是要做……」

哥布杰表示，朱菜好像也叮囑過他，說那個東西不能吃。

只不過，那句話讓紫苑硬是要跟她作對。

「連朱菜大人都無法料理的食材，就讓我好好運用它！」

紫苑還放這種大話，下令要哥布杰準備好就送去給她。

「這下糟糕……紫苑那傢伙失控了。」

「先別管那個，那樣東西該不會要我吃吧……？」

紅丸神色難堪。

接著，看著這樣的紅丸似乎察覺危機將至，哥布達等人插話「那、那我們去出任務啦！」，邊說邊逃跑。

事情就發生在一瞬間，紅丸甚至來不及阻止他們。

「哥布達真會帶兵耶。」
「是啊，這點我承認。那個臭小子，察覺危機的能耐確實不同凡響……」
紅丸也心不甘情不願地表態贊同。
可是這下子，就不能把哥布達拖下水。
我們必須想辦法處理這顆牛鹿頭。

朝我的臉偷看一眼，接著紅丸似乎下定決心，將手放到哥布杰肩膀上。
然後——
「利姆路大人也很期待紫苑做的料理。而他今天好像想喝蔬菜湯。聽好，就跟紫苑這麼說。」
他隨便瞎掰一些話。
「可惡，紅丸！跟我無關吧！」
「請您別說這種話，別對我見死不救啊！」
「別把我拖下水！話說你原本根本是想算計我吧！」
「確實是那樣沒錯，我也有在反省。可是，那個未免太超過啦！」
紅丸口中的「那個」，當然是牛鹿的頭。
「也是。那個太超過。」
「對吧？」
我與紅丸面面相覷，朝彼此點點頭。

「哥布杰，把那個放回去。」

「咦！那樣偶會被紫苑大人罵的。紫苑大人挑我當新創部隊的成員，偶不想抗命……」

就算紅丸下令，哥布杰依然不從。

哥布杰不是紅丸的直屬部下，對他的命令確實有權拒絕。

話雖這麼說，敢拒絕本人心腹當面下的命令，哥布杰看起來不怎樣，膽子卻不小。

這是好事，但現在用的不是時候。

沒辦法，眼下我也來幫個腔吧。

「哦，怎麼啦。哥布杰老弟，把那個放回去吧。紅丸說得對，我今天想喝蔬菜湯喔。幫我帶這些話給紫苑。還有，送你這個當謝禮。」

我開始同情紅丸，用些話術說服哥布杰。

然後拿出看似好玩才從黑兵衛工房帶出的鎖鐮，交到哥布杰手中。

「這、這是？」

「是名喚鎖鐮的武器，哥布杰。用起來雖然困難，但你已經獲得追加技『完全記憶』和『自動再生』，之後肯定會把它用得很好。」

嘴裡說著，我將鎖鐮送給哥布杰。

哥布杰感動萬分。

「偶明白了！既然是利姆路大人的委託，本人哥布杰一定使命必達！」

「好。你能明白我的苦心令人欣慰。等你學會用它，我再去拜託黑兵衛打造更正式的鎖鐮給你。

要好好努力！」
「是！」
只見哥布杰與高采烈，去歸還牛鹿的頭。
危機已逝。
這下紅丸就欠我人情了，但我萬萬沒想到，之後自己也得吞下紫苑親手做的菜。
——「不要隨便對別人好」——
真的，世事難料啊。
所以才顯得有趣。

順帶一提。
與我們道別後，哥布杰似乎成功說服紫苑。
紅丸說的「利姆路大人今天想喝蔬菜湯」似乎是決勝關鍵，所以結果才變「那樣」嗎？
那個姑且不論，來談哥布杰。
「竟然弄到跟利姆路大人有關的情報，幹得好，哥布杰！」
語畢紫苑大悅，似乎有給哥布杰一個建議。
就是抗性「痛覺無效」的獲取方法。
哥布杰若要使用鎖鐮，這個能力就不可或缺。因為哥布杰笨手笨腳，想必會傷到自己。
而紫苑傳授的方法沒追加技「完全記憶」和「自動再生」就無法成立，是很可怕的手段。

藉著讓自己吃痛，來獲得對抗疼痛的抗性——一言以蔽之就是這麼一回事。
「現在偶被紫苑大人打會覺得很舒服！」
「這樣就對了，哥布杰。你要更加精進。」
這串對話是否真的發生過有待查證，但這天哥布杰一直拿短刀插自己的頭。
那個笨蛋搞什麼鬼！想歸想，他好像真的滿笨的。
這肯定是個笨方法，但哥布杰當真獲得「痛覺無效」。
而這件事成了契機，想挑戰那種手法的人的確有增加趨勢。
這樣做實在太危險了。
因此我明令禁止這種手段，還不准他們外傳。

——事後更有人前來拜訪，想知道哥布杰等人透過什麼方法學會「痛覺無效」，但都無從得知。
世上有些事，不知道比較好。

待哥布杰離去，有人向我引介三獸士。
紅丸把三獸士叫來，他們過來跟我打招呼。
已經不像先前見面那樣，這次他們很有禮貌。
「有紅丸大人或紫苑小姐這些強力魔人當部下，無人敢質疑利姆路大人的實力。」

阿爾比思是這麼說的，只是那個紅丸怕紫苑親手做的料理怕到面色發白呢。
看到那副德性是否會改變評價？
我有點好奇，但還是沒有洩人家的底。因為我也怕，無法置身事外把紅丸當笑柄。
接著在紅丸跟三獸士的帶領下，我去巡視獸人們的暫居地。
這都是為了替搭帳篷、分配物資的人加油打氣。
還有，我想看看獸人的情況做個確認，看他們是否能與我方和睦共處。

在預計於地底下建設避難場所的空地，目前正為獸人搭建帳篷。
在蓋德指揮下，可出一分力的勞動人員同心協力作業。
晚上要開宴會，必須趁白天這段時間將睡床準備好。
只不過，好像有幾個人身上多了些新傷……
「那些人不聽話，所以我用拳頭跟他們小聊一下。」
換句話說，為了讓他們聽令就扁人，蓋德言下之意就是這樣。
幾個壯漢分別是象或熊的獸人，如今已聽任蓋德使喚貢獻勞力。有鑑於此，帳篷搭建工作比想像中還要順利。
「全交由我方處置速度更快，但是不讓那些人也學會搭建方式，他們就無法隨時重建。這是在對他們稍微施行一點教育。」
蓋德說得理直氣壯。

「札爾跟塔洛斯在獸王戰士團裡特別孔武有力，卻完全不是那位蓋德先生的對手呢。」
「不過，這樣辦事更快。因為我們有願受強者指揮的特性。」
照阿爾比思和蘇菲亞的話聽來，獸人族是徹頭徹尾的階級制。
因此碰上像這次的情況，就比誰的力量強。
卡利翁失蹤令他們不安，獸人們才變得更凶暴。可是看到上頭的人被扁到體無完膚，讓他們恢復理智。
此外，正因他們重視上下關係，一旦決定聽令，之後似乎就不會再出什麼亂子。
除此之外，蓋德的領兵能力確實了得。
瞬間看出獸人的特性，編制部隊。為了讓他們辦事更有效率，便命自己的部下監工。
果然不是省油的燈。
像這類部隊運用技巧，唯有平日就參與工地工程的蓋德才能掌握得當。
「幹得漂亮，蓋德。照這個速度，應該能趕得上今晚。」
「是！我們會讓它趕上的。」
真可靠。
要說誰夠可靠，其實還有另一人。
一些人正到處發回復藥給受傷的獸人。
負責指揮的人正是戈畢爾。
這個戈畢爾，在意想不到的地方意外地細心。

跟任何種族都能相處融洽，這也是一種才能吧。

「戈畢爾，你滿細心的嘛。藥還夠嗎？」

「原、原來是利姆路大人！沒問題。最近生產量擴充，庫存還很充裕。」

「是嗎，辛苦你了！今後也拜託你嘍。」

「是————！本人粉身碎骨貢獻心力在所不惜！」

戈畢爾一副準備要下跪叩拜的模樣，朝我做出回應。

最近他得意忘形的次數也變少了，差不多可以讓他當幹部了吧。

還有——

「下次讓你休個假。所以說，戈畢爾，你去你老爸那邊報告近況吧。」

「可、可是……他已經跟我……斷絕父子關係……」

「別在意。你是我派的使者，帶蒼華一起去就行了。」

「噢、噢噢……！感謝您的好意。請您務必將這個任務派給我！」

戈畢爾開開心心地接下，接著回到工作崗位上。

還有三獸士也留下一句話，說他們很期待晚宴，便從現場離去。

結束巡視工作，我回到房間。

路上跟紅丸聊起某件事。

「我想差不多該提拔戈畢爾當幹部了。」

「是啊，我也覺得這樣比較好。實力沒話說，那傢伙人望也很高。」

紅丸似乎也沒意見。

那麼，就這樣定了。

既然如此，必須讓戈畢爾跟他爸恢復親子關係。

「嗯。既然要當我底下的幹部，仍與統率魔物氏族的族長不和未免太難看。就去跟艾畢爾說說看，勸他跟戈畢爾恢復親子關係。」

「您的目的果然是這個。這話有道理。要是周邊國認為他們與我國幹部不睦，蜥蜴人族的立場也會變尷尬。」

紅丸似乎也察覺我的意圖了。幸好他理解力強。

話說戈畢爾的真實想法，應該也想跟爸爸復合吧。再說，老是處於被踢出家門的狀態也不太好。

蜥蜴人族長艾畢爾也一樣，若自家兒子獲得魔王幹部這頭銜，就能拿來當恢復關係的藉口吧。

問題在於戈畢爾跟艾畢爾都很頑固。

若沒事先拜託蒼華居中當和事佬，可能會吵起來。

就事先聯繫，把事情安排妥當吧。

要拜託蒼影嗎？

蒼影有跟艾畢爾照過面，拜託那傢伙準沒錯。

腦裡一面盤算，我跟紅丸離開那裡。

＊

這是選自本文的部分精粹。

後面還有其他內容，但時間有限。

很遺憾，就介紹到這邊。

若是聽完我的介紹對它有興趣，請務必購買二抄版《利姆路手記》。

當你讀完應該就會有深刻體悟，知道大魔王利姆路多麼珍視他的部下。

對於受那名大魔王統轄的部下和子民而言，大魔王利姆路並非恐懼的象徵，稱他是再造父母也不為過。

無論是那個時候抑或今日，這點都未曾改變。

・得知部下紫苑不擅長煮菜，他與心腹紅丸同心協力擔任試吃員。
・黑兵衛為構思新武器發愁，他則運用豐富的想像力分享各式點子。
・與哥布達等部下一起開心釣魚。
・發現後來的武學大師——「鎖鐮哥布杰」。
・幫助遇到困難的獸人族，對他們伸出援手、不求回報。

其結果締結了永久性互不侵犯條約。

・傾聽部下們的煩惱，幫忙他們解決。

諸如此類，多不勝數。
怪不得這名大魔王的行徑看愈多、愈了解他的為人，對他產生親切感的人就愈多。
尤其是試吃紫苑的料理，要做到這種境界很困難！
哎呀，不好意思，我好像一不小心太過投入。
回歸正題。
反過來說，那份親切甚至也是大魔王利姆路別有用心的宣傳手法……

要如何解釋取之於你。
希望你先把這些手記看過一遍，再來做判斷。
他當真想欺騙人類嗎，還是發自內心希望與人們和睦共處？
希望各位看完這本書，能稍微了解大魔王的內心世界。
那樣一來，各位或許也能看出大魔王利姆路的真實目的。
然後，希望有朝一日這些議論能劃下休止符。
期盼人們的心不再疑心生暗鬼，翻開這本書吧。

《希望人們能多多了解大魔王利姆路之人筆——》

決定了。
有這些做宣傳，肯定會引發熱潮。
會成為暢銷排行榜第一名，人們稱我寫作大師的日子不遠了。
我的心意應該也傳達給聚集在這個會場裡的記者們了。
原本是這麼想的……
當我將手記內容介紹到這邊都告一段落時，因發表會齊聚一堂的記者們納悶地提出疑問。
「那個，不好意思。您的話跟記述內容好像不一樣……」
什麼？跟記述內容不一樣……？
記者這麼一說，我看向準備好的手記稿，上頭將我的行動一五一十確實描寫出來。
對，一五一十。
「咦，為什麼都照實寫了！」
我不禁露出本性，放聲大叫。
印象中寫的時候明明有修飾過，不知為何卻將行動如實記載。
我會大叫其來有自。

《因記述內容有誤，故進行修正。》

咦，你就是犯人嗎！
看看你，看你都幹了什麼好事！
「請問，您說如實？那麼，上面寫的才是真的？」
「啊，不是，那是因為……」
糟糕。
糟糕透頂。
身體明明出不了汗，我卻有種冷汗流不完的錯覺。
「還有，大家都不知道有這本書存在，去哪裡才能看到？」
咦，他問這個？
不知道有這本書存在，那是當然的。
因為我打算從現在開始散播。
原始稿件就藏在我的「胃袋」裡，能看的人有限。
講白了，只有我能看。
我才在想該找什麼理由自圓其說，這時連其他記者都跟著騷動起來。
看樣子要蒙混過去不容易。
本想提昇我的形象順便賺點零用錢，眼下情況這樣也只能放棄了。
沒辦法，那就來個策略性退兵吧。
虧我想出這個計畫要讓人們對本人產生親切感，卻在意想不到的地方遇上礙事鬼。

都怪我懶得報告、聯絡、商談才犯下這種錯誤。

「呵……呵哈哈哈哈！既然穿幫那就沒辦法了。各位改天見！」

我隨便找話帶過，趕緊將累積起來要發送的試閱本回收。

然後從現場無預警開「傳送」逃亡。

就這樣，「利姆路手記販賣計畫」宣告失敗。

…………

…………

……

而在現場，留下一本我漏掉沒收的試閱本。

至於這個試閱本，人們說它就是流傳於後世的二抄本——《利姆路手記》的原稿，但當時的我根本不知道事情會演變成這樣。

葛倫多．摩邁爾是個大商人。

不僅如此，他還是掌管布爾蒙王國黑街的重量級人物——非法組織的老大。

對錢很計較，就算對手是貴族也不逢迎巴結，是非常傲慢的男人——這評語不只流傳於大本營布爾蒙王國，還傳到英格拉西亞王國。

但事實上，摩邁爾並沒有那麼冷血。

他意外有人情味，也很會照顧人。

會給貧民和孤兒工作做，照顧他們，直到他們能自力更生。

為了回收借出去的錢，要把他們培養到會賺錢的程度——以上是摩邁爾自己的說詞。

換句話說，摩邁爾負責照顧連自由公會都進不去的社會邊緣人。

正因摩邁爾是這樣的人，才會跟布爾蒙王國的高層交好。

要居中斡旋打點工作，也已經跟各相關部門打好關係。

那種事情，只要去拜託跟自己借錢的貴族出面講幾句好話，要照他的意思走不成問題。

摩邁爾就用這種方式鞏固地盤，一點一滴累積實力。

此外，在沒有特別引人注目產業的布爾蒙王國，如今他甚至握有相當的發言權。

為了拜訪這樣的摩邁爾，我來到布爾蒙王國。

這次的目的有兩個。

為了讓旅店營運正式上軌道，想請他幫忙介紹人才。

還有另一樣，就是食材調度。

人才方面，我想僱用能管錢的人。

在我底下做事的人鬼族經培斯塔指導，接待客人已經變得有模有樣。艾拉多公爵跟蓋札王似乎也很滿意，可見素質頗優。

不過，有辦法管理金錢的人少得可憐。

光是要教他們小學生水準的算數，也不可能在一兩個月內搞定。

他們沒餘力學那些，但找空檔學習，程度又不堪用。魔物至今連書都沒讀過，換個角度看可以說是必然的結果。

有別於靠身體學會的技術，腦力活不是每個人都能勝任。

有那個能耐的人，光靠天分就能勝任。

至於沒那個能耐的人，只能多努力，吸收社會經驗慢慢從中學習。

失敗是必然的，可以幫忙善後、在一旁提點的人不可或缺。

所以說，摩邁爾老弟認識不少擅於掌握金錢的商人，因此我就來拜訪他。

事實上，另一個目的之張羅食材也只是順便的。

背後真正的目的是要利用那些食材開發新商品。

舉例來說，像是之前開會時想到的拉麵。
不是泡麵，我想重現真正的拉麵。
這個世界也有蛋糕存在，出去找找或許能在某處找到拉麵也說不定。我請人幫忙找這樣東西。
找不到再說，到時就換「智慧之王拉斐爾」大師出場。

《告。食品名「拉麵」已解析完成。必要食材為——》

呵呵呵，果然厲害。不愧是大師。
就在我的腦海裡，這個世界的食材名稱一一列出。
翻譯機能也很完善，知道不可或缺的食材在哪個地方。
再來只剩蒐集。
可是進展到這兒，有問題發生。
我國居民沒有進入該處的入國許可證。
身為冒險者的我另當別論，但不能派其他人去。
然而比起那個，還有更加重大的問題。
就是我今天要來找摩邁爾老弟商談的要事。
如此這般事不宜遲，我進入位在布爾蒙王國境內的摩邁爾旗下商店。

「摩邁爾老弟，我來找你玩嘍～！」

鑽過短簾，我正要打開略顯奢華的大門，一面用輕鬆語氣喊話。

不料這時——

「喂，臭小鬼，妳怎麼擅自闖進來？」

有人朝我出聲，我的肩膀被看似黑道的凶神惡煞店員一把抓住。

而且聽到他的聲音，好幾人也從後方魚貫而出。

咦，怪了？

是摩邁爾跟我說「想找我玩隨時都可以過來，利姆路少爺！」，我才大剌剌跑來打擾……

「還什麼摩邁爾老弟！臭小鬼，竟敢隨便稱呼摩邁爾大哥！」

「噢，敢小看人，可要讓妳吃點苦頭啊！」

「就算哭也沒用喔，混帳！」

諸如此類，他們臭著臉威脅我。

這是哪來的混混啊，真想抱怨一下。

「哎呀，不好意思喔。他說我隨時都可以過來玩——」

「混帳！摩邁爾大哥怎麼可能跟妳這種臭小鬼一般見識！」

「嘿、嘿嘿，好吧，臉蛋還滿可愛的，搞不好她想拐騙摩邁爾大哥。」

「可惜了。那個人喜歡前凸後翹的女人！像妳這種只靠臉蛋吃飯的，他根本不看在眼裡。」

「想騙大哥，那可不行。不過呢，我可以陪妳玩玩喔！」

幾名店員打斷我的話，你一言我一語。
裡頭還有人用噁心的目光看我，讓我愈來愈火大。
「你們幾個，我跟摩邁爾老弟是好朋友！還有，我不是女孩是男人，也沒有要騙他的意思！」
我抬頭挺胸地放話。
想跟他融資一點錢——雖說我有這層想法……
但這對他來說也是好事。
摩邁爾好像靠回復藥買賣大賺一筆，我想給他指條路好運用那筆財富。
他去各國兜售回復藥賺得一筆資金，再拜託他拿錢去買那些地方的特產。
再拿這些開發新產品。
講好聽是找他融資，說得難聽點其實要拿把柄逼他就範。
我高興，摩邁爾也開心。目標是構築這樣的關係，我才帶來有利可圖的買賣。
一般而言，有人找自己談很賺的買賣，都會多加小心吧。
如果是我就會拒絕。
我保證這個一定賺！假如有人對我這麼說，百分之百肯定是詐欺。
不過！
這次的利多買賣是真的。
「智慧之王拉斐爾」大師也說必定成功，肯定有賺頭。
我要說服他接受，讓他點頭。

所以這絕對不是欺騙，我的良心也不會遭受譴責。

我這麼想才回得理直氣壯，但——

「閉嘴！鬼才相信！」

「看來不能用講的，不用這傢伙教你就不聽勸是吧？」

那些店員就像這樣，根本不願聽我解釋，某人甚至亮出插在腰上的劍。

真受不了，我在心裡嘆了一口氣。

我不想跟摩邁爾的僕從起衝突，但事情演變成這樣就沒辦法了。

看來只能靠武力解決——我正要放棄對談，一名眼熟男子就從店內探頭。

「喂，你們幾個，在店門口吵什麼吵？」

我順著聲音看去，令人懷念的男人——比特出現在那裡。

當初跟卡巴爾等人一起來布爾蒙王國就碰過他，就是那個四處行騙的男人。後來他好像當過摩邁爾的護衛，又在英格拉西亞王國碰面……疑似基於這段緣分，之後就被摩邁爾正式僱用。

「噢，這不是比特嗎！你過得好不好？」

「啊！您、您不是利姆路大人嗎！是，託您的福老子——不對，我過得很好！利姆路大人也別來無恙真是太好了！」

比特一看到我就站得直挺挺，朝我九十度鞠躬。

這傢伙好誇張。

「過得好就好。還有啊，這群人不讓我進店裡，真令人困擾。你也幫我說一聲，告訴他們我跟摩邁爾老弟是好朋友。」

印象中比特是D+冒險者——後來聽說他好像升到C+——面對這幫混混應該也很吃得開吧。我基於這層想法才拜託他，沒想到事情進展比想像中還要容易。

「你、你們幾個，想把店搞垮嗎！這位大人可是『那位』利姆路大人啊！」

只消比特這聲怒吼，剛才出聲數落我的那幫人全都打了寒顫。

當下他們都跟比特一樣挺直身子，朝我賠不是。

「「「對、對不起！請您原諒——」」」

他們整齊劃一地鞠躬。

全都淚眼汪汪，幾個大男人怕到發抖。

比特會怕成那樣原因似乎是因他知道我的真實身分。

我心想「用不著怕成那樣」，但本人好歹是魔王。

摩邁爾知道這件事，想必這些人也聽說了吧。

既然如此，聽到我的名字就怕成那樣也沒什麼好奇怪的。

早知道會這樣，一開始報上名字就得了。若我報上名號，他們可能會二話不說放行吧。

「我會好好教教他們，請您大人不計小人過。」

比特說完朝我低頭拜託，所以我這次就爽快原諒。

只要下次碰面不為難我直接放行就好。
我笑著原諒，但他們被帶走時神情一陣悲壯。
「這、這位大人是魔王——」
「跟摩邁爾大哥掛的畫根本不一樣啊！」
「騙人的吧？告訴我這不是真的……」
「我們會不會被宰掉……？」
——諸如此類。
意味不明的發言和喪氣話傳來，但我聽聽就算了。

*

「原來是利姆路大人大駕光臨！歡迎您蒞臨！」
「禮數太多啦，摩邁爾老弟。我跟你都這麼熟了！」
我笑著回話，摩邁爾也跟著綻放欣喜笑容。
他那宛如富人象徵的肥壯身軀樂得搖來晃去。
不過，一流商人可非浪得虛名。
「哈哈哈，聽您這麼說真讓人開心。對了，少爺，今日前來有何要事？」
下一刻，他換上緊張的神情，朝我反問。

這時我扯嘴奸笑，開始跟他交涉。

「是這樣的，我為你帶來大買賣！」

「哦？是什麼樣的買賣？」

「這個嘛──」

摩邁爾店裡的女侍端出紅茶，我邊喝邊對要事進行詳細說明。

說到新商品開發計畫這邊，摩邁爾便面有難色地沉默了一會兒。

「總是很照顧我的少爺都開口了，我會遴選值得信賴的人才。食材調配工作也樂於接受。不過，可以派去開發的人才，目前還……」

摩邁爾是商人，不會萌生創作新食品的點子吧。

他擅長販賣既有商品或新開發產品，開發商品卻不是他的強項，因而陷入苦思。

但我的目的只到食材調度。

後續由我方接掌。

「不不不，那部分由我們包辦。我希望摩邁爾老弟將食材運到我國城鎮。通往布爾蒙王國的街道上設了些旅店，等東西完成預計在那裡提供。因此，我還想拜託你定期批一些食材過來。」

「原來如此……也就是說，少爺的計畫一旦成功，我們能賣的商品便會增加，是這樣吧？」

「就是那樣。若是客人很喜歡點新商品，你要拿去旗下商店販賣也行！」

「竟有這種事！可是這樣一來，利姆路大人就不能獨享獲利……」

「就如剛才所說，你有對它進行投資。我要你先出錢，當作回報，當然要共享獲利啦！」

等事業有成把當初借的錢還一還就算了——沒這回事。
我鉅細靡遺、懇切地針對上述內容做說明。
摩邁爾產生興趣，他邊竊笑邊聽我解釋。
「原來如此，有趣！既然如此，務必讓我幫忙！」
道出這麼一句，摩邁爾答應要為我的計畫出資。
比預料中更簡單，話就這麼說定了。
呵呵呵。
摩邁爾這小子，好一個單純好騙的男人。

當正事談妥，有件事情一直讓我很在意，我決定問問看。
「對了，我從剛才就很好奇……」
摩邁爾正在確認我拿出的契約書，聽我這麼一說，他暫時停下手邊動作，轉頭看我。
「什麼事？」
「沒什麼啦。就是那個裱框掛在牆上的畫，那是我嗎？」
會客室裡陳列著暴發戶會愛的奢華器物，唯獨飾有那張畫的壁面與眾不同。
畫上繪了美麗的女性與龍對峙，外觀上怎麼看都像變成大人的我。
「咕呵呵呵，正是！當時在英格拉西亞王國撿回一命，我請知名畫家畫下那時的情景！」
摩邁爾身上彷彿有某個奇怪的開關打開，開始熱切講述。

看樣子他難忘當時的感動，還叫人用魔法讀取記憶，重現他的想像。
話雖如此，未免美化過頭。
好吧，也是，那雖然是我的外貌，卻有靜小姐當基底。
所以我不否認自己是個美人，但這個就像某個女神下凡，成了散發神性光芒的肖像畫。
「哎呀，不過，是不是有點裝飾過頭啦？」
「沒那回事！這樣還不夠。」
我的指正遭人否決，被迫聽摩邁爾講述他那充滿熱情的感言。
端第二杯紅茶過來的女侍似乎已經習以為常，想必這是很常見的日常光景。
這麼說，就算跟那些當保鑣的小混混報上名號，他們可能也不會發現我就是利姆路本人。
畢竟看慣那張畫描繪的大人版，看到現在這個像小孩子的我，他們不會想到就是本尊吧。
沒關係，事情都過去了。
為了讓他們往後看到我也不會認錯，希望摩邁爾順便幫我現在這副模樣做點宣傳。

＊

按照約定，摩邁爾從各國購入大量食材。
該說早就料到了嗎，聽說在各地並未找到類似拉麵的料理。
既然這樣就按預定計畫走，來開發新商品。

珍奇食材陸續運過來。
等著它們的是嶄新廚房，還有為我賣命的廚師們。
代表人是從初期就在朱菜底下學習、一路累積經驗的人鬼族，名叫哥布一。
他在哀嘆廚房遭紫苑破壞，所以我幫他準備新廚房，交換條件就是配合我的計畫。
若是拜託朱菜，重現這種料理更簡單。
但是這樣一來，今後就得一直麻煩朱菜，對她的負擔過大。
因此這次在我指揮下，試組一支開發團隊。
我並不是打算要偷偷私吞獲利。
「對了，利姆路大人，究竟要做什麼樣的料理呢？」
哥布一如此提問，我帶著奸笑遞出商品。
在我的「胃袋」內完成的，是剛煮好的熱騰騰拉麵。
「這、這個是？」
哥布一吞了一口口水，望著拉麵。
「你吃吃看。」
「是，那不好意思……」
這話說完，哥布一吃起拉麵。
大概是看我用學會的吧，他筷子用得很順。
而這個哥布一吃了一口慢慢品嚐後轉眼看我，頭點得很用力。

「這個有搞頭，利姆路大人！肯定能抓住大家的心！」
他一臉喜色，興奮地嚷嚷著。
「對吧？好吃吧？」
「非常美味！那麼，這個要怎麼煮？」
「哈哈哈，研究煮法就是你的工作啦！」
「——咦！」
我笑著告知，只見哥布一困惑地僵住。
那句話似乎讓他一時間沒聽懂，眼睛眨啊眨。
不過，我不在乎。
靠自身技能三兩下弄出來沒意思，必須找出確切的調理方法。所以我才把哥布一叫來，他驚訝也沒用。
「聽好，哥布一。這個廚房隨你用。在這聚集了十個人，你也可以把他們當徒弟隨意使喚。所以說，要拿這個範本當基礎做研究，讓任何人都能煮出這道菜！」
我說完將我知道的製作方法教給哥布一。
舉凡如何製麵、怎麼熬高湯，以及其他林林總總的拉麵相關知識，全都教給他。
細節我不清楚，後續就靠哥布一等人的努力。
「……換句話說，利姆路大人也不清楚——不對，我愛怎樣都行？」
「就是這樣。既然有成品就表示可以製作，你就拿那個當參考做研究吧！」

我心想「好像有點強人所難」，但我依然不改理直氣壯的態度，朝他如此說道。

因為這是此次計畫的關鍵，不管多麼強人所難，都非做不可。

除此之外，還有許多異世界料理也在我的重現名單內。

只是跨出的第一步選擇拉麵罷了，可不能在這打退堂鼓。

哥布一似乎也很識時務，給了我想聽的答案。

「我知道了。利姆路大人都拜託我了，我一定會試試看！」

「噢噢，真可靠。要加油喔，你一定能做到！」

哥布一爽快應允。

那間廚房是我要蓋德準備的，哥布一似乎願意為我的興趣和收益——說錯，是為新事業盡一分力。

謝謝你，哥布一！

今後也要多多加油啊，想著想著，我決定快快樂樂靜待成果出爐。

＊

後續進展比想像中還要順利。

我將「靠別人」發揮到極致，讓摩邁爾張羅食材，再拿給哥布一調理。

摩邁爾的錢毫不吝嗇用力砸，哥布一則連睡覺都捨不得，在那努力耕耘。

我？

我的工作就是當啦啦隊。

戳戳摩邁爾的肥肚子撒嬌要求東要求西，在疲憊不堪的哥布一身旁唱加油歌。

光這樣他們就笑瞇瞇，爽快出錢、為我貢獻勞力。

最後終於成功重現味噌、醬油、豚骨三種口味，又細分成重口味和清淡風。

其他還有小魚乾和雞高湯，這些商品也開發成功。

「太棒了！哥布一果然厲害！」

「嗯，確實很美味。不愧是少爺推薦的佳餚。」

我很滿意，說他過關了。這下子，拿來當新商品賣也沒問題。

就連找來試吃的摩邁爾也不例外，看樣子相當滿意。他讚不絕口，吃起來似乎覺得很美味。

「多謝誇獎！拉麵這方面，我已經很有自信了！」

「嗯嗯。就是這股氣魄，今後也拜託你啦！」

「是！咦，怪了？拉麵不是開發到這就告一段落了嗎？」

「是啊，少爺。種類這麼多，要開店綽綽有餘吧？」

那兩人似乎以為到這就結束了，同時提出疑問。

太天真了。

我的野心怎麼可能到這就結束。

「呵呵呵，你們太天真了。誰說到這裡就沒了？」

「咦？」
「可是——」
打斷為之驚訝的兩人，我提出下一個野心產品。
那就是速食界霸主，無人不知無人不曉的餐點——漢堡。
「這、這是！」
哥布一似乎被新的料理挑起鬥志。
「呵呵呵，哥布一啊。這個料理並沒有那麼困難。不過，任誰來都能重現相同滋味，要做到這點難如登天。」
「也就是說？」
「有些人在你底下接受鍛鍊，要讓他們都能煮出一樣的好味道，希望你做到這種境界！然後再以此為基礎，替每間店開發各具特色的改版商品。」
「原來如此！講白點，就是讓徒弟們各自掌店，每間店彼此競爭？」
哥布一此話一出，我就扯嘴竊笑。
「看來你注意到了，哥布一。我要讓更多人學會製作這個，陸陸續續拓展連鎖店。」
「知道了！就交給哥布一我吧——！」
嗯了一聲，我點了點頭。
哥布一正確解讀我的意圖，他可能會擁有屬於自己的店，這份野心似乎令他滿心雀躍。
然而聽完我們的對話，摩邁爾他……

「也就是說，還需要資金就對了……」

疑似發現必要預算上修，他面色鐵青。

不過，用不著擔心。

「呵呵呵，摩邁爾老弟。你就放心吧！完成的拉麵已經開始賣出成績了。不只在我國境內，連在街道上的旅店也頗受好評。我想是時候在布爾蒙王國推出了。」

「那、那麼？」

「嗯。回收的時刻近了，就是這麼一回事。」

「噢噢噢，果然高招。您果然厲害，利姆路大人！」

「嗯嗯。」

「咕呵呵呵，也就是說交給少爺辦就沒什麼好擔心的吧？我懂了。那您接下來要推出那個什麼漢堡店，就交給本人摩邁爾辦吧！」

看來我的一句話，也令摩邁爾心中的不安煙消雲散。

就這樣，摩邁爾還沒回收利益，我就成功讓他答應對下一筆生意進行投資。

之後摩邁爾的錢到我們手上仍花錢如流水，接連開發新商品。

弄到一半被維爾德拉發現，我被迫教他烹製鐵板燒，但這已經算是小巫見大巫了。

還出現虧損，反正虧的是摩邁爾的錢。

因此我不怕失敗，也不懂得反省，強行推動計畫……

結果到最後，成功開發出種類非常豐富的菜色。
每間旅店都互相比拚手藝，營業額也跟著上升。至於摩邁爾蒙受的損失，都被這些營業額三兩下抵銷。
「咕呵呵呵，真受不了。一直賺一直賺賺個沒完吶！」
「對吧，摩邁爾老弟！一切都按計畫走！」
「今後也請您多多指教啦，少爺。」
「當然好。相對的，你知道該怎麼做吧？」
「這還用說。我絕對不會對外張揚，該出的錢就會出。」
「嗯，看來你是聰明人。今後也要拜託你多多幫忙喔。」
「明白、我都明白。之後有什麼要商量的儘管來找我！」
我將摩邁爾遞來的小袋子收進懷裡，笑著點頭。
內容物用不著看也知道，就是「老樣子」。
「哈哈哈！」
「咕呵呵！」
我與摩邁爾相視而笑。
一旁哥布一正喜孜孜地擦拭新的調理器具。
那是我要摩邁爾準備的，當作獎勵。
我能吃到好吃的東西，荷包也賺飽飽。

摩邁爾掌握新商機，新事業也順利發展中。
還有哥布一，被來自世界各地的珍奇食材和調理器具包圍，看起來很幸福。
一切都在計畫之中，大家都幸福。

*

如此這般，連通布爾蒙與魔國聯邦的街道上設有旅店，誕生的品項都拿去那上架販售。
不僅如此，也開始在通往矮人王國的街道上開賣，不知不覺間甚至出現專門為此而來的旅人。
至於那些街道，各國廚師聽到風聲陸續前來，滙聚於此，該地便充斥各式各樣的料理。
——這些街道日後被稱作「美食之路」。
這名稱就是這樣誕生的，但現在的我並不曉得。

聖騎士們的敗北

加筆短篇

魔國聯邦的首都利姆路就在眼前，情況卻急轉直下。
突然間，似乎有大規模戰鬥爆發。
而且其中一方的氣息令人熟悉。來自本該在母國留守坐鎮的聖騎士團副團長雷納德。
經歷這幾星期來的旅程，心中湧現了他們或許不用跟魔王利姆路交戰的希望，因此此刻聖騎士們相當震驚。
總之，要先確認究竟發生什麼事。
「我們走！」
日向喊完就衝出去，聖騎士們亦追隨她的腳步，朝戰場全速衝刺。
那裡的大片慘況稱之為戰場一點都不為過。
而在戰場前方，有五名身懷巨大力量的高階魔人。
其中一人特別厲害，是有著藍白色秀髮、看似少女的魔人。
這個魔人就是聖騎士們要找的對象。
魔國聯邦盟主暨新任魔王——就是利姆路本人，絕不會錯。
證據在於，聖騎士們信奉的日向就看著那個魔人，目不轉睛。即使忽視在背後展開的壯烈戰鬥，她也必須全力警戒這名對手。

這件事，聖騎士們也有了深刻的體悟。

＊

率先開口的人是利姆路。

「妳竟然這麼做了啊，日向。用不著多說，這裡是我的領土。既然隨意發兵，我就當你們要對我方不利。要我放你們先發制人，我可沒那麼仁慈。」

那是誤會——其中一名聖騎士阿爾諾心想，但目前沒辦法證明這點。

日向似乎也清楚這點，仍想方設法與對方溝通，讓事情圓滿收場。

然而，情況並不樂觀。

雷納德他們仍在背後持續與人作戰，這樣下去不管怎麼做都得走上交戰一途。

接下來，該怎麼辦？

耳邊聽日向與對方交涉，阿爾諾拚命想辦法化解這場危機。

須戒備的對象不只魔王利姆路一人，阿爾諾心想。

另外還有四名魔人。

每個人都散發不容小覷的強者風範。

日向說他們的危險程度來到特Ａ級，但那只是一種話術罷了。因為更高的危險度只拿來標註魔王或龍種。

具體而言，即使是據信與魔王匹敵，或者在魔王之上的災厄級魔物——暴風大妖渦，它也分在特Ａ級。因為沒有更細的分級可套用，才這麼稱呼罷了。

此外，他們的同袍莉緹絲役使特Ａ級高階精靈水之聖女。話雖如此，問她是否能與暴風大妖渦抗衡，答案是可能性很低。

就算處在同一分級，兩者差異仍有天壤之別。

至於眼前的這些魔人……

光看就知道他們有多強，這可不是在開玩笑。

雖不至於與現存魔王或暴風大妖渦相提並論，但顯然無法樂觀看待這些對手。

其中兩名是前魔王——獸王卡利翁的心腹「三獸士」。

在威名遠播的獸王戰士團中，他們是人稱最強的知名魔人，那實力不容輕忽。

除此之外，還有日向判定是妖鬼的那兩名魔人。

這種強大魔物有時被當成土地神敬拜，紅髮那名尤其特別。在這四人中散發與眾不同的妖氣。

就連阿爾諾都看不出他的實力有多深。

（——真棘手。有幾名這麼厲害的魔人，要靠我們打倒？那太難了吧……）

人數正好相當。

若想摸清高階魔人的實力，得與他們實際交手才知道。運氣好或許能贏得勝利，運氣差就輸了。
每名聖騎士都有這層覺悟，事到如今用不著多做心理準備。
可是這次不須贏得勝利。
因為日向說「繼續跟魔王利姆路敵對一點意義都沒有」。
以目前狀況來說要解開誤會八成不容易，不過，倘若日向出馬……
由日向出面，應該能說服魔王利姆路——阿爾諾決定不做他想，相信日向就對了。
那麼，自己的職責又是什麼？
就是爭取時間吧。
阿爾諾這邊的人馬共計四名。
與他們敵對的魔人也一樣。
若是一對一，應該能爭取一點時間。

他展開行動，在日向跟利姆路的對談間插話。
「竟然說這種話！情況都這樣了還要我們調兵回國，到時日向大人會有什麼下場？是你叫日向大人過來的，誰敢保證你不會對她怎樣！」
找什麼藉口都無所謂。
他自顧自亂放話，阿爾諾邊想邊喊。
接著果不其然，其中一名魔王利姆路的部下起反應。

正好是阿爾諾判定最危險的紅髮男。

（來得正好。就讓你當我的對手吧！）

阿爾諾是僅次於日向的實力派，當這個魔人的對手正合適。

反過來說，他認為其他人會先戰敗，連時間都來不及爭取。

阿爾諾拔劍，朝紅髮男砍去。

「沒有殺氣啊。正確的選擇。假如你剛才有意殺我，現在早就死在這裡了。」

這是當然的。

阿爾諾一開始就不打算殺這個紅髮魔人。只想讓這個魔人遠離日向罷了。

不過，對方的話令他心生不滿。

紅髮男確實很強。阿爾諾也認同，但對方說那種話擺明看不起他，聽了就是不痛快。

那種事，沒實際交戰是不會知道的。

「因為我不想妨礙日向大人交涉。只是想稍微嚇嚇你，沒想到你反應那麼大。可是，繼續遭人誤解真不是滋味啊。」

所以阿爾諾如此回應，看紅髮男有何反應。

但是紅髮男似乎真的沒把阿爾諾放在眼裡。

「誤解的人是你。」

他這麼說，對阿爾諾不屑一顧。

這下阿爾諾也火了。

既然實力在伯仲之間，勝負就看機運——阿爾諾在心裡暗道。

就算對手比自己強上一些，他也不會輸給小看敵人的人。

「呵呵，我們去旁邊聊聊吧。」

「也好。」

他要跟這個紅髮男一對一作戰，就算目的不同，結果還是一樣吧。

想到這兒，阿爾諾決定稍微認真一點，與紅髮男比劃比劃。

*

阿爾諾離開了。

看他離去，接下來換那兩名「三獸士」行動。

「好了，你們也閒閒無聊沒事做吧？為了避免對利姆路大人造成妨礙，我們可以暫時陪你們玩喔？」

「對。『十大聖人』有多少能耐，我也想試試！」

臉上掛著挑釁的凶猛笑容，對手朝夫利茲等人提議。

（真是的，阿爾諾在想什麼一看就知道了。為了讓日向大人專心對付魔王利姆路，他計劃將其他魔人引開——）

「地」之巴卡斯已正確解讀阿爾諾的想法。

還有同袍夫利茲，他似乎也跟巴卡斯得出相同結論。
「那麼，我就接招吧。」
巴卡斯回應三獸士，夫利茲則說「沒辦法，就陪陪妳們。」，跟著踏出一步。
（幹得好，夫利茲。平常老是說些蠢話，這種時候卻很可靠呢。）
巴卡斯在心裡暗道。
不料下一秒，他聽完夫利茲的話啞然失聲。
「吶吶，這位大姊，妳好漂亮喔。根本是我的菜啊。啊，我的名字叫夫利茲，妳呢？妳有名字吧，能不能告訴我？」
沒想到夫利茲就像在街上對女子隨意搭訕般，朝三獸士那麼說。
（你、你這白痴！真是丟臉丟到家……不對，等等？）
巴卡斯原本正為同僚過度輕浮的態度感到傻眼，這時他忽然轉個彎改變想法。
他們只想到對方是三獸士，卻沒想到對方仍未報上姓名。
（竟想不著痕跡探對方的底，原來如此。夫利茲啊，原來你這個男人挺有兩把刷子。）
這八成是想太多，但巴卡斯沒發現。
巴卡斯對夫利茲有些另眼相看，決定搭順風車。
「各位小姐，我的同僚剛才那番話多有得罪。介紹晚了，我的名字叫巴卡斯。如妳們所見，是『十大聖人』之一，擔任聖騎士團的隊長。想跟妳們比試一番，但對戰前可否請教小姐『芳名』？」
巴卡斯順著夫利茲的話說，轉得很巧，要問出對方的名字。

有人對這句話起反應，是生著一頭亮白直髮配上貓眼的美女。
「呵呵，有趣！我的名字叫蘇菲亞。『白虎爪』蘇菲亞！你好像已經料到了，如你所想，我就是『三獸士』的其中一人啦！替我找點樂子吧，『十大聖人』巴卡斯！」
那副精實身軀面向巴卡斯，蘇菲亞如此宣告。
老虎正在打量對手。
巴卡斯也感受到了，緊握灌注魔法力量的神聖戰棍。
「希望能符合妳的期待。」
「嘿嘿，別謙虛嘛。只要讓我玩得開心就好，不至於取你性命。所以啦，發揮你的真本事吧！」
「愛說笑。我們可是人類守護者，就讓妳見識聖騎士團的實力！」
巴卡斯大吼。
在此同時——
（果然，似乎都如日向大人所想。魔王利姆路的人馬好像無意傷害我們。）
他恍然大悟。
除了萌生奇妙的安心感，同時身為聖騎士的驕傲隨之抬頭。
既然目的是爭取時間，他就不打算跟對方殺個你死我活。
不過，正因如此。
眼下、此時此刻，他必須盡全力作戰。
巴卡斯這麼想。

「來自西方聖教會的聖騎士團——『地』之巴卡斯向妳討教！」

「放馬過來！」

接著巴卡斯便與三獸士蘇菲亞對上，展開戰鬥——

＊

夫利茲一直在與內心那份恐懼交戰。

（糟糕。糟糕糟糕糟糕糟糕。完蛋，這下死定了！）

因為巴卡斯出動，他才逼不得已離開現場，但是說真的，自己是否其實不該從日向身旁離去？夫利茲心想。

看到魔王利姆路，夫利茲只覺得「害怕」。

那個根本打不過，隨便一看都知道他很強。

阿爾諾憑藉他的堅定意志，肯定相信日向會獲勝吧。

當然，夫利茲也相信。可是更甚者，夫利茲的本能告訴他，跟那個魔王對戰，日向不可能平安無事。

這件事毫無根據。

不過，這種時候夫利茲的直覺一向很準。

他知道阿爾諾在盤算些什麼。

而巴卡斯也照辦，如今夫利茲該走的路亦隨之底定。
只能出面對付其中一名三獸士，爭取時間。
除了魔王利姆路，看起來最難對付的紅髮男由阿爾諾包辦。
既然這樣……
其他那些魔人大概跟「十大聖人」夫利茲等人不相上下吧。
那個存在感稀薄的藍髮魔人也令人在意，但他是現場魔素量最少的一個。
看來沒問題。如果是精靈使者莉緹絲，召喚水之聖女作戰應該能占上風。
至少不會輸給對方。
至於夫利茲和巴卡斯，就算面對三獸士，還是能打成平手。
問題就剩阿爾諾——
（不，去想那些沒什麼意義呢。阿爾諾比我強，擔心他又能怎樣。現在我要想辦法度過難關才對……）
夫利茲絞盡腦汁。
他要相信同伴，先想想自己該如何取得勝利。
這時他突然靈光一閃。
現在不是迷惘的時候。
夫利茲下定決心，用輕浮的語氣朝其中一名三獸士搭話。
「吶吶，這位大姊，妳好漂亮喔。根本是我的菜啊。啊，我的名字叫夫利茲，妳呢？妳有名字吧，能不能告訴我？」

夫利茲想出作戰方案——就是讓對手錯愕。然後趁虛而入，讓他初步攻擊就占盡優勢。

就算被說卑鄙也無妨，他只想獲勝。夫利茲以他自己的方式，連實力以外的所有要素都一併考量進去，一心只想讓情勢有利於己。

巴卡斯以為他要試探對方的底細，但他根本沒那意思。看來雖輕浮，夫利茲卻沒那種餘力。

對此毫不知情的巴卡斯就像在替夫利茲擦屁股，巧妙地引導對話。

（抱歉啦，大叔。不過，這下我看起來更白痴了吧？）

雖不在意料範圍內，夫利茲的作戰計畫成功率仍隨之提昇。

此外，巴卡斯他們似乎打得很認真。

要正正當當作戰，這是聖騎士的信條，他堪稱好榜樣。

如此一來，對方會認為夫利茲也是那樣吧。

「我是阿爾比思。『黃蛇角』阿爾比思。很可惜，你不是我的菜。」

「是喔，真可惜。那接下來怎麼辦？要直接開打嗎？」

話說到這兒，夫利茲看向阿爾比思。

披著一頭黑與金交錯的秀髮，對方是個妖豔美人。

那雙眼美得有如寶石一般，然而在那酷似蛇眼的瞳孔深處，有片深不見底的深淵。

夫利茲一直在窺探對手的反應，可惜阿爾比思並未大意。她身上帶著冷酷、冰冷的氛圍，聽完夫利茲的話也完全不為所動。

（也是啦，她可是率領獸王戰士團的怪物，要讓她放鬆戒心哪有這麼容易……）

這項計策失敗，但沒問題。

讓對手大意的計策不只一個，為了跟下一個計謀做連結，作戰計畫要繼續——夫利茲才想到這裡就有所感應，捕捉到一陣高得誇張的魔力暴漲波動。

他雙眼大睜，視線往震源地掃去。緊接著有股衝擊波來襲，連大氣都為之震顫。

「哦，那是紫苑小姐吧。還是老樣子，那麼亂來……」

阿爾比思聽來傻眼的語句傳入耳裡，但夫利茲可沒這麼悠閒。

「不、不會吧！那是蓋羅多的『極焰獄靈霸』——！」

夫利茲靠「魔力感知」察覺同僚發動最強攻擊魔法「極焰獄靈霸」。然而令人吃驚的是，名叫紫苑的魔人將其擋下。

說擋下太牽強，她將那招一刀兩斷。

那景象未免太超乎現實，夫利茲嚇到僵掉。

甚至超越戰術級核擊魔法「熱線砲」，在人類能行使的魔法中亦屬威力最強，竟然將這個精靈魔法奧義給……

連魔王都稱不上，只是一介下屬魔人竟輕鬆辦到。

如此異常的事態，在夫利茲的常識範圍內根本連想都想不到。

接著，超現實光景繼續上演。

激烈的交戰聲響起，強烈的劍風將周遭樹木掃倒。

在聖騎士團裡，阿爾諾是僅次於日向的強者。他的劍術技壓紅髮魔人。

照理說應該是這樣沒錯。

「啊，紅丸大人果然很棒。總是積極進取，連那個人類的劍術也想學習。」

「啊？」

在夫利茲面前的妖豔美女阿爾比思喃喃自語。

夫利茲都聽到了，卻沒聽懂。

面對令人目不暇給的華麗劍雨，照理說紅髮魔人——紅丸正忙著防守。明明是這樣，阿爾比思卻著迷地看著紅丸，看起來很篤定勝者會是他。

「妳在說什麼？那個不管怎麼看，都是阿爾諾單方面進攻吧？」

還學什麼劍術，對方哪有那種餘力。

面對天才阿爾諾還有這種輕敵舉動，一定會出事。

按理講是這樣沒錯。

然而，阿爾比思並未對夫利茲的問題表示贊同，只冷著眼瞥他一眼。

劍與太刀反覆交鋒。

劍光閃動，每次刀身碰撞都激出火花。

這一幕幕，阿爾比思都默默地看著。

夫利茲雙手都握著劍，阿爾比思卻沒將視線挪回，待在原地不動。

乍看之下渾身破綻。不過，這是危險的圈套，夫利茲的直覺朝他發出耳語。

他要爭取時間，用不著趕著進攻。想到這兒，夫利茲決定按兵不動，配合阿爾比思。

阿爾比思觀望紅丸等人的戰鬥好一會兒，但疑似失去興致，視線總算回到夫利茲身上。

「勝負已分。看來那個人果然不是紅丸大人的對手。」

「不，就跟妳說了，阿爾諾占上風——」

阿爾諾勝券在握。可是阿爾比思卻宣告紅丸取得勝利。

這件事讓夫利茲心生不滿，像要壓抑心中的怒火，想對阿爾比思的話出聲反駁。

不過，阿爾比思舉起一隻手制止。

「不，只是看起來像那樣罷了。應該再打一下就會結束，這樣下去你也不能認同吧。既然如此，就跟我一起看紅丸大人作戰，看到最後一刻吧。」

夫利茲不能接受她的說詞，對這提議求之不得。但是任對方暢所欲言很不是滋味，所以他開起玩笑，想讓對手也焦急一下。

「反正阿爾諾會贏啦，那樣對大姊妳很不利，這樣也無所謂嗎？」

他故意出言挑釁，阿爾比思卻嗤之以鼻。

然後——

「話說紅丸大人，他本來會用火焰燒盡一切。現在為了留你們活口、方便拿捏力道，才用劍應戰，如此而已。如果他玩真的，現在你的朋友阿爾諾早就被燒死，與世長辭了。」

她不是在嘲笑對方，而是帶點同情，朝夫利茲這麼說。

聽在夫利茲耳裡，這句話很真實。

有種冷汗流過背脊的錯覺。

恐懼感令心臟為之揪緊。

（這是虛張聲勢。我常用那招。讓人失去冷靜，無法使出全力……聽說「黃蛇角」阿爾比思是聰明的策士。也就是說，就算她試圖動搖我的心智也不奇怪……）

她在說謊——夫利茲試著如此說服自己。

面對他們這號稱天下最強的聖騎士團，還敢放水以防取人性命——夫利茲說什麼就是無法接受。

不過，決勝時刻毫不留情地到訪——

名叫紅丸的魔人是否真的擅長操控火焰之術，這點不得而知，但至少他的劍技似乎與阿爾諾不相上下。

阿爾諾單方面出劍發動猛攻，紅丸則用那把太刀一一擋下。

「呵呵呵，竟然能抵擋我的攻擊到這種地步。刀刀都被人化解，好像在砍水一樣。」

「也許是吧。教我劍術的師父曾經說過，劍術奧義就是『劍流』。傾聽劍之聲，與劍融為一體，似乎就能掌握那股流向。我還不到那種境界，但還是能看到你的『刀路』喔！」

「可怕可怕。虛張聲勢——看來並非如此。那麼，我也該做好覺悟。要不要試著接看看，見識我被封為最強聖騎士的理由——」

在夫利茲和阿爾比思的關注下，阿爾諾與紅丸的對決進入尾聲。

夫利茲知道阿爾諾的絕招是什麼。可是，他不曾親眼見過。

能將所有的魔物一刀砍殺，是奧義必殺劍。

唯有僅次於日向的強者、受五屬性精靈喜愛的阿爾諾才能辦到，堪稱最強劍技。

招式名稱就叫——

「那淨化妖魔的精靈輝光，就讓你親身體驗一下。看招，五色精靈劍（Aether Break）——！」

阿爾諾的愛劍綻放五色光芒。

是地、水、火、風、空共五種屬性的精靈光。將之合而為一釋出必殺一擊，任何防禦手段都抵擋不了。

眩目的劍光襲向紅丸。

（那就是阿爾諾的絕招嗎？以前打死都不在人前使用，看來他被逼急了……）

腦裡邊想著這些，夫利茲相信朋友會贏得勝利。

可是人算不如天算。

「太嫩了——朧・流水斬！」

名喚紅丸的魔人不慌不忙，太刀緩緩劃過。

結果阿爾諾那宛如閃光的一擊，被紅丸用太刀溫和包纏。

敲出清脆的音色，劍飛到半空中。

夫利茲沒看清剛才發生什麼事，但只是推敲不成問題。

亦即紅丸靠劍技化解阿爾諾劍的威力，讓那股衝擊波逆流，朝阿爾諾反噬。阿爾諾看出這陣衝擊將毀掉持劍者，趕緊將劍放掉。

除此之外他想不到其他解釋，不過，這結果連夫利茲都難以置信。

（也就是說，那個叫紅丸的傢伙，連使劍技巧都在阿爾諾之上？）

這個笑話一點都不好笑。

在夫利茲看來，甚至懷疑那是場惡夢……可是，這是現實。

「我說過了吧，已經看出你的劍路。你的劍技還太嫩。光論威力無可挑剔，但你要知道，打不中就沒意義了。」

紅丸朝阿爾諾說完這段話，便將太刀收起。

「是我……輸了……」

接著阿爾諾認輸，當場無力地跪倒。

看到他們分出勝負，阿爾比思轉頭看向夫利茲。

「好了，就跟我說的一樣吧？雖說紅丸大人必定會贏得勝利，但你的朋友也很努力。那麼，你有何打算？」

那對惑人雙眸多了份興致，邊觀察夫利茲的反應，阿爾比思開口問道。

對此，夫利茲——

（沒想到阿爾諾會輸……看樣子，棘手程度超乎想像。雖然還得看日向大人跟魔王利姆路誰勝誰負，但我最好先做出覺悟。講是這樣講，老覺得哪裡怪怪的。這些傢伙好像不打算殺我們。不過，是雷納德他們先挑起爭端，事到如今不可能跟對方友好交涉。話雖如此，我出面作戰好像也沒什麼意義……）

動搖之餘，他用「魔力感知」確認周遭情況。

阿爾諾戰敗，就如剛才所見。

雷納德等人的戰況似乎也一面倒，聖騎士們陸續倒下，徹底敗給對方。

巴卡斯則與三獸士蘇菲亞上演勢均力敵戲碼。

至於莉緹絲——

不知為何被人綁住，還雙頰泛紅。

她身邊有藍髮魔人在。看樣子正在保護莉緹絲，避免她受戰爭餘波侵襲。

負責對戰的是藍髮魔人與水之聖女。

（那個是「分身」嗎？怪不得存在感稀薄……）

令人驚訝的是，藍髮魔人的「分身」壓過水之聖女。

即使對手是物理攻擊無效的高階精靈，派出身體由魔素構成的「分身」，就能傷到精靈吧。

總歸一句話，本體比分身更強。

看來夫利茲只看到「分身」的魔素量，誤以為藍髮魔人的危險度不高。

也就是說打一開始就誤判這名魔人的實力，那是夫利茲等人最大的失誤。

（莉緹絲也確定會戰敗是吧。巴卡斯大叔那邊，情況好一點頂多平手吧。再來就剩日向大人了，但——）

話說日向與魔王利姆路的對決，已經超乎夫利茲想像。

速度快到常人無法用肉眼捕捉——連「魔力感知」都形同虛設，甚至超越腦部處理速度，來到超高速境界——雙方對戰情況如上，夫利茲擔心也沒用。

他的實力完全搆不上邊。

連幫忙日向都談不上，只會礙手礙腳吧。

既然這樣，夫利茲該做的事就只有一個。

他面向還在等待回覆的阿爾比思，接著開口：

「我想事到如今已經沒有作戰的必要了，但妳能不能陪陪我？否則之後沒臉見大家，不是嗎？」

夫利茲也是有骨氣的。

即使勝敗已經不具任何意義，跟人對戰依然有其意義存在，夫利茲這麼認為。

——這就是你愚蠢的地方，夫利茲——

日向會這麼說吧。

啊啊，確實是這樣沒錯——夫利茲心想。

可是，他不討厭這樣的自己。

「呵呵呵，可以。我要對你稍微另眼看待了，聖騎士夫利茲閣下。」

「多謝誇獎。那麼請妳當我的對手，三獸士——『黃蛇角』阿爾比思小姐——」

之後夫利茲嘴邊帶著淺笑，開始與阿爾比思對戰。

關於我轉生變成史萊姆這檔事

作者 伏瀨 專訪

官方設定資料集出版紀念！由伏瀨老師回首至今為止的「轉生史萊姆」並接受訪談，集結成長篇特別專訪。本作誕生的來龍去脈、執筆時的製作祕辛當然不可少，還要一窺伏瀨老師的私生活，這可是書迷必看的專欄！

（訪談員&構成　TRAP）

■「轉生史萊姆」會在「小說家」登載的理由

——首先要請問您，《關於我轉生變成史萊姆這檔事》（以下簡稱「轉生史萊姆」）是如何誕生的。於「成為小說家吧（小説家になろう）」（以下簡稱「小說家」）第一次投稿是在二〇一三年二月二十日，那麼構思、寫稿大概是從什麼時候開始呢？

伏瀨　照先後順序講起來，二〇一一年發生一些事，公司的業務內容重新洗牌，我工作變得很清閒，就想利用空閒時間寫稿參加「電擊小說大賞」（※1）。

——您不是一時興起才想參加輕小說大賞吧。以前也寫過小說嗎？

伏瀨　對。其實大學時代也曾想過要投稿。可是稿快要寫完的時候又變得忙碌起來，便受挫半途而廢。我想起那件事，想說既然這樣就再次挑戰看看。可是，真的做下去才發現，我已經在別的領域工作十年以上，執筆動力維持不久，寫到了七十張稿紙左右，後續就遲遲沒有動靜呢。這時我發現「小說家」的存在。

——為了寫輕小說，您做過各式各樣的調查、讀過不少東西，後來自然而然得知「小說家」，是這樣嗎？

伏瀨 是啊。為了寫書，我最先看的是《魔法科高中的劣等生》（※2）。印象中好像是二〇一二年春天的事，我記得看這部作品在網路上蔚為話題就很感興趣，然後就被引誘到「小說家」的網站去了。後來又陸續閱讀了一些作品，沉浸在其中，某天突然靈光一閃——「對喔！拿寫好的稿子去參加比賽很麻煩，但每天投稿不就很簡單了？」（笑）。萌生這個想法的時間點，差不多是剛進入二〇一三年二月的時候吧。

——那不就是您快要進行第一次投稿之前嗎！

伏瀨 其實「轉生史萊姆」這部作品，大概花一星期構思梗概，想到利姆路當上魔王為止，之後就開始寫稿。當時知道有擬大綱這種東西，但我不是很懂。就在那種情況下帶著半桶水趕鴨子上架，結果寫了這麼

「轉生史萊姆」這部作品大概花一星期構思梗概，想到利姆路當上魔王為止後開始寫稿。

※1　**「電擊小說大賞」**
由輕小說大頭「電擊文庫」所屬的角川KADOKAWA/ASCII MEDIA WORKS主辦之小說新人賞。

※2　**《魔法科高中的劣等生》**
出自佐島勤之手，魔法對決 × 學園的輕小說。原本是從 2008 年開始於「成為小說家吧」連載的網路小說。由電擊文庫出成實體書。是經歷漫畫化、動畫化的高人氣作品。

長，當時根本連想都沒想過。

——為什麼會寫出「轉生史萊姆」這樣的故事呢？

伏瀨　契機還是刊登在「小說家」上的眾多作品吧。

——聽說您讀過許多作品，有「在異世界轉生成魔物」這個共通點的高人氣作品，像是伏瀨老師在「小說家」的個人頁面也有將《OVERLORD》（※3）加關注對吧。

伏瀨　對，像是《OVERLORD》等作品，我自認受到滿多的影響。看《OVERLORD》時受到非常大的衝擊。沒想到在免費觀看的小說裡，竟然有這麼有趣的作品……那些感想一言難盡。事實上，我當初打算參加電擊小說大賞的作品，屬於現代異能類。有個來自異世界強到亂七八糟的少女過來進行侵略，將主角的房間定為侵略據點——故事就從這展開，差不多是這種感覺。可是看了登在「小說家」以《OVERLORD》為首的各類作品，我就想：「像是自己打電動時所熟悉的那類更加淺顯易懂的世界觀，朝這個方向寫是否更容易發揮？」

——原來如此，《OVERLORD》的影響確實很大呢。

伏瀨　我很喜歡MMORPG（※4），曾經有段時間很熱中，就算工作忙碌還是每天登入。那是我二十五歲到三十歲之間的事，要是大學時代迷上MMO，我肯定留級無誤，它對我來說就是這麼有趣。正因為我還得上班，才會只在決定好的時間登入……當時我就半開玩笑想「假如我現在過勞死，真想變成遊戲裡的角色～」。我在「小說家」上遇到這種彷彿本人妄想成真的作品，這正是我寫「轉生史萊姆」的契機吧。

■超規格史萊姆的爆炸性誕生！

——「轉生史萊姆」將那些妄想發揮，受到「勇者鬥惡龍」（※5）的影響，許多人都覺得「史萊姆是最弱魔物」，刻意將主角設定成史萊姆，這個切入點滿有趣的呢。

伏瀨　「勇鬥」的史萊姆太有名，但史萊姆在我心中的印象，是在桌上型角色扮演遊戲（下稱TRPG）（※6）等處登場，具備危險能力的棘手魔物。史萊姆這種魔物，實際對戰會發現很強勁。所以，我想試著將兩者結合。外觀上是可愛的史萊姆，被人看扁卻實力堅強，以這個概念出發書寫。

外觀上是可愛的史萊姆，被人看扁卻實力堅強，以這個概念出發書寫。

——伏瀨老師也玩過TRPG嗎？

伏瀨　是的，學生時代曾當過TRPG的GM，對於要做為敵人安排的登場魔物，我曾經絞盡腦汁思考過。至於遊玩風格，我重視故事進展，常無視規則。接連自創規則玩TRPG，我想這些經驗也對作品帶來強烈影響。

——的確，「轉生史萊姆」似乎放入了各式各樣的TRPG要素。對了，您曾經參考過哪些？

※3　《OVERLORD》
丸山くがね創作的輕小說作品。描寫主角卡在 MMORPG 的世界裡，成了自創角色魔王大肆活躍。從 2012 年開始於「成為小說家吧」連載。由角川 KADOKAWA / ENTERBRAIN 出版成書籍。也改編成漫畫、動畫。

※4　MMORPG
Massively Multiplayer Online Role-playing Game 的縮寫。為大規模多人同時共遊型線上角色扮演遊戲。

※5　《勇者鬥惡龍》
經典 RPG。史萊姆給人感覺是遊戲初期登場的最弱魔物＆長相可愛，這些觀點給予本作影響至深。

※6　桌上型角色扮演遊戲
靠 GM（Game Master）與數名玩家對話來推動遊戲進行的 RPG。

伏瀨

主要是《Sword World》（※7）、《辟邪除妖RPG》（※8）還有《GURPS》（※9）。為了讓人可以享受超高自由度的戰鬥，設置各式各樣的規則。在「轉生史萊姆」裡也運用這些經驗，只要能用的全塞進去，朝這個方向設計魔物。主角利姆路也是在這種安排下誕生，但他比當初構想的更加誇張，或去該說外掛開太大（？）結果變得很強吧（笑）。

——這就是「轉生史萊姆」有趣的地方，也是受讀者支持的關鍵吧。不過，聚集所謂「開外掛」、「我好強我超強」要素的作品，有許多會有後宮展開等對男性主角很方便的內容，也有一些作品就以此為賣點。「轉生史萊姆」有些類似歡樂愛情喜劇的表現，但您有特別留意刻意不朝後宮方向寫嗎？

伏瀨

當初我也想多寫些色色的東西。但我討厭不上不下。要做就做得徹底點——我懷著這種想法寫，一旦加入情色元素，在「小說家」上肯定出局，我意識到這層風險。因此自我節制，不寫那方面的東西。

——原來如此，會打入其他書系吧（笑）。對了，「開外掛」、「異世界轉生物」這種類型，如今已在輕小說界徹底確立，當初開始發表「轉生史萊姆」時，在伏　老師看來狀況如何？

伏瀨

當時好像就有開外掛這個字眼。也許我的認知並非事實，但是靠《刀劍神域》（※10）一口氣竄出名的吧？在我開始連載「轉生史萊姆」的時候，開外掛這個詞就被人用來形容「強到不公平」，大概。「其實不是那個意思，但這樣比較好懂。」，因為這麼想，我也把它加上「開外掛」標籤（笑）。

——以前在訪談中曾提到「要讓利姆路這類強大角色苦戰很困難」……這是開外掛物常有的現象吧（笑）。

伏瀨

苦戰需要理由嘛（笑）。多加那類描寫會變得拖泥帶水，我想應該不適合用在網路連載上。但換成書籍版反而能細細描寫，所以我想卯起來構思這部分。如果最終魔王換人，原因就出在這兒（笑）。

■書籍化之路

——發表網路版時，讀者的迴響如何？

伏瀨 經過約莫一星期的時間都沒有任何感想。但個人點閱數仍一點一滴增加，讓我很開心，我把它當成每日的勉勵。有人留下感想令我相當開心，寫稿速度比當初寫參賽用原稿快上好幾倍。因此現在也相當重視感想和個人點閱率，當成指標。

——書籍化邀約是什麼時候來的，當時情況大概如何呢？

伏瀨 有人跟我提出書的事，是發生在二〇一三年十一月吧。當時跑去參加「成為小說家選拔賽（なろうコン）」（※11），完全沒料到會有人提出邀約。

——網路版本篇於二〇一四年七月十四日完結，當時您還在連載網路版吧。是不是很震驚？還是覺得「終於來了！」這樣？

伏瀨 這個嘛，光看「小說家」的評價點數，也曾想過「應

※7　《Sword World》
以劍與魔法交織而成的幻想世界為舞台，典型的幻想風 TRPG，是最普及的日本 TRPG 作品。

※8　《辟邪除妖 RPG》
原作是 PC 角色扮演遊戲《辟邪除妖》，為日本 TRPG。專為經典迷宮探索遊戲設計的系統為其特徵。

※9　《GURPS》
GURPS。美國製造的泛用 TRPG 系統，兼具複雜性和自由度為其特色。日本也有各家公司販售種類多元、不同世界觀的作品。

※10　《刀劍神域》
川原礫撰寫的輕小說作品。描寫待在無法登出的 MMORPG 世界裡，展開死鬥。原本是網路上開放閱讀的小說，經電擊文庫書籍化。曾數度製作成動畫等等，改編成影音媒體，掀起一股熱潮。

※11　「成為小說家選拔賽（なろうコン）」
「成為小說家吧」與數間出版社等機構協同舉辦，自 2012 年推展的日本最大輕小說比賽。現今改稱「網路小說大賞」。

最後我就看開了，改變想法成「網路版其實是大綱」這樣（笑）。

該能書籍化吧～」，但事實上內容要改編成書好像滿勉強的。網路投稿自由度高，我認為點數不是很好的參考指標。像是難以插畫化、沒有女主角等，問題堆積如山。在我看來「轉生史萊姆」頂多就是寫來當練習的（笑）。

——不過這種出道方式跟參賽出道不同，另開一條路當上憧憬的小說家，不覺得很開心嗎？

伏瀨 當然開心。所以說，出版社主動邀約，我沒道理拒絕，就決定接受他們的提案。說這種話可能會被罵，但當時開的出版條件等等，我根本隨便聽聽。感到懷疑的點只有「這不是詐騙吧？」（笑）。

——當您看到實體書第一集，當下的感想是？

伏瀨 嗯——真的出成書了？差不多這種感覺，該怎麼說，有點難以言喻。直到現在，我都沒有當上職業寫手的自覺。

——客觀看來，從您在「小說家」上初次投稿，到登上排行榜前幾名、出成實體書，一路這樣進展下來都很順遂呢。

伏瀨 要是在意那些，會累積不少壓力。我有時會因壓力而胃痛，所以平常都盡量不去想（笑）。

■從網路到出書，那些日子執筆的辛勞

——執筆書籍版後，作業上與網路版有何不同？

伏瀨　寫第一集時，我在沒有任何經驗的情況下進行改稿。從網路版的橫式變成直式，修正錯字與漏字。然後針對讀者指出的難讀處稍做修改。再來就是加寫一些內容，還有調整故事形式，到這邊結束。大概花一個星期就弄完了，意外地輕鬆——我當時是這麼想的。可是之後編輯回傳數道指正。指正點就如視點難以理解、流程模糊不清等等，其他還有一大堆。以前完全是個外行人的我邊學那種處理角度，一面二次改稿。一點都不輕鬆。

——也就是說接受商業出版的洗禮……

伏瀨　沒錯。再來是第二集。我拿第一集當借鏡，開始編寫。也有某些地方主動想更改，所以改稿花超過一個月。我將第一集受的指正放在心上，重讀第二集的內容，看完覺得這需要大幅修正。我重整各類場面，改善劇情發展，明明只是拿網路版當基礎做修正，卻比另外寫新篇更累人。

——記得您說大綱跟網路版一致，卻大幅加筆修正呢。

伏瀨　就是這樣，隨著集數出愈多，修正部分與網路版愈來愈不協調，最後我就看開了，改變想法成「網路版其實是大綱」這樣（笑）。

——關於大綱，以本作的執筆風格來說，您會先擬詳細的大綱再開始寫稿嗎？還是說，就順水推舟看心情寫？

伏瀨　全都在腦內想就開始寫。現在很後悔（笑）。

——「轉生史萊姆」的登場角色很多吧。想讓哪個角色如何活躍，這類構思、管理似乎也很累人。改編成書籍時，舉凡日向的設定等等，變更不少地方，更動上有著重什麼方針之類的嗎？

伏瀨　網路版連載時，我看了許多感想，便採納這些意見，試著將它們反映在書籍上。雖然不是全部，但我覺得有道理的部分會列入考量。可先行發表的網路小說就是這點強吧。

■因插圖更上一層樓的角色魅力

——隨著作品書籍化，像是みっつばー老師畫的插圖或彩圖等等，「轉生史萊姆」多了視覺元素呢。關於負責插畫的畫師遴選，您有出意見或者希望指定誰嗎？

伏瀨 這些都交給編輯處理。那些畫很有味道，我認為自己遇到很棒的畫師。

——第一次看到みっつばー老師畫的「轉生史萊姆」設計圖有什麼感想？

伏瀨 我也覺得利姆路的史萊姆版就長那樣，但某些角色並沒有先行構想。我與責任編輯I氏意見一致，卻與みっつばー老師的想法有出入，很多時候都因意見不合要進行一番脣槍舌戰呢（笑）。

——伏瀨老師最中意的是？

伏瀨 果然還是史萊姆型態的利姆路，還有人型利姆路，這些都跟我想像的一樣。哥布達如今也與我的想法一致，紅丸跟蒼影也很帥氣。其他像是沒什麼出場機會的魔王芙蕾、冒險者愛蓮，總覺得我沒指定要怎麼畫的角色愈容易畫得好呢（笑）。

——關於每集的插畫或封面等圖片，您大概會出多少意見，要求到什麼程度？

伏瀨 我會將角色詳細資料整理完遞送出去，剩下的讓責任編輯I氏處理。

——話說本作似乎也頗受女性讀者歡迎。我想みっつばー老師的圖畫魅力也占一部分，實際上伏瀨老師在寫的時候有特別意識到什麼嗎？

伏瀨 說真的我很意外會受女性歡迎。不過，似乎正中責任編輯I氏的下懷。

——話說第六集後記裡，責任編輯與みっつばー老

師好像為女角胸部大小爭論過（？），您說自己沒有參與，伏瀨老師對這部分沒什麼堅持嗎？真實情況是？（笑）

伏瀨

我說「全都是編輯I氏一人獨斷！」會比較安全吧。聽到他們爭論時，我曾說「再加把勁，請你說服みっつばI老師喔！」，這是祕密。

——表示您很信賴編輯吧！會因編輯的提案等等，做許多更動對吧？例如蜜莉姆的造型，就從蘿莉塔系改成性感又可愛的比基尼戰士。

伏瀨

要說誰的變動幅度最大，非蜜莉姆莫屬。還有就是那些惡魔的髮色也做過變更，針對設定討論很多遍。原因在於網路版的紅髮角色太多。變成了厲害角色＝紅髮（笑）。

——跟自己獨立創作的網路小說不同，責任編輯果然影響深遠呢。話說第六集後記有提到書籍版改稿的事，先刪除的部分是哪些呢？好像因責任編輯一句話「這段不能少！」又加回來。

伏瀨

就是朱菜的戰鬥場面呢。我只跟他回報了事，結果對方說「這樣不行！」（笑）。

——話說這次有為本書編寫加筆短篇小說「聖騎士們的敗北」……聽說曾寫了一篇原稿卻全軍覆沒，而那篇被退的原稿則在「小說家」上公開了吧。

伏瀨

是啊，我第一次體驗全軍覆沒的感覺（笑）。一開始會寫是為了介紹魔國聯邦，只讓日向等人登場，那是在「小說家」上公開的特別短篇。是說「聖騎士們的敗北」也變得以紅丸大顯身手為主。在現場戰鬥的魔國聯邦成員只有紅丸跟蒼影。蒼影有許多細微描寫感覺會NG遭退，所以我就含淚節制。

——原來還有這樣的製作祕辛。

伏瀨

不過，跟編輯I氏對上的次數寥寥可數。還有，印象中我很少堅持己見。這個嘛，與其說是堅持己見，更像互相闡述意見，討論到出現共識為止？可能只是我忘記漏算也說不定（笑）。

——本作就在這種情況下出到第八集，在先前的故事裡，您特別喜歡的場面或段落是？

伏瀨 果然還是利姆路覺醒成魔王的橋段吧。只有那裡灌注很深的執念，寫的時候精神相當集中。

——對作者來說也許是很難回答的問題，請問您最喜歡的角色是？

伏瀨 最喜歡……好難喔。應該是利姆路吧？

——原來如此。但就算那是真心話好了，會不會因為他是主角就特別關照，才給出這種答案？按作品內容和之前後記裡說過的話，還以為是……

伏瀨 我超喜歡日向。

——我想也是（笑）。對了，最受讀者歡迎的角色是誰？

伏瀨 我個人覺得滿意外，但主角利姆路很受歡迎。再來就是迪亞布羅吧？但那只是我個人的感覺，也許不是這樣。

——讓人會想看看角色投票結果呢！

■作家伏瀨個人資歷與寫作風格

——機會難得，我們想稍微了解一下伏瀨老師的為人。聽說您的本業是上班族，可以請教工作內容嗎？

伏瀨 大學畢業後，我去規模中等的綜合建設公司子公司上班。去當鋪裝工程的現場監工。待到第十年從該公司辭職，回歸老家開的鋪裝公司。

——原來如此，總覺得資歷滿具說服力的。方便的話，可否順便詢問您的年齡？

伏瀨 我是昭和五十年（一九七五年）兔年出生的。

——您是從什麼時候開始創作的？從以前開始就對這方面很感興趣嗎？

伏瀨

當小說家是我從小的夢想。雖說夢想無法實現也沒關係，但我想至少還是要投稿參賽看看。

——有去參加 Comic Market 之類的同人活動嗎？

伏瀨 沒有。不過就如一開始提到的，大學時代寫過小說，想拿來投稿參賽。寫到差不多快完的時候忙碌起來，就放棄了。弄丟那些資料令人懊惱。到現在都沒投稿過，很想試一次看看。說來，想為此累積經驗，也是在「小說家」上開始投稿的原因之一。

——發表作品的舞台和形式，應該有不少選擇，會挑中「成為小說家吧」發表網路小說的理由是？

伏瀨 理由就是操作簡單、輕鬆愉快吧。最重要的是，可以馬上看到感想。

——不只「轉生史萊姆」，寫小說時有特別注意哪些地方嗎？

伏瀨 須容易閱讀，淺顯易懂。每段文章都特別注意，要讓人看一遍就懂。

——像是作品的靈感等，都是從哪些地方獲取的？您常會參考一些東西嗎？

伏瀨 靈感這種東西都是突然閃過。從小到現在看的漫畫或小說等作品，都替我打了基礎吧。

——您喜歡的作家和作品是？

伏瀨 那可是多到舉不完（笑）。

——您說喜歡打電玩，請問特別喜歡哪幾款遊戲？

須容易閱讀，淺顯易懂。每段文章都特別注意，要讓人看一遍就懂。

伏瀨 我玩的第一套MMO是《Appie online》。這款遊戲的開發廠商漏夜潛逃，所以終止營運（笑）。經歷MMO難民時期，改玩《洛汗》。然後又跳到《永恆紀元》，結果帳號被盜……我跟營運團隊申訴，但之前怕個資外洩，帳號申請資料都隨便打一打，所以帳號無法復權。從這時開始就對韓國製作的遊戲產生不信任感，改找日本MMO，卻遇不到好作品。無奈之下開始玩《TERA》，但我實在手殘得要命，所以不怎麼熱中，逐漸淡出遊戲。順帶一提，目前的話，因為我沒做認證碼變更就換成 iPhone 手機，所以無法登入了。

——最近有玩什麼遊戲嗎？

伏瀨 之前為了取材打算玩「FF14」，但編輯I氏說「你會回不來，拜託別玩」。我深表贊同（笑）。

——在讀者看來，會說編輯幹得好吧。

伏瀨 單機遊戲方面，我覺得出在超級任天堂上的SRPG《皇家騎士團》無人能敵，至今仍這麼認為。

——話說看似各方面都敷衍了事，但也會注意到很細微的部分、很會照顧人的主角利姆路（三上悟），他的性格是否為伏瀨老師個人特質縮影？

伏瀨 也許有反應少部分。像是做事情差不多就好、一副跩樣，就算我無意安排，這部分還是不小心受本人影響也說不定（笑）。

——就跟利姆路的前世一樣，伏瀨老師的工作也跟建築有關，這方面的知識和經驗也變成創作材料是嗎？

伏瀨 我曾以工頭身分實際到現場工作過，有這些經驗，街道整頓橋段的描寫似乎變得相當細緻。

——出道成小說家後，像是生活面等等，有什麼改變嗎？

伏瀨 沒什麼改變。

——寫作環境大概是什麼感覺呢？

伏瀨　我在公司寫作。冠名公司，其實是自家事業，工作場所就只有我一人。而且跟以前不一樣，幾乎沒有需要我作業的部分。回家還是繼續寫，所以不管在公司還是在家裡，做的事情都一樣（笑）。

——感覺您寫書的速度似乎滿快的，實際上，舉例來說一天大概可以寫多少呢？

伏瀨　最近編輯I氏還嫌我說「以前明明更快交稿……」……不過，請先等一下。一本書的字數將近二十萬字，寫作時間卻三個月不到。網路版的內容又不能直接套用，某些日子還有其他要事得辦，將這類因素考量進去，會花時間也是迫不得已啊。

——還要一邊處理公司的工作嘛。

伏瀨　不過，速度變慢也是事實……說真的，在網路上隨便寫的時候，每天換算成文檔是十二ＫＢ，約六千字。但現在一天只能寫三千字左右。這就是免費作品和付費作品的不同之處，我是這麼認為的，換個角度來說那也是沒辦法的事。

——當您忙裡偷閒或休假，會做些什麼呢？

伏瀨　寫小說原本能讓我喘口氣，自從變成工作，就完全沒有放鬆的感覺。為了紓解壓力，我會去iPhone手遊裡抽東西散財。課金得滿嚴重的，自己也覺得自己很蠢。

——一旦變成工作，就不全然是種快樂。今後，就算書籍版「轉生史萊姆」完結，您也會繼續當職業作家嗎……？

伏瀨　我想寫的故事還有好多，姑且不論是否能書籍化，還是要繼續寫下去。想去投稿一次體驗看看（笑）。

■今後「轉生史萊姆」如何發展……？

——由川上泰樹老師描繪、在講談社月刊少年シリウス好評連載的漫畫版也很受歡迎呢。今後會有專為漫畫版設計的全新橋段嗎？

伏瀨 基本上，漫畫版是參考書籍版繪製。至於新劇情，這我也不確定呢。我想，有那個需要就加。不過目前還沒那種計畫。

——您是怎麼監修的呢？

伏瀨 像是說話的用詞遣字、絕對不能少的橋段等等，看了分鏡稿再提要求，大概這種感覺吧。不過前提是，最起碼要照大綱走，劇情發展多少有點出入，但現在說這個已經太遲了（笑），我覺得不會有問題，就拜託川上老師「請您隨心所欲構圖吧」。

——ComicRIDE已經開始連載外傳漫畫「魔物王國漫步法」，據說這是「由原作者監修的完全原創故事」，伏瀨老師也有出點子是嗎？

伏瀨 我這麼拽，真不好意思（笑）。只是給點建議罷了。像是可以這樣發展啦、這種場面放這個角色比較好吧，諸如此類，針對這些做個商議。如果有餘力，我也曾想過要寫點加筆短篇故事。

——這也令人期待。

伏瀨 但那是我自說自話，實現的可能性很低（笑）。

——關於「轉生史萊姆」今後的多媒體推展，有什麼樣的計畫呢？還有，您是否有想針對某些領域嘗試的野心呢？

最終魔王可能換人當，希望大家做好這種心理準備，等待書籍版。

伏瀨 除了漫畫化，沒聽說其他計畫，但記得編輯I氏好像有提到想嘗試製作廣播劇CD……不過，具體而言，目前毫無進展。話雖如此，光漫畫化就像作夢一樣，我會好好珍惜現有的作品群。

——關於故事本篇，舉凡第九集之後的劇情發展等，還有伏瀨老師認為值得期待的點、特別強調的地方等等，能在可行範圍內透露一下嗎？

伏瀨 最終魔王可能換人當，希望大家做好這種心理準備，等待書籍版……沒啦。我想大家應該都猜到了，但日向的設定做過大幅變更，所以啦，我想盡力保住網路版的情節，但故事進展可能會截然不同。

——截然不同！

伏瀨 計畫還未定案。還請各位海涵！

——照目前的計畫和構思來看，您覺得會出到第幾集？

伏瀨 我稍微估算一下，應該能出到十五集。不敢說是誰，但一直陸續加寫，冊數可能會多到大幅超越原始計畫。我的真心話是——「無論如何都要避免它變成未完坑！」各位讀者，請你們別拋棄它，陪它到最後一刻吧，拜託了。

——對了，在「小說家」上刊載的長篇番外，未來會收進書籍版嗎？

伏瀨 目前我個人的首要之務是讓故事完結。至於番外篇，會先看各位讀者反應如何，再跟責任編輯I氏討論吧？

——令人期待！對みっつばー老師和責任編輯有什麼話要說，或者想提哪些要求？

伏瀨 今後還想跟你們一起努力打拚，請多指教！

——最後請您對各位讀者說句話！

伏瀨 各位的支持對我來說是最大的鼓勵。正因有各位書迷支持，作品才能壯大，不是嗎？今後也請多多關照《關於我轉生變成史萊姆這檔事》！

關於我轉生變成史萊姆這檔事

插畫擔當 みっつばー專訪

為紀念本書出版推出特別訪談第二彈，有請插畫負責人みっつばー老師！首先是與「轉生史萊姆」如何相遇，還有利姆路等角色設計及作畫上的辛酸事、祕辛，內容琳瑯滿目。更有立志走上繪畫之路的始末、身為畫師的堅持，老師將與我們公開暢談！

（訪談員&構成　TRAP）

■與「轉生史萊姆」相會

——首先想請教您是怎麼當上《關於我轉生變成史萊姆這檔事》（下稱「轉生史萊姆」）的專任畫師。

みっつばー

責任編輯透過電子郵件邀約，我則說「希望能幫上你們的忙」，爽快答應。這個作品已經在小說投稿網站上博得高人氣，但我直到這一刻才與「轉生史萊姆」相會。

——第一次閱讀有什麼感想？

みっつばー

不是硬把人拉進去，裡頭的角色與魅力會讓你轉眼間栽進這個世界，真的非常自然。看完之後有種彷彿跟利姆路一起突破某個遊戲關卡的感覺。

——從接插畫案到繪製完成，可否為我們簡單講述這段流程？

みっつばー

首先接獲指示，除了參考責任編輯與伏瀨老師討論出來的角色印象，還將我繪畫時會加入的作家個人特色考量進去。之後提出草稿↓交線稿↓完稿，基本流程就是這樣吧。

——請您說說在設計和作畫上有何堅持。

みっつばー　首先我認為「繪畫風格」是最重要的，所以會思考哪種風格最能吸引讀者。要充滿自信，「我的選擇是最強的」，帶著這種心情作畫就是我的堅持！對錯不重要，重點是「最強」（笑）。

——您最看重的就是那份初衷吧。

みっつばー　對。但是必須注意，這無論如何都是配合原作的工作，該讓步還是要讓步，心裡要常懷這份雅量。

——有哪些具體實例？

みっつばー　關於細部設計，我會特別留意，盡量愈簡單愈好，裝飾量壓到最低。還有，手繪稿壞處在於圖太小角色的臉會糊掉，要好好處理以免這種情況發生。

——本作角色眾多，要將他們畫得各具特色也是件苦差事吧？

みっつばー　要畫出各具特色的角色，這方面雖有多加注意，還是難以斷言已繪至完美境界，我會努力精進！

——本作是異世界奇幻故事，みっつばー老師平常畫的插圖於遊戲或電影很常見，是所謂的幻想西洋中世紀風，兩者風格有些出入呢。

みっつばー　有時會收到這類感想，因為「勇鬥」的鳥山明老師（※1）與藤原神居老師（※2）對我來說影響深遠，怪不得常畫出那類插圖呢（笑）。

——「勇鬥」走歐洲中世紀風，由鳥山明老師設計，由此可知圖像偏漫畫風。在別的專訪中，伏瀨老師

※1　鳥山明老師
《週刊少年 JUMP》的人氣漫畫家鳥山明從《勇者鬥惡龍》系列作第一代開始擔任角色設計，這方面亦廣為人知。

※2　藤原神居老師
藤原神居於該系列廠商 ENIX 發行的《月刊少年 GANGAN》上以《勇者鬥惡龍》為題材連載漫畫《勇者鬥惡龍列傳　羅德的紋章》。相當受歡迎。

這樣才經典而且更有魅力，就靠這股氣勢做下去！

曾說「話說我想像中的裝備，都是在幻想系MMORPG等作品中出現的華麗帥氣重鎧甲」，伏瀨老師的幻想世界觀舉例來說似乎偏向《辟邪除妖》或《魔戒》，這類風格較濃厚的作品……

みっつばー 原來如此，拿來與那類穿著厚重裝備或裝飾的中世紀奇幻風遊戲或電影比較的話……對這種漫畫風格強烈的畫或作品來說很不利，我時常有這種感覺，所以我沒做調整，認為這樣才經典而且更有魅力，就靠這股氣勢做下去！

——答得簡潔有力，感謝您（笑）。帶著那股氣勢進行設計時，畫起來特別辛苦的角色是？

みっつばー 如果將改稿前的自我質疑列入考量，史萊姆型態的利姆路畫起來最吃力。說起史萊姆，目前「勇鬥」那隻史萊姆的形象已經變成一個超難關卡擋在前方，我邊與它交手邊想破頭，想找出能讓人接受的設計（笑）。

——那麼，您中意的角色是？

みっつばー 苦惱與愛是一體兩面的，從繪師角度來說本人最喜歡史萊姆型態的利姆路。身為一名讀者特別中意卡利翁。我認為這個角色當敵人夠豪爽又給人壓迫感，還很有騎士風範，非常帥氣。

——許多角色並未畫成圖像登場，您個人想試著描繪的角色是？

みっつばー 雖有那麼一次稍微畫出背影，但還是很期待能正式設計完畢的女勇者。有別於主角，「勇者」這種角色果然讓人很想畫畫看！

——至今像是封面或插畫等等，您畫了很多圖，請問您最喜歡哪張？

みっつばー

就算是其他奇幻作品，我原本就喜歡魔王軍林立類型的圖，很想畫畫看。基於這層原因，我非常喜歡第六集的彩頁（背面）！

——除了繪圖作業，其他部分有給您帶來什麼回憶嗎？

みっつばー

我想本來不太會有這種機會，所以「轉生史萊姆」相關人士齊聚一堂，以打氣大會為名行喝酒之實，有幸與會讓我覺得很開心，那是美好的回憶！

■みっつばー的繪師之路

——您是什麼時候開始畫畫，又是從何時開始立志當職業畫師呢？

みっつばー

當時處在紛紛擾擾的人生岔路上，但那單純只是高中二年級結業同時思考未來該何去何從的結果。明明沒畫過漫畫，不知為何卻得出「我要當漫畫家！」的結論。若要大致界定所謂的繪師之路，這就是我開始畫畫的瞬間，也在那一刻立志當職業繪師。

——平常都從事什麼樣的活動？

みっつばー

有在推特或PIXIV上發表原創作品，同時進行主要活動像是接書籍封面繪製或插畫等工作！

——您喜歡、擅長的畫是哪種？

みっつばー

我喜歡以少年、青年為題材的畫。

——以下是個人感想，看過您在PIXIV上的作品，覺得您好像滿喜歡有點帶刺的龐克風世界觀……該說氛圍上很像在玩視覺系音樂或搖滾樂吧。

みっつばー

旁觀者看完覺得「好像在玩音樂一樣！」，聽了好開心。但我並非刻意突顯音樂元素，實際上這方面的繪圖數應該沒那麼多。我的畫不管走什麼風格都能帶龐克或搖滾色彩，換句話說我擅長的是灌注這種精神的「ROCK繪」！講得太複雜不好意思！

——以前訪談的報導上，您曾提到「如今美少女圖片當道，我的堅持是『描繪男性角色』」。這點到現在依然沒變嗎？

みっつばー

對，這點並沒有改變，一直是我的主打。總之精力全放在「想畫帥氣的圖」上，但在這方面要有高水平表現，基本上我覺得「不是男角就沒辦法」。例如「好可愛！」這種感覺會讓感到「帥氣」的心情純度打折扣，我畫圖時會特別注意不要變成那樣。

——原來如此，很有道理。那麼相對的，畫女角、美少女有什麼堅持嗎？

みっつばー

就是要時尚！剛才在那男角啊、帥氣啊大放厥詞說了一堆，其實我超喜歡幫女孩子設計衣服（笑）。不走「雖是女孩卻很帥氣！」路線，總之我會多加留意，首先要連自己都覺得可愛才行。

——請說說您特別喜歡哪位作家。

みっつばー

有很多數都數不完，漫畫家就舉藤原神居老師、尾田榮一郎老師（※3）、岸本齊史老師（※4）好了！這幾位老師的作品裡，無論男女老少都畫得很有魅力。要辦到這點真的很困難。插畫家我特別喜歡天野喜孝老師（※5）。他畫的女角我完全不得其門而入，可愛與美麗兼具，我覺得那些畫展現最高的「帥氣度」呢。

——您是否覺得自己一直受那些作家影響？

みっつばー

是啊。會覺得自己也想畫成那樣，直接受喜歡的理由影響，變成目標。

※3　尾田榮一郎老師
漫畫家。代表作《航海王》是海洋冒險奇譚，描繪成為海賊的少年魯夫與同伴們如何活躍。在《週刊少年 JUMP》上連載大受歡迎，電視版、劇場版動畫都很有名。

※4　岸本齊史老師
漫畫家。代表作《火影忍者》是《週刊少年 JUMP》的人氣連載漫畫（2014 年連載完畢），由忍者各自行使能力對決，是動作、對戰型作品。改編成動畫，題材是忍者，在國外也很受歡迎。

※5　天野喜孝老師
如「救難小英雄」系列等，擔任 1970~1980 年代動畫的角色設計，並替奇幻小說繪製插圖，為角色扮演遊戲「FINAL FANTASY」系列設計角色等，是很活躍的人氣插畫家。

——請您談談作畫的作業環境。

みっつばー

線稿都是拿自動筆畫在紙上。再用 Photoshop 上色，最近覺得時機差不多該改用 CLIP STUDIO 了！

——除了畫插圖和漫畫，最近有迷上什麼嗎？用什麼方式調劑身心？

みっつばー

是否買得起姑且不論，去網站上看喜歡的名牌服飾、跟朋友一起逛二手衣商店，都是很有效果的調劑！

——順帶請教，您平常會看輕小說嗎？

みっつばー

老實說，人生一路走來都沒在看輕小說，現在不是我經手繪製的作品也很少主動閱讀……就是這樣！

——那麼「轉生史萊姆」就是很寶貴的閱讀體驗吧。想請教您身為一個讀者的感想，到第八集為止，您特別中意的場面或段落是？

みっつばー

大致上看來就是到討伐克雷曼的這段流程，特別是會戰前夕那種「整裝待發」感格外吸引人。淨化戲碼很爽快，但我滿喜歡克雷曼這個角色，所以這一段很複雜就是了（笑）。

■今後的期許

——對於今後的「轉生史萊姆」，像是希望它往什麼方向走，有這類期許或要求嗎？

我的畫不管走什麼風格都能帶龐克或搖滾色彩，我擅長的是灌注這種精神的「ROCK 繪」！

みっつばー

故事方面，利姆路已經明確指出他希望世界或國家變成怎樣，因此希望能實現。是想跟他一起冒險並在一旁守候的感覺。基本上我喜歡快樂結局！還有若是未來某天改編成動畫，那我會超 High，期待那天到來！

——要是有這項安排就不得了了呢，那您怎麼看在月刊少年シリウス上連載的漫畫版？

みっつばー

總之非常值得慶賀。朝這邊發展肯定能讓更多人接觸這部作品，這是全天下最開心的事了。

——みっつばー老師立場上是角色原案，具體而言如何幫襯漫畫版？

みっつばー

已經設計好的角色就搬過去照用，若是原作裡沒有圖，在漫畫裡另外需要這個角色的設計稿，這時會起稿繪製漫畫用的角色圖。至於連名字都沒有的小角色，就交給漫畫版繪者川上泰樹老師處理。

——今後みっつばー老師想做哪些嘗試？

みっつばー

我想參加 Comic Market 之類的活動出本！因為在那些活動裡完全不會暴露身分，說真的我想參加那類活動的意願變很高。

——那對書迷來說也值得期待！那麼最後，請您對各位讀者說句話。

みっつばー

能讓大家看到我畫的畫，對我來說是最令人開心、安心的事。一直支持本作的人，還有今後即將相遇、成為心靈支柱的人，由衷感謝你們。

附錄

魔國聯邦居民錄

GC Novels 編輯部官方 Twitter 作為企畫所公開的原創角色。哥布衛門、哥布袞、蓋札特都是從該企畫誕生的角色，剩下的角色將來可能也會於故事本篇登場！

哥布路

利姆利替他命名時，總覺得他很像自己，因此得到代表榮耀的「路」字的幸運哥布林。但這為他波瀾萬丈的人生揭開序幕……

哥布娜

個性溫和，但是優秀的獵人。草創時期努力捕捉獵物，改善糧食狀況。對明明進化成哥布莉娜胸部卻沒長大這件事有點在意。

歐克斯

受搞笑之神眷顧的男人（半獸人）。是魔國聯邦的藝人，負責出面調解。據說不管吵得多麼激烈，有他出馬都能一擊搞定。

邦喬

蓋德的心腹之一。身上怪力無人能出其右，率領一群千奇百怪的魔人。然而他的真面目是「朱菜」粉絲俱樂部末端會員。一天到晚跟紫苑派抗爭，新傷不斷。

巴耶斯

飼養在魔國聯邦的寵物。是雷豹（Spark Panther）的幼年體，一直把自己當成嵐牙狼。非常強悍。主要都是哥布杰在照顧。

哥布安與哥布葉

兄長哥布安個性纖細、手很巧，配上個子小卻一身怪力的強大妹妹哥布葉。哥布葉平常受哥哥保護，一旦哥哥受傷就會變殘暴。

Kadokawa Light Novels

©2016 Hirukuma, Ituwa Kato

轉生成自動販賣機的我今天也在迷宮徘徊 1~2 待續

Kadokawa Fantastic Novels

作者：昼熊　插畫：加藤いつわ

轉生到異世界流浪的「自動販賣機」奮戰史，
第二彈開幕！

戀愛諮詢、料理對決、魔法道具展示會等等……自動販賣機阿箱在異世界努力做各種生意的同時，被愚者的奇行團團長凱利歐爾挖角，成為遠征軍的一分子！阿箱、拉蜜絲和休爾米三人前往階層深處進行調查，然而問題頻頻發生，讓阿箱陷入孤立的窘境……？

台灣角川

各 **NT$220~200/HK$60~58**

Kadokawa Light Novels

賭博師從不祈禱 1 待續

Kadokawa Fantastic Novels

作者：周藤蓮　插畫：ニリツ

第二十三屆電擊小說大賞「金賞」得獎作品！
年輕賭徒為拯救奴隸少女，不惜投身招致毀滅的賭局！

十八世紀末的倫敦——賭博師拉撒祿在賭場失手，獲得一筆鉅額賭金，無奈之下購買了一名奴隸少女——莉拉。莉拉的聲帶遭到燒燬，失去感情，拉撒祿將她僱為女僕並教導她讀書。在如此生活中兩人逐漸敞開心房……然而，撕裂兩人生活的悲劇從天而降——

NT$260/HK$78

台灣角川

Kadokawa Light Novels

[作者]
安里アサト
[插畫]
しらび
[機械設計] I-IV
Ep. 1
86
—不存在的戰區—
The dead aren't the field.
But they died there.
EIGHTY SIX
ASATO ASATO PRESENTS
The number is the land which isn't admitted in the country.
And they're also boys and girls from the land.
Kadokawa Fantastic Novels

86—不存在的戰區— Ep.1 待續

Kadokawa Fantastic Novels

作者：安里アサト　插畫：しらび

少年與少女壯烈而悲傷的戰鬥，
以及離別的故事，就此揭開序幕。

共和國為應對鄰國的無人機攻擊，研發出同型武器，不再靠著人命堆疊的戰爭終於來臨——表面上確實如此。然而，位於全行政區之外的戰區中，少年少女們正「駕駛著無人機」，日夜奮戰——於第23屆電擊小說大賞摘下「大賞」桂冠的傑作，堂堂出擊！

台灣角川

NT$260/HK$78

國家圖書館出版品預行編目(CIP)資料

關於我轉生變成史萊姆這檔事. 8.5, 官方資料設定集 / 伏瀨原作 ; 楊惠琪譯. -- 初版. -- 臺北市 : 臺灣角川, 2017.11

面 ;　公分. -- (Kadokawa fantastic novels)

譯自 : 転生したらスライムだった件. 8.5, 公式設定資料集

ISBN 978-986-473-983-7(平裝)

861.57　　　106016702

Kadokawa
Fantastic
Novels

關於我轉生變成史萊姆這檔事 8.5 官方資料設定集

（原著名：転生したらスライムだった件 8.5 公式設定資料集）

2017年11月23日 初版第1刷發行
2024年7月29日 初版第11刷發行

編輯：GCノベルズ編輯部
原作：伏瀬
插畫：みっつばー
譯者：楊惠琪
發行人：台灣角川股份有限公司
總監：呂慧君
總編輯：蔡佩芬
主編：林秀儒
文字編輯：黃怡珮
設計指導：陳晞叡
美術設計：宋芳茹
印務：李明修（主任）、張加恩（主任）、張凱棋、潘尚琪

發行所：台灣角川股份有限公司
地址：104台北市中山區松江路223號3樓
電話：（02）2515-3000
傳真：（02）2515-0033
網址：www.kadokawa.com.tw
劃撥帳戶：台灣角川股份有限公司
劃撥帳號：19487412
法律顧問：有澤法律事務所
製版：尚騰印刷事業有限公司
ISBN：978-986-473-983-7